不要把跑调当创新

BU YAO BA PAO DIAO DANG CHUANGXIN

黄健生 著

徐财辉 题

岭南美术出版社

中国·广州

图书在版编目（CIP）数据

不要把跑调当创新/黄健生著.—广州：岭南美术出版社，
2017.12

ISBN 978-7-5362-6397-0

I.①不…　II.①黄…　III.①随笔—作品集—中国—
当代　IV.①I267.1

中国版本图书馆CIP数据核字(2017)第297131号

出　版　人：李健军
责任编辑：陈积旺　黄小良
责任技编：罗文轩

特约编辑：白　岚　陈　川
封面题字：陈传誉
封面图像：吴　军
中国画插图：半痴山人

不要把跑调当创新
BUYAO BA PAODIAO DANG CHUANGXIN

出版、总发行：岭南美术出版社（网址：www.lnysw.net）
（广州市文德北路170号3楼　邮编：510045）
经　　销：全国新华书店
印　　刷：广州市东盛彩印有限公司
版　　次：2017年12月第1版
　　　　　2017年12月第1次印刷
开　　本：965mm×635mm　1/16
印　　张：20.25
印　　数：1—5000 册
ISBN 978-7-5362-6397-0

定　　价：48.00元

写在前面的话

刘斯奋

在我认识的中年一辈画家朋友中，黄健生属于很有个性的一个。除了无须怀疑的才情之外，他的直率、真诚、能干、幽默、善言谈以及有主见，都给人留下相当深的印象。这种个性的生成，固然有先天因素使然，但与后天的经历恐怕也大有关系。在此前较长的岁月里，他因工作的缘故，曾对不同的层级、不同的人事、不同的场面，都有广泛的接触和体验，并在此经历中，磨练出颇为扎实的文字功底和执行能力。而这种洞明世事，练达人情的修养，恐怕就不是一般画家所具备的。但最为特别的是，具有这种"资历"的他，对于所谓"仕途"，又超乎常人的淡泊，而着魔般醉心于绘画、书法等艺事。为此之故，他不仅专注于技法笔墨的研习，而且对美术发展的动向、对于社会风气以及各种事件，都随时随地加以留心，并有着自己的思考。

人就这样，既然有会于心，就难免要形之于言。而日积月累的结果，便攒下了一批文稿，并准备于近日付梓出版。为此，又照例要找一个有先睹之幸的读者写上几句，大抵因为我过从较多，于是不免首先受到他的"错爱"。

眼前这一叠文稿固然不算厚，但也不算太薄。我粗略翻一翻，也有一百篇之多。文章无疑都不长，多数也就千把字左右，短则甚至只有几百字，不过内容却相当丰富。有自身创作的感悟，有学术问题的讨论，有对古今画家的品评，有对画坛不良风气的针砭，有对群众创作的推介，其中有若干篇甚至溢出了绘画、书法的范围，旁及到粤剧和教育方面去。可谓林林总总，不一而足。

说来惭愧，健生的画我平日看得不少，可以说比较熟悉。但对于他的文章，以往却读得不多。因此对这篇序言如何写，起初心中其实没底。不过当我读了文稿的开头几篇之后，便释然了。我发觉这批文章的确称得上短小而精悍。以我的经验，写文章，长篇大论固然不容易，但短文章尤其难以讨好。它既要求做到短而不空，言之有物，又要求文笔灵动、摇曳多姿。这是对作者的思想水平和写作技巧的双重考验。健生的这批文章，虽然不能说每篇都精致完美、无可挑剔，但大多数都做到主题突出、观点鲜明、思路清晰、要言不烦，加上谋篇布局变化颇多，行文叙事时见风趣，特别是其中颇多独得之见。因此使人细读之余，每每生出许多兴味。其中颇令我意外的是，他平日虽然专力于书画创作，并不以评论鸣世，但在文章中对中外画论的引用，刘历代画家生平事迹的追述，却做到随手拈来，如数家珍。而且举证恰切，足以与所论相映发。这无疑在更深层次上体现了他作为画家的学术素养。同时也为这本文集增加了份量。

健生与我一样，本是一个文人，并不是美术院校出身的画家。但由于具有这方面的天赋，再加上十分勤奋，通过多方尝试和实践寻找自身的艺术道路，已经取得可喜的成绩。他的一幅国画作品《南海Ⅰ号出浴图》，最近入选《其命维新——广东百年美术大展》。而这本文集的出版，则从另一个侧面佐证了他的艺术底蕴，相信不论是行里还是行外的读者，都会从这本别具特色的文集中获得启发和收益。

（刘斯奋：文学家、书画家、原广东省文联主席）

目　录

艺道贵通

感悟书法

以文载道

艺道贵通

南海 I 号出浴图
（已被广东美术馆收藏）
2008 年
纸本设色

不要把"跑调"当创新

　　在音乐里面，按照乐谱准确演奏或演唱出来的旋律会让人感到悦耳舒适。但演奏或演唱者偏离音准，俗称"跑调"，那么听者自然会感觉不爽，甚至难受。当下有的画家把这种类似音乐的"跑调"当成创新，这就有些不可思议了！

　　画家除笔墨技法需要长期训练外，良好的文化素养不可缺，当下有不少画家无视文化底蕴的"薄弱"，大谈中国画"创新"，甚至把"无厘头"也当创新，越来越偏离笔墨本源与艺术的精神属性。

　　虽然中国画在当下生存和发展的土壤已经发生了很大的变化，异域的文化以及各种绘画门类正以前所未有的速度侵袭进来，并不断地融合到中国画中来。在这样的环境下，必然会影响到传统的中国画，如果能很好地吸收和融合那也无可厚非。

　　创新是近年来比较时髦的文化现象，既然创"新"，则必然要去"旧"。在一般人眼里"新"就是好的，"旧"就是不好的。例如"文革"期间的"破旧立新"就几乎把中国的传统文化破坏掉，但却没有创造出什么有用的"新"，那时几乎全国人民都感到心满意足，实际却很悲哀。

　　在当下的中国画界，不论画家、评论家，或者画展大赛的评委，见着从来未有过的新样式就会叫好。有位颇有地位并经常担任评委的大家就直言不讳地说：现在的赛事，动辄数千张到数万张的参赛作品，评委就那么几位，至多也就十几位，他们在每幅作品上停留的时间也就几秒钟，甚至不足一秒钟，几乎与看电影无异，瞬间就必须对参赛作品行使生杀大权。假如你的作品没有新样式，是很难进入评委法眼的，而有新样式的作品，根本上也没有时间允许你去思考对与错。这"新"岂不重要。因此，为了新，画家就只能想着法子逞怪炫奇，弄出很多离奇古怪的东西来。于是乎，表面上新意盎然，实则怪象丛生。

元代赵孟頫说："作画贵有古意，若无古意，虽工无益。"而事实上赵孟頫是当时画坛变革的先锋，他自己的作品又何曾古呢？他是"托古改新""变古为新"。清"四王"主张"复古"，诸多作品都以仿董源、仿巨然、仿大痴……但真正上讲"干笔渴墨"，讲"下笔如有金刚之杵"，完全与前人的追求不一样，画法大相径庭。这种不说新而新，才是中国画中的新旧之辨。比之于言"新"而脱离生活，脱离情感本质的作品，古人们似乎更要来得明白，只不过古人是在保留传统的基础上做文章，始终把握住中国画的笔墨特质。

所以说，中国画的发展首先应当强调"正宗"意识。因为作为一种具有独特民族性的画种，所反映的是一个独特性的文化空间，不能正确解读和缺乏自身修养而谈中国画创新，实质上是在舍本逐末。

"笔墨当随时代"是一个亘古不变的真理，说的是中国画的发展要有新意，要具备时代的气息与风貌，但绘画的实质性还必须要画家个人的综合素养作为支撑。

创新在历史上看，每个时期都会产生新的艺术表现和新的画风。隋唐之前，中国画以线描为主；宋代之后，随着禅宗思想的影响，产生了大写意的艺术风格。之后历代又不同程度地反映各自时代人文思想与艺术特色，无论在技法上、取材上以及人文精神上的变化上，无不体现时代的特征。石涛提出的"笔墨当随时代"的观点也不是单纯以"笔墨"来论时代，而是站在中国传统哲学上的一种高瞻远瞩的理论。对于当代人文精神与科技进步来讲，下功夫体察和理解中国画固有的哲学思想，结合新的艺术方法才能创新出"随时代"，表现出时代气息、时代风貌的艺术作品。

"笔墨当随时代"不能离开中国传统文化，脱离表现中国画的艺术生命与价值。不能空喊"折衷中西，融合古今"的口号，并夹杂进诸多无厘头，甚至有悖于中国画传统的幼稚思维。宋代的《清明上河图》就是一幅"笔墨当随时代"的典范作品，既表现出宋代山水技法，又能体现当时市井风俗特征，是为反映时代的作品。

　　随着当今时代的巨变，中国画要发展，画家要清晰"笔墨当随时代"的内涵，需要不断追求画外的功夫。艺术欣赏的饶有兴味处，在于令参观者从作品中感受到那些原本在生活中他们也有所感，却又写不出，画不出的佳构妙想。无论何时的作品都要能贴切着我们的生活，体现出强烈的艺术生命力的佳作。要想创作出更加贴近时代的作品，就一定要把提高自身的艺术修养放在第一位，尽可能扩大自然科学、社会科学乃至生活常识和艺术理论的视野；博古通今，学贯中西，善于感受生活的种种氛围，尤其是具有深刻意义的社会氛围；深刻悟出社会潮流，时代信息和生活本质。也就是说，"创新"只有遵循乐谱的节奏和音准，才能让人有美的感受。

文人画：心灵皈依的彼岸

　　"逸笔草草，聊写胸中逸气也。"这是倪瓒描述自我绘画观念的一段话，也直指了文人画的核心内涵，即文人画的主要功能既不是如实刻画物象，也不是向世人炫耀技巧，而是沉潜于心，重在"聊写"，用笔墨线条抒发自我的"胸中逸气"，正所谓"学不为人，自娱而已"。这可否理解为文人画的概念呢？

　　唐张彦远说"自古善画者，莫匪衣冠贵胄逸士高人，振妙一时，传芳千祀，非闾阎鄙贱之所能为也"（《历代名画记》卷一），张彦远所言源自其官僚出身，却明显看出"逸士高人"为画者知音。他反复阐说："图画者，所以鉴戒贤愚，怡悦性情，若非穷玄妙于意表，安能合神变乎天机？宗炳、王微皆拟迹巢由，放情林壑，与琴酒而俱适，纵烟霞而独往。各有画序，意远迹高，不知画者，难可与论。"由此可知传统文人画之基本方向和基本精神，尤其是"怡悦情性"更被视为作画之功。同时，以画谋生的职业画师和民间画工则被视为"闾阎鄙贱"。传说唐初身为宰相的阎立本颇为太宗皇帝所倚重，却因"阁内传呼画师"，甚觉耻愧难忍，遂诫其子曰："吾少好读书属词，今独以丹青见知，躬厮役之务，辱莫大焉！尔宜深戒，勿习此艺。"（见《历代名画记》）天啊，简直有些不可思议，贵为宰相，竟因人呼为"画师"而以为"辱莫大焉"。其实这仅是代表当时士大夫的一种思想，认为专职画师不外乎为"画匠""画工"而已，而以"自娱"作画动机为高尚，可谓"以画为业则贱，以画自娱则高"，这确实代表传统文人画的一种倾向。尽管最高统治者并不这样认为，如唐太宗也并没有轻视阎立本，甚至许多帝王亦善画且以此为荣。

绘画本由奴隶所创造，文人士大夫掌握了这门艺术之后，便要和奴隶们分等级贵贱，分出俗与逸，由此便诞生出"文人画"，它的诞生遵从了中国文化传统和中国画自身规律发展，充分展示了文人的不羁与豪放，凸显"聊写胸中逸气"，考究画家的画外功夫，推崇平淡天真、烂漫自然，其不足在于画家过于注重自我的表达，笔下物象日益图示化、程式化。在当代语境中，我们又该如何扬弃文人画的优缺点呢？

在当代，美术发展日益多元化，装置艺术、行为艺术、影像艺术等各种艺术门类粉墨登场，实验水墨、卡通一代等各种派别纷纷展现，而当代艺术最具创新性的两点：一为观念，二为形式。当代艺术重观念，即关注社会、关注当下，艺术不再是书斋里的自娱自乐，更多是对社会的介入。在形式上则打破了架上绘画的局限，一切现存物都可以成为绘画的媒介。但无论美术如何发展，文人画的精神始终存在于中国画家的心中，不少画家仍然在坚守文人画的"聊写胸中逸气"。

无论历史如何变迁，人品即画品是文人画精神的重要内涵。中国文人讲究"清高"，注重人品和个人尊严，文人画家不为势利所诱惑，历代记载触目可见："一门隐逸，高风振于晋宋"的戴逵，宁忍穷困而严厉回击权贵的邀请；王宰"能事不受相促迫，王宰始肯留真迹"；李成贫困潦倒，仍能拒绝权贵厚利相聘等等。文人们坚守的一条底线是：人"清高"，画方能"格高"，正如郭若虚所言"人品高，气韵不得不高"。为势利所动，画则一定不能清高，或富艳气，或剑拔弩张。文人画家对因利而创作的作品甚为不齿，当今有的知名画家甚至用流水线作画，毫无意境，毫无诗意，自然只能以"画匠"视之。

在艺术中畅游，忘记一切功利和烦杂，获得精神上的满足，才是艺术的真义，而文人画正能为当代人们提供一个诗意栖居的家园，一个心灵皈依的彼岸。

古镇月夜

2011 年

纸本设色

唯画是务，焉知其余

前些日子，一场针对"艺术界遭'造假'困扰"的论坛开得可谓轰轰烈烈，其主流结论大概是说："艺术家躺着中枪了，而且伤得很重。"

是啊，我一个画家招谁惹谁了，你干嘛非要造我的假？造假者普遍是不能达到被造假者的水平，但说实话，有些还真的也不差，甚至乎与原作难分伯仲。虽然造假自古有之，且久而远之，假画的历史价值和经济价值也凸显出来，假画未必就是劣画，但毕竟原作者肯定是受伤的。然而，笔者认为被"造假"困扰，在艺术界本身其实是一个无需争辩的"命题"。

因为"造假"是事实，"受伤"也是明摆着的事儿。但可以这么说，"反对"无效更是事实。既然反对无效，这个"命题"也就无需争论，再争还是存在，不会消亡。

为什么会说画家反对造假无效，读者诸官，可以先看看当前祖国大地上弥漫的食品安全问题。从"大头奶粉""苏丹红辣椒""人造鸡蛋""赫赫使人心惊的地沟油"，这些涉及"人命关天"的食品安全，更有甚者假药假医事件，解决哪一件不比"假画"来得更加迫切。消费者、患者乃至于执法者都深感无奈和冤屈，假画带来的负面远小于"人命关天"的事了。文化建设常被认为是"锦上添花"的事情，当务之急是解决燃眉之急的问题！何为"当务之急"？当然是"GDP""死人塌墙"之大事。

一语中的，"GDP"上去了，政绩自然上去；一个地区不发生"死人塌墙"的事故，固然平安和谐，大可高唱赞歌。此时有"余钱""余力"再关注发展一下"锦上添花"之文化建设，未尝不有快感。至于"假画"问题，自然是"后话"了。

呜呼，作为一个画家，你有多大能力与之抗争啊。何况，当今人们是把你的作品当艺术品？抑或是礼品？还是纪念品？这就更让人费思量。画家豁出来，就为奋起维护正义，维护藏家权益？这个问题，笔者倒是有偷偷一笑的自然反应。为什么呢？因为藏家（实际上购画者并不一定都是藏家）是否领你的情还不一定呢。造假之所以存在，是因为有需求，有需求就有市场。这里不仅造假者可以获得利润，买假画者的回报有时更加丰厚。有的买画者根本就不是为了收藏，他仅仅是为了送礼或者做个纪念。换句话说，买画者很多时候是"知假而买"，他买的是名家名气罢了，至于画面为何物，根本不在乎。那么画家去为这样的买家维护正义，这不是自寻没趣吗？

市场上到底有多少把画作真正当艺术品呢？这个不得而知。但是有一个存在的事实，市场上有相当一部分买假画者是冲着画家的名气、地位而来的，至于是真是假，对于他们来说，真的无所谓，甚至于乐得买假。他买回去，很可能也就是当礼品罢了。

当然，有些"暴发户"型的老板，或胸无点墨的"附庸风雅"型官员，这一消费群体，确也想买一些有名气的作品收藏，但苦于其文化修养较低，艺术欣赏水准有限，这一倾向，也是不必否认。的确，他们缺少辨别能力，往往成为买假画的冤大头。可这又能怪谁呢？缴些学费吧。

市场有需求，存在就有其合理性。画家固然要生存，作品当然要换成钞票。而画家的作品能卖出什么价位，事关画家生计。如若生计不成问题，那又何必较真呢？明沈周为那些为了生计而造假的作品签上自己的名字，以便其获得更高利润。而当今为了多赚钱而以流水线上作画的"名家"，其实是明目张胆地造自己的假，坑害藏家，这却如何较真呢？造假是可恶，然而事实很无奈。画家名师们不如省出力气，潜心创作，为后人留下更多传世之作，岂不善哉。

　　贵价画家，潜心作画。止则读书品茗，动则挥毫泼墨，唯画是务，焉知其余。维护正义的重任还是留给法律和执法者去解决吧。

神秀黄姚
2013 年
纸本水墨

艺术传承需要"漂移"

这段时间，广州艺博院有个院藏海派画家作品展，60多件作品中除了有吴昌硕、虚谷、任伯年、潘天寿、赵之谦等海派的代表性人物，更有广东海派的代表，包括孙裴谷、孙星阁、王兰若、王显诏、刘昌潮、陈大羽等。

海派当然是以上海地区画风为传承的画派，何来广东海派呢？其实早在清末年间，大批广东潮汕学子远赴上海学习美术，并多亲炙于海派名家门下。他们在学成后大多回到岭南从事美术活动。颇有影响的代表人物还有：陈文希、范昌乾、谢海燕、林受益、林逸、张学武、郑戚辉、洪藏等。他们把海派的艺术风格和绘画语言带到潮汕地区，并通过课堂讲学和授徒的形式加以传播，使海派风格成了潮汕地区中国画的主要面目。经过近一个世纪的沉淀，这一现象随着潮汕文化作为中原文化旁支的依存环境，海派虽然仍在影响潮汕下一代画家，但是也在逐渐形成一种既像海派而又有别于海派的新风格。如广东现时公认的艺术大家林丰俗老师和林墉老师。他们的作品既保留了海派清新的文人韵味，也能看出潮汕人儒家特点的清丽雅逸，同时，他们也具备了岭南画派"折衷中西"的特点，形成具有强烈个人特点的画风。

行文至此，笔者并无评价绘画流派之意，而是想说明一个问题：凡是能成大家者，其经历、师承必定是能博取众家之长，集多种流派于一身之人。上述"二林"已是公认的大家，诸多广东海派画家自不必说。

乌江古趣
2014 年
纸本设色

　　岭南画派始祖居廉、居巢习画，先师宋光宝、孟丽棠及至吸收金陵画派恽南田的养分、精华，稳实传统画派上的基础，再习于桂林李秉绶画技。居廉经过多门派多脉络的学习，引发他性格上的激情与创新冲劲，加之自己对生活的观察，让他悟出许多道理，如光影感、透明感、凹凸感等等，突破了古人的单调；再如画的时候，绘画未干，水分充足时，把画斜架，让颜色水分自由流动，形成干湿透明调子，创新前人所没有的撞粉撞水的画法，使岭南地区出现一种逼真传神、惟妙惟肖的画法，令中原诸家刮目相看，从而奠定了岭南画派的基础。

　　二十世纪初，中国最具传奇色彩的泼墨画大师张大千早年绘画艺术得自于母教，并受其兄张善子熏陶，算是早承家学。而后东渡日本学习印染并坚持绘画，归国后到上海拜师习画，先后浸淫于艺苑前辈名流，诸如黄宾虹、齐白石、傅增湘、陈散原、柳亚子、叶恭卓、谢玉岑、郎静山等等。同时，张大千还用大量心血临摹古人名作，特别是临仿石涛、八大山人、陈洪绶、徐渭等，进而广涉明清诸大家，再到宋元，最后上溯到隋唐，其传统功力前无古人后无来者。直至四十岁后面壁敦煌，令其画风大变，及至晚年开创了泼墨泼彩的"大风堂画派"。其艺术成就之卓越，盖求于"法相庄严"之境界表现。而"大风堂画派"也是有别于诸如长安画派、海派等，是唯一不以具体地域为限的综合性画派，张大千也由此成为一代宗师，徐悲鸿称其为"五百年来第一人"。

"大家"成功的例子很多，他们都有一个共通点，就是所学皆广博，"漂移"师承，借鉴创新。一个真正有天分的艺术家，不需要像师傅教徒弟一样手把手教学，那只是一种工匠学习技术的路子。真正好的老师都不希望学生画得和他一模一样。艺术需要创造，需要开拓，需要提升，需要把大自然、人生、艺术融为一体。这些都要博采众长。

传承的问题，争论不少。但直到现在，似乎也没有一个具有说服力的结论。甚至于当今美术院校在招聘教师时，还为要招本校毕业生好还是外校毕业生好而争论不休，其焦点也就是传承问题是否会出现"近亲繁殖"。其实在当今交流极为方便的条件下，这些都已不是问题，关键是艺术家自身对艺术的追求是否有新意。当然笔者认为：艺术传承的事还是不要太专一，"漂移"些好！

不愁明月尽　自有暗香来

　　画友吴军来舍下喝茶，话题自然离不开画画。从不久前湖北美术馆举办的"再水墨邀请展"的"无厘头"谈到法国印象派开创者马奈与莫奈在世时的困苦，乃至荷兰人的金名片凡·高如何在穷困潦倒、身陷疾病不得医而选择了自杀，结束他本应有更多辉煌成就的一生……

　　当然话题最终还是回到了中国画上面。从艺术创作特点和发展规律来看，艺术发展是一个在继承传统和变革创新中螺旋式上升的过程，也是在社会各方面的外在因素影响下发展的过程，艺术创造应该是在民族传统文化的传承与发展中进行；艺术创新也应该在传统的基础上有所突破和发展。作为传统的中国画，特别是山水画，发展至今已经达到了非常精深的程度。可是忙乎到现在，那个被冠以国家名称的"中国画"好像模糊不清了。现在美术学院的中国画专业在学什么你知道吗？入学一年级几乎就是对着那个石膏像"三大面、五调子"拼命地画，就是不见有中国画需要的笔法、墨法和中国文学、诗词，难怪有人戏称之为"美术技术学院"了。

　　南朝谢赫即提出中国画六法：气韵生动、骨法用笔、应物象形、随类赋彩、经营位置、传移模写。早在宋代的美术史学家就认为"六法精论、万古不移"是中国画的评判标准。说白了就是中国画不需要像西方人那样去谈"造型"和"用光"。

中国画第一法即是"气韵生动"，立意之高是其他画种所不能及的，至于中国画先贤们又提出"逸、神、妙、能"四品来区分高下，更是中国画的高明之处。

时下，各类展览评奖模式颇为流行，而且有愈演愈烈的"假"、"大"、"空"趋势，其中原因是多方面的，但与中国画的传统观念、文化思想却已相去甚远，中国画的学养、情怀和心性不见了，中国画固有的"六法"论和"逸、神、妙、能"之理念已近消散。在所谓"造型、色彩、构图、透视"等等的影响下，中国画中的"中国"二字也在渐行渐远。

要实现中国画的梦，西方的东西并非全盘否定，西方人也没有把"光"和"造型"申请过专利，也从未禁止过我们中国人使用，我们同样的可以将"造型"与"光"利用到画里，但前提是能保持中国画的风格，否则可能就不伦不类了，毕竟文化是有地域性的，中国画是中国文化的一种表现，我们必须尊重这一文化的地域性！

中国画强调外精而中膏，似淡而实浓，朴茂沉雄的生命力并不是从艳丽中求得，而是从瘦淡中撷取。五代时期的荆浩写过一副对联："笔尖寒树瘦、墨淡野云轻"，正是反映了中国画这种独特的审美情趣。

至于书法用笔则是中国画的基础问题，那是必不可少的。我们当下把它弄"丢"了实在是不应该的！书法不仅仅是一门技艺，它还承载着我们民族文化的诸多基因，中国画其中的一个重要理论，就叫"书画同源"，不懂书法则难有品味，即使能画，也画不出中国画的味道来。可悲的是现在用大排笔来"粉刷"的中国画家大有人在。

话说至此，时近午夜，吴军兄欲起身辞行，却仍觉词未达意。思之，中国画本来也没有那么悬乎，它是一门好学难精的艺术。退休之后学上几年，也可以画出普通人喜闻乐见的作品来，而且大多数人也认为中国画是一种陶冶情操、修身养性、轻松娱乐的活动。当然，同样画几撇兰草，画几条竹子，但原来修养水准在几笔画中立见高下，这正是体现中国画的奥妙所在。品着一杯香茗，伴着几缕墨香，看着蒹葭苍苍，白露为霜的画面，渐渐地，似乎听到生命的妙音，这才是中国画艺术的妙境，作为一个优秀的中国画家，不能停留于形的描摹，必须上升到神，以神统形。诗有言外味，画以形写神。神超形越，形神结合，追求"不愁明月尽，自有暗香来。"才是中国画的妙韵。

晚翠一蓝金
2014 年
纸本设色

不要把个人的特点画成"个人行画"

  《南海Ⅰ号出浴图》是笔者在 2008 年以打捞宋代沉船"南海Ⅰ号"为素材创作的作品，该作品问世并入选"纪念改革开放三十周年全国美术大展"之后，紧接着我又创作以体育运动员冲浪为题材的《浪逐飞舟》并入选第七届全国体育美展，一时在美术界引起了关注。有些前辈、同行纷纷鼓励我："健生，你就吃定这条水了。"因为这两幅作品都是以大海为题材。

  然而，这几年，我也并没有"吃定这条水"，也仅创作了《大海欢歌》《大海的呼唤》《济沧海》以及去年冲击全国历史文明题材的巨作《郑和下西洋》等几幅以大海为题材的作品，虽然应该讲都比较成功。由于它们的问世，美术界更加认为黄健生就是个很会画"人海"的画家。其实大海系列的作品，我也仅仅创作了上面点出的几幅而已。

  常识告诉我们，任何事物的诞生、发展都不会是简单和孤立的，总会有着一定的规律。只是这种规律需要一些人去探索并发现它。以国画表达大海，前人并不多见，但近年来似乎多起来，好像还有一些什么"海洋画派"？究竟画得如何，这个问题并非本文探讨的问题，笔者也不妄加评论。

  笔者着急的是，不知何时，已被当成画大海的"专家"了。专家，意味着专业、专长和高水平。本来嘛，应该说是好事，画坛本来也有"十个优点不如一个特点"的潜规则，通过一个具有个人鲜明特点的

南海Ⅰ号出浴图
(已被广东美术馆收藏)
2008年
纸本设色

所谓"一招鲜"得以"克敌制胜"并"吃遍天下"。可笔者害怕了。

画画久了,当自己逐渐形成一套图式、笔法、墨法、画面语言、表达方式等所谓"个人风格"时,这种"熟练"离真正的创作就会有越来越"行"的感觉,再进一步的被这种绘画定式逐渐主宰自己时,终会认为"画上得来终觉浅"。觉得以现有的方式在画纸上再难表达自己想法,继而沦为具有"个人特点"的画匠,终其结果是把具有个人的特点沦落为"个人行画",真心的怕。

本来创新技法、创新表达形式就是要改变唯技法是从的画匠创作方式，想方设法突破画家在创作境界上的局限，丰富自己对艺术创作本质的认识，让艺术想象更显思辨性。理论上讲，画画是感性的，古人在绘画上创造出诸多皴法以及表达景物的方法，各种能应用的表现技法应有尽有。可是，现代人如果单纯沿用这些技法而不加以改进和取舍，则等同于一般"行画"。当代岭南大家黎雄才先生画的松树可谓冠绝群雄，可是后人万般临摹，而又不能得其精神，黎老的这种得意技法看似普及，使人观之也甚觉其"行"了。

画坛上，时不时也有专攻"一招鲜"的小圈子，而一旦能形成自家面目则算成功，甚至于不断强化和维护这种"个人面目"，给自己的"招式"贴上"标签"，再而还建立这个派那个派，很是无奈。

正因如此，笔者研究的以线条刻画大海的方法而并没有"吃定这条水"，就是怕把这一个人特点画成"个人行画"。当初画大海既是偶然也是一种探索的必然。虽然《南海Ⅰ号出浴图》成功得到美术界认可之后，我也尝试创作《浪逐飞舟》等几幅大海题材的作品，但数量远远地少，在没有保证作品气韵和意境需要的前提下，我是不会随便再去画我这个"特点"的。

寸有所长，尺有所短。石鲁认为，"重气节、重品德、重情义、重真理"和"轻利欲、轻名气"是艺术家之所以能成为艺术家的重要条件。有作为的画家是需要坚持"一手伸向传统，一手抓住生活"，艺术的本质是"创造"。不断开创新技法、新形式，力争在创新中有所建树，是艺术家应有的态度，但千万不要掉进"个人行画"的陷坑。

（注："行画"是指技法过于程式化和概念化的绘画作品。）

看粤剧、读书与修养

最近，连续看了好几场粤剧大戏，且有越看越爱看的趋势，甚至连"广府华彩"的粤剧片断都看得津津有味。自己爱看也就罢了，还在微信中发布邀请大家一起看粤剧的消息，当然也得到一些人的呼应，却也引来诸多大惊小怪的喊叫声："饶了我吧。"

萝卜白菜，各有所爱，我不能强迫任何人去看粤剧，但这一声"饶了我吧"却能让人感觉到这个时代的浮躁。在当今物质高度发达的社会，我们经受着来自社会、经济、人文诸多方面的压力，我们原本宁静纯真的心境，被切割、扭曲、变形、污染以至失去了自我，艺术家也失去了原本应该自然美观的艺术性了。在如此喧嚣的大环境中，又如何能静下心来欣赏粤剧呢？

听粤曲、看粤剧需要一种慢姿态。

中国文人画的诞生，就注定它是一门重学问、重人品的学科，历史上大凡有成就的画家，多能广泛涉猎，对于画画以外的文学、诗词歌赋、音乐戏曲等等皆有兴趣，甚至研究颇深，而对于书法、篆刻就更不在话下了。

试问当今画家又有多少人可以上台讲音乐欣赏、讲戏曲欣赏，或者讲文学和诗词欣赏呢？

其实，文化领域的许多知识及对其他规律的认识，往往可以开启画画艺术的创作思路和审美情趣，常常有峰回路转、曲径通幽的妙悟境界。我们常说的"功夫在画外"，指的就是画家必须在其他知识领域和艺术层面上要有所修养。中国画要画得比别人更有看头，就必须要有诗、书、画、印集于一身的功力。中国画家不仅应该具有画家的情趣，还要有诗人的情怀，书法家的韵致，哲学家的雅谑……

苏轼评价唐画家王维说："味摩诘之画，画中有诗，味摩诘之诗，诗中有画"。意指其画以诗景入而化之。古代具有极高修养的大画家有赵孟頫、董其昌、八大山人、石涛等等，近代的画家也有黄宾虹、吴昌硕、齐白石、潘天寿都是诗、书、画、印兼治的学者型画家，古今大画家俱是博学之士。广泛修养就象金字塔底座，面积越大，则塔身可以越高。许多画家到一定程度之后难以继续进步和突破，甚或终身不得其门而入，皆因修养功夫不够，以至悟性不高之故。

明嘉靖年间的职业画家周臣，擅画山水和人物，画法严整工细，功底极深。他有一个特别著名的学生叫唐寅，综合绘画水平高于自己，周臣自我评价说："惟少唐生胸中万卷书耳。"可见周臣已认识到提高修养的主要手段便是读书。所谓"三日不读书，面目可憎"，即是说读书对于人的气质升华所起的潜移默化的妙用，乃至于化愚顿、启智慧、消暴戾、致祥和。饱学之画家，其画自然可以平添几分文气。清唐岱《绘事发微》中认为："画学高深广大、变化幽微，天时、人事、地理、物象无不备焉，古人天资颖悟，识见宏远，于书无所不读，于理无所不通……胸中具有上下千古之思，腕下具有纵横万里之势，立身画外，存心画中，发墨挥毫，皆成天趣。"诚然读书之功，焉可少哉！读书乃明理，理明而气顺，气顺则格致高雅。

读书使画学高深，然艺术修养又岂仅在于读书。天时、地理、人事、物象皆须有所备矣。

一个人的艺术品格及气质在其作品中必会因个人气质修养不同而有所反映，倪云林画格冷逸、唐六如意态洒脱、赵孟頫书画呈显贵气，皆因各自学识修养有别。

欲求提高修养，使素质升华，读书及生活阅历固不可少，而其关键还在于知识面的渊博，如能广泛涉猎，那么其艺术创造当可驰骋于

长江第一湾
2011 年
纸本设色

自在之境。欣赏粤剧当在于静心，去躁。声声入耳，赏心悦目。当代人快节奏和浮躁的心情如果能安静两小时欣赏一场粤剧，则有助于提高你的幸福指数。作为艺术家，当能有安静两小时看一场粤剧的心态，何来"饶了我吧"的喊叫。

艺道方长　新意为趣

　　石鲁说：对待艺术，宁可喜新厌旧，也不要守旧忘新。创新而破旧，这是艺术发展的规律。对于新与旧的矛盾，在艺术上常常是贯穿着思想斗争的。

　　好作品实在可解人一睹之渴。而实际上，一个画家长期不出新作品，再炒作也是枉然。

　　传统是历史，是河流之渊源，是艺术推陈出新的出发点，而现实生活是今天艺术的基础，是土壤。艺术离开传统，就象没根的花木，不会发芽结果。画家除了玩弄笔墨，信手挥毫，更多的是需要在深思熟虑的基础上下笔，除了富于感情的头脑之外，还需要具备一定的历史、文化素养和醇厚意境，出来的作品也才可解人一睹之渴。

　　五千年来的艺术已经形成它独特的血统，也难保今天以及在遥远的未来，不留下一丝血缘关系，文化艺术的延续性，也许比之人类的血缘关系，要持久得多了。真正的发扬传统必须首先继承在临摹的实践中去理解和掌握传统的特点和规律，再把从生活中积累的素材上升为艺术。艺术创作从点题、到构思、到下笔，"一石击破水中天"，自然而然地在作者头脑中激荡着生活印象的涟漪。这种既有传统血脉又有生活气息的艺术作品才有生命力。石鲁创作《延河饮马》时，首先是任务，这个任务就是点题。接着作者在延河生活多年的画面自然而然地一幅一幅地闪过眼前：仿佛耳边犹闻延河上的革命歌声，目中

雅韵广州
2011 年
纸本设色

犹见延河畔的劳动步伐、延河洗衣、延河挑水、延河散步、延河早晨、延河晚霞……作者长期生活的景象在头脑中发酵。石鲁的这种强烈精神性和人格化作品令人百睹不厌，让人有一睹之渴，是当代画家的一座丰碑。

石鲁说：山水画要把它当作人物画来画，有高大的，有坚强的，也有优美的。要把它当大人来画，山水画就是人物画，赋予它灵魂和气魄，要能象征人的精神，让人有感觉。

笔者在 2010 年第 16 届亚运会前夕创作了一幅国画《雅韵广州》，既为纪念亚运会在广州举行，又寓意广州的文化精神所在。取材于广州的蓬勃发展，珠江两岸高楼林立，昵称"小蛮腰"的地标婀娜多姿，在珠江水影映衬下，犹如节奏韵致优雅的一部现代都市交响曲，精神和气魄都出来了。水泥石屎森林在中国画中极难表现，笔者以云雾缭绕营造气氛，表达城市氤氲的温柔一面，水墨气象淋漓，意韵犹长。这种表达手法在传统中无迹可循，应该说是中国画的一种创新，正所谓笔墨当随时代是也！这种创新当时也有人不置可否，甚或持不同观点。新生事物总是需要经过检验。但毕竟这幅作品是从生活中来，也能从中看到传统技法和笔墨。有生活才有灵魂，有传统血脉才有根本。而这种生活则来源于对情景的写生。

写生并不是光写这儿，不写其余。生者，是生活之理、生态之理，在写生之前要深入生活，了解自然，认识对象。只要懂得理，合乎理，便什么都可以入画了。如果按着别人的成法去画，不顾描写对象的特点，那就很容易变成写死了，与创作完全不是一回事。至于写生的题材和形式，简直丰富无比。题材是主要的，首先要会提出问题，然后自己解答。生活本身就是问题，什么形式都可以回答，能了解真实情形，才能真情流露，才能写生，才能写出、新鲜活泼。写生其实就是写形、写气，要亲自发现，多发现一些问题，把写生变成思考，发现别人尚未发现的东西。

画家到了一定的时候，每一张画的构思是说不清楚的，整个地抒写胸中逸气和怒气。比如李苦禅老画那个白鹭鸶，他也说不清为什么，每次总有新的意象，反正配合起来好看。

通过生活、写生、酝酿、构思，解决一些造型、笔墨的问题，探索一些中国画的新东西，这便有了新意。艺道方长，新意为趣。

画展到底为了谁

日前，一画界人士回故里举办个人展览，笔者应邀前往参加开幕式。初以为，如此荣归故里举办展览，必为当地政府、商贾热捧，风光八面。可是错了。笔者于前一天抵达展览场地，只见画家夫妇在现场对工人指指点点，布展正在进行时。据说布展工人还是专门从广州带过去的。

笔者甚觉纳闷，该画家在外打拼几十年，虽说在全国来说还算不上大腕，可也算得上一个中腕级人物吧，今日回故里向家乡父老汇报自己几十年的奋斗成果，怎么就这么冷漠。

带着诸多的疑问，晚上询问友人，原来画展牵头人只是一家文化公司，全部费用则由画家来承担。除了交给该公司数额不菲的承办费外，场地费、布展费、印刷费、开幕式费用等等皆由画家"买单"，而策展公司仅仅作一些媒体的宣传。怪不得白天画家夫妇要亲自上阵布展。我想，给我又上了一课。

上述现象虽说只是个别，却也说明了一种对待文化的态度，几乎是把画展作为经济发展新的增长点，各方通通都想来分一杯羹了。

其实画家办展览，既是对自己的宣传，但更多的成分还是对社会美术知识和审美的普及与熏陶。在欧美国家，老师带学生到美术馆参观就是一种常态，幼儿园老师带着小朋友在美术馆泡泡更是一种常态。你说小孩子能看懂多少东西呢？我看未必，但更多的是让他们感受到美的训练，甚至于有机会听到一些大师的讲座，学到很多课堂上无法学到的知识，收集到大量的信息，如美术作品的美感、意境、创作背景、历史的故事以及文学的历史等等多重知识领域的综合内容。通过这种视觉的感受和认知，得到知识的传播和艺术的挖潜，触发孩子的创作欲望和创作潜能。

2011年，两岸《富春山居图》合璧展览时，台湾著名画家、作家蒋勋先生在现场做了一场关于该画的讲座。人们常常赞叹这幅画技法如何高妙，画境又如何富有韵味，然而蒋先生却给现场观众带来了两个鲜为人知的认识：一是关于这幅传奇之作的版本及流传问题，让观众了解了作为真迹的"无用师卷"之所以"假"，只是与乾隆皇帝的面子有关；二是从表面上看，这是一幅山水长卷，但在林中、岸边和船上隐藏了若干个渔夫、樵夫之类的人物，这反映了中国文人的"渔樵传统"，当然也折射出画卷作者黄公望的个人趣味与当时的时代印记。

原来看画展除了看作品技法之外，还有值得探讨的诸多历史知识，给人带来人生启发，多么的吸引人！

可是现在到美术馆办展览却出现严重偏差。虽然不能要求每一个展览中的每一幅作品都有一个故事，但依然能带给人美的欣赏和视觉的感受。

画家办展览到底为了谁，当前这种对待美术展览的态度是需要反思一下的。展览馆场地租金照收，策划人员费用照收，结果如何不得而知，把办展览当作生意之道了。

于是乎，一些有真料的艺术作品展览也被坑了，本文开头所述之画展即是画家充当"冤大头"的展览。本来应该奉献给桑梓的艺术大餐变成了一曲艺术长恨歌。敢问这是谁惹的祸啊？近年来，随着市场经济的高速发展，中国美术界呈现一片繁荣景象。可以说，当下是美术界最好的时期。画家实现自身价值的评价体系和展示风采的途径空前多元化。当然也说明在国家文化发展战略中、百姓文化生活中，美术所占有的比重越来越大，这无疑是美术界、文化界的福音。然而一些冒充艺术家的商人和把自己当商人的艺术家也就钻空子，大发艺术家的时运之财。

孔子说："君子务本,本立而道生""君子喻于义,小人喻于利。"做人做事还是须要遵循祖训。只可惜一些画家,过去无书可读,今日无暇读书,文化人远离文化,书橱上不见经典,难免出现被见利忘义者忽悠的尴尬。不是出自良知,而是被动敷衍,其实能把画展换成钞票的画家还是少数,多数人为了生计,依靠艺术赚钱不易,还是自重吧。

女王的眺望
2011 年
纸本设色

山水画家的林泉之致

衡量一个画家的标准，除了在技法、造型能力、笔墨等基本功以及画家个人的修养外，很容易被忽视的还有一个要素，那就是画家创作的作品是否来源于生活，也即作品是否具有生命力。

社会的发展会使人们的审美趣味、审美感受发生变化，但画家遵循艺术自身的发展规律却是不会改变的，即生活。

当代山水画巨匠黄宾虹说："不读万卷书，不行万里路，不求修养之高，无以言境界。"清代著名画家石涛也言："搜尽奇峰打草稿。"其意都是说画家必须到大自然中深入体验，才能"外师造化，中得心源"。而这种置身需要真正切入到心灵深处的情感，才能碰撞和擦出具有生命燃烧的火花，创作出的作品才具有灵与肉的生命力。

这些年来，笔者游历无数山野林壑，但始终对深邃的太行山情有独钟，尤为对太行山之"陉"，更有如浮沧海、帆长江、处险境之感。作为画家，此时不只是欣赏高山险峻，或者飞流直下的雄奇壮观，其实更多的是需要全身心地融入太行山那种铭心刻骨的传奇，才能深层次悟透太行山的痛并快乐，而不是草草描绘其山形水影。

笔者所去的太行山多在南太行一带：南太行山的大峡谷与平常人们见到的峡谷不同，深度、长度和宽度都令人吃惊，这里的峡谷动辄几十米到几百米，倘若从谷顶算起，到谷底的高差几百米，甚至上千米。峡谷有宽有窄，宽处达四五百米，窄处却只有一两米，峡谷沿着笔直如削的绝壁蜿蜒曲折，长达数十公里。加上岩体发红，色彩鲜亮，看起来就像是横亘天际的巨幅山水画，雄奇壮观……

在这个海拔接近 2000 米的区域里，群峰连绵、千壑交错，站在高处俯瞰，则怪石嶙峋、峭壁跌宕，远眺又是奇峰叠泉，山影葱茏，一条蜿蜒在绝壁之上的公路，因为有了云雾和流泉的呼应，增添了许多绮丽的韵味。除了棱角分明的峰峦给人如梦如幻、气势磅礴的感觉外，那些萦绕其间的洁白和翠绿，似乎沟壑和峡谷还镶上了一层轻纱薄绡的外衣，看起来分外迷人。

假如作为一个普通过客欣赏一下，赞叹一下，这已经是足够了。然而作为一个画家，这样欣赏就只是非常表面的东西了，这样去解读太行山也难免显得肤浅，充其量也只能是电影般的感觉。

到太行山的次数多了，而且每次都能停留一二十天的时间，好好了解大山的前世与今生，从内心深处走进大山，使得心灵与大山交融。

太行山的亘古，一些为了活下来的先民，陆续沿着水口进入了与世隔绝的太行深处。这些水口是众多河流在连绵起伏的山脉之中流经时形成，而小的水口往往是"陉"经过之处。"陉"的本意为山脉中断的地方，太行先民在峡谷道路被山崖阻断的地方，沿崖开凿出上下垂直的拐形石道，从谷底直达山脊。太行先民付出许多生命的代价创造出世界上最危险的道路，从而被引申为"陉"，并成为太行山路专用名词。先民为沟通往来，用自己的双手把"陉"的创意发挥到极致，他们在长达四十年的时间里，陆续在太行山中开凿出了数条世界上独一无二的挂壁公路，它是南太行特有的景观，也是真正体现大山的魅力所在。这一条条悬挂于海拔 1000 多米的断层岩壁上的挂壁公路，令笔者锁定对大山的情怀，由是而创作出一系列有血有肉的太行题材作品近百幅。其实，你越是对大山了解，就越是有真实的感情，作品也才有了灵与肉的交融。

山水画有着悠久的历史，经过历代绘画大师的不断发展创造，如今已形成了非常完整的绘画体系。生活是艺术创作最重要的源泉之一，也是画家创作灵感的主要来源，是作品产生的土壤。生活会使作品的内容充实，画家的情感丰富，能为艺术家的创作提供源源不断的营养、灵感和动力。石鲁在创作《转战陕北》时，就是以毛泽东在解放战争期间转战陕北为题材，他把生活中的素材上升为艺术。石鲁不是一个信手挥毫的画家，他只有在深思熟虑的基础上才下笔，他把毛泽东凝神远望的姿态和壮阔的高原景色融为一体，使读者感到领袖的思绪、心潮充盈于千山万壑之间，这是作者对当时那片土地的真实情感和作者对领袖一种特殊情感的流露，才能酿造这种深沉醇厚的意境，充分表达出中国绘画所具有的传统特点。

林丰俗创作的《公社假日》，假如他没有从小对家乡凤凰树的认知，恐怕就无法在瞬间以火红的色调创作出大革命时代的激情。公社是当时的时代产物，但《公社假日》首先是一幅山水画，作者把时代与环境融在一起，这是作者对当时时代的领悟和感受。生活中的名作由此诞生。

其实，拥有大山情怀既是生活的源泉，也是一个山水画家需要修练的必修课。

说说题画诗的淡泊趣远

　　我画画除了写生和主题创作之外，闲来喜欢画些作品，配些自题诗，偶尔也依照古诗画画，乐此不疲。时而有人生易逝的感伤，慨叹中隐含着光阴虚度、有功业无成的无奈，仅以面对白纸"涂鸦"的稚儿般自个玩"煮饭斋斋"，自得其乐；时而却有适意适志的体悟，颇有"人生适意贵如此"的感慨：我辈适意在行乐，期待着与挚友或共乘扁舟，或杖履相随，日日醉玩于山川明月之中。有诗曰："安得扁舟澉川去，日与杖履相迎随。登山把酒醉明月，共看此画歌此诗。"

　　感叹也好，感慨也罢，但至乐无如自娱。中国美学早期的和谐思想，偏重于人与社会的和谐，如大乐与天地同和。而唐代以后，和谐的美学思想显然发生了转变，在强调人与人之间的社会性和谐之外，更突出了人内在世界的和谐，人退回内心，平灭内在世界的冲突，通过艺术的途径，把心灵融合于白纸与翰墨之中，养得平和怡然的心灵，把艺术的创作导入平和境界的窗口，可以抹去人心灵的欲望，平抚心灵的不安和角逐。赏玩一下题画诗，如同饮一杯清茶，平淡中有悠长，宁静中有飘逸，亲和中感受无上快乐。

　　北宋中期，由于政治变革的失败，士大夫的济世热情锐减，以超越尘世、淡泊精神为基调的佛老思想成为士大夫的精神寄托。论诗则追求平淡意境，论画则强调淡泊趣远。从而为文人画理论奠基。苏轼认为宋汉杰画马不若画工"往往只取鞭策、皮毛、槽枥、刍秣"，而是表现了骏马意气俊发的精神，因而揄扬其画"真士人画"也。可见士人画是区别于画工画而言的一个概念。其不同在于绘画从对客观事物的具象描写转变为主要表现客观对象的精神，从本质上说士人画即为文人画的先声。苏轼"论画以形似，见与儿童邻""诗画本一律，天工与清新""味摩诘之诗，诗中有画；观摩诘之画，画中有诗"等等语录，均可作为士人画理论的注解。

宋代文人人多爱画、懂画，或亲自挥毫泼墨，或赏玩题品，诸多文人皆有参与动手挥毫活动的经历。文人对画画的参与尤以对文人画的勃兴，极大地刺激了题画诗的创作。一方面，从题画诗的创作主体而言，文人擅长诗文，较诸一般人来说，文人在画画或赏画之后更容易产生题咏的冲动且付诸实践，因此题画诗在北宋年间逐渐蔚然兴起。苏轼、黄庭坚都是当时擅题画诗的"发烧友"。另一方面，文人画追求画中有诗，重写意，轻描形，这能给予画家更多的想象空间，也便于诗人借画咏怀；文人画多以水墨泼洒，技法更加放纵，既表现画家的个性，也极易引发诗人的雅兴，从而从客观上促进题画诗的创作。

另外，由于义人亲身参与创作，对于画画有着更深刻的认识，因而能在题画诗根据个人爱好和个性提出对审美的观念，增进题画诗和画面相交融的思想内涵，创造出交相辉映超凡脱俗的艺术逸品。

苏轼画画不刻意追求工巧，不严格遵守法度，肆意挥泼，任由胸中情绪的自然流露。他自己评价说："我书意造本无法，点画信手烦推求。"其书如此，其画亦然。这种带着游戏味道的作品，更能突出表现画家的个性，显出他的创意，别具神采。对于苏轼而言，画画的目的是为了取代文字而以另一种艺术方式抒情达意。在酒酣耳热之际即席挥洒，以游戏的态度，化胸中的郁闷愁苦，达到无求品自高的境界。

时下画家，有多少在为斗米折腰，又有多少在拼命借画敛财，这与文人画格格不入，更何谈玩赏题画诗，至于题画诗的趣味更是无从说起。画匠遍地有，画家则需要靠时间过滤出来，真正意义的画家要能关起门来读些书，平心静气搞创作，淡泊名利，甘于寂寞，敢于不吃市场上的蛋糕，思考一些问题。要有思想深刻、见解独到、学养深厚、情感充沛、专业执着、技艺超群，且拥有超然的人品。老子语：
"夫唯不争，故天下莫能与之争。"古往今来，小鱼水面挤，大鱼水
下伏。对于大鱼来说，深水里风景这边独好。

伊兹拉岛之恋
2014 年
纸本设色

艺道贵通

　　闲来写写散文，尤其画画之余，把创作过程以随笔的形式记下来，加以修饰，有时就成为一篇很好的散文；写生当中把一些趣事、感受以日记的形式写下来，润饰一下，也是一篇趣文杂记，这种散碎的"杂文学"虽在审美性显得不够纯粹，但这也正是民族文学特性之所在。当然更多的还是抒写个人的所见、所闻、所思、所感。

　　作为画家，诗书印当然是必修课，一定的文学修养也是必不可少，散文的创作练习，更是需要具备的。丰子恺、吴冠中出版的散文集都有好几本，画家把一些发生在身边的事情、写生笔记、心得体会以散文形式记录下来，经年积累，便是一笔很好的艺术财富。

　　散文所表现出关注社会性和现实人生的审美品格，强调自由抒写个人的所见、所闻、所思、所感。对于画家群体而言，习惯于写散文，更能表现出跨领域、跨学科的能力。

　　广东有个人文艺术研究会，成立五年，最近刚刚换届，会员由最初的五六十人发展到现在也才刚刚过百，表面上看该研究会对入会把关颇严，而实际上，能符合该团体入会条件的确实也不多。这个研究会提出的宗旨是艺术家必须能打通"文史哲"，并非仅仅在文章中谈画、论戏、赏乐、观园林……可贵之处在于让我们透过作者笔下斑斓的艺术世界，感受到真诚磊落的人生感悟、独特的生命体验以及对文化的坚贞守望。

　　去年，该研究会汇聚一百名诗人、一百名书法家、一百名画家共同创作"岭南风物百咏",集诗、书、画于一体,描绘岭南一百个具有特色的景点,可谓风靡一时。其意义远远超出预期,不仅对岭南风物的颂咏,还把诗书画结合起来的连贯思维,令人对岭南风物的印象更加深刻,是一次跨越艺术门类的经典示范。

最近,书画家、作家、广东人文艺术研究会会长刘斯奋先生又亲自选定30首具有代表性的唐诗,分别由艺研会会员于诗意进行创作,曰:旧诗新画。目前已完成初稿审定,这将是又一次"跨界"活动。

艺道贵通,通则有灵气。

作为文化人、知识分子的整体,是社会文化物质与精神的载体;而作为知识分子的个体,又有着各自价值的选择取向。比如画家,如果局限于会画一些个图画,那就只能称之为画匠,而够得上称之为画家,则需要多方面的修养,具有独立人格而不依附于权贵,作画不作媚人之作,具有自由思想而不迷信某一途径,具备全面贯通"文史哲"的才能。历代能留下名的画家大都不是单纯的专业画家,而是具备多方面才能的"业余"画家。刘斯奋先生曾以六个一:一种师承、一条路子、一个面目、一统天下、一个标准、一团和气来比喻广东文艺现状。他认为,这样一个流派、一种画风不利于其他艺术风格融合,很难碰撞出新的东西,极大地妨碍了其他风格流派的生长和展现,限制了艺术家的心胸和视野,这个问题很值得思考。

《文心雕龙》认为"心生而言立,言立而文明"。文章具形式美,是符合"自然之道",此道绘画亦然。艺术家打通"文史哲"应该就是"言立而文明"。北宋书法家米芾爱石如命,他曾对自己所收集来的奇石行跪拜礼,呼石为"石兄"。太湖石则是中国园林叠山中的最爱,米芾用四字评太湖石为"瘦、漏、透、皱",其中的"漏"则指太湖石多孔穴,此通于彼,彼通于此,通透而活络。艺道如太湖石,通则有灵气,通则有往来回旋。漏能生气,气之何在?在灵气往来也。生命之间彼摄相因,相互激荡,油然而成盎然之生命空间,生生精神,周流贯彻,浑然一体。所以,石之漏,是睁开观世界之眼,打开灵气之门。艺之通,则是开阔视野,曲径通幽,是打开艺道灵气之门,乃贵乎。

吉庆有余

2016 年

纸本设色

中国画发展要坚持民族性

去年以来，水墨艺术忽然间成为被人们频繁探讨和议论的新话题。来自世界上的两大拍卖行苏富比和佳士得水墨拍卖专场大卖的消息，引发艺术圈的人们关于水墨艺术会不会成为艺术市场中的新贵的热议。其实，这些水墨艺术并非传统意义上的"中国画"，它们是受现代文化影响而转变后的"新水墨"。

那么，真正意义的"中国画"应该如何定位呢？

当今中国画现状颇令人担忧，在各级各类展览比赛中，诸多为新而新，为奇而奇的作品时常在人们意外中"脱颖"入围甚至获奖，纯粹是随个别评委口味而定，更有以名曰"水墨实验"的诸多"无厘头"作品进入展厅。这些作品没有中国画的味道，甚至完全背离了中国画传统。而占据比赛主流的工笔画作品愈来愈多地吸收西方元素，追求所谓的"国际化"，画中国画的学生几乎都快变成为"小鬼佬"了，画出来的东西，非东非西，从传统心理上很难接受。

本来世界的文化交流是互相碰撞、互相交融，但民族性是根本。中国画若失去民族性，就没有了根本，也就没有了生命力。

中国画的特质早在东晋时期就已确定，宗炳的《山水画序》便是这一特质的起点。宗炳"每游山水，往辄忘归"，"好山水爱远游"。其妻死后，他仍只身远游，"西陟荆巫，南登衡岳，结宇衡山"。后来因病和年老，才又回到江陵故宅，自叹："老疾俱至，名山恐难遍

虎跳峡风光
2011 年
纸本设色

睹，唯当澄怀观道，卧以游之。"凡所游履，皆图之于室。可见，画山水或观山水画都和游真山水一样，而且能更好地品味圣人之道，"虽复虚求幽岩，何以加焉"。所以这位"澄怀味像""洗心养身"的信徒，对山水画的定位绝非为了消遣，而是要调动一种最好的形式，以"卧游"山水的方式来体现和学习圣人之道，纯粹是为了享受"游"与"居"而愉悦身心。

这种愉悦，来自于画面的可游可居的模式。而这种特别的思维模式，正是国画区别于其他画种的特质，也可以说是中国画的聪明之处。同时，可游可居的画法，决定了中国画散点透视的另一种特质，哪怕是在画一种小动物。比如观察一只鸡，习惯于见头不见尾，见尾则不见头。但在中国画中则完全打破这一透视模式。由着你的需要，集中所有的美。所以，在画面中，既看到头亦能见到尾，同样产生可居可游的视觉效果。也就是说，怎么美怎么画，完全不必局限于具体的透视，可以跨越时空，选择你认为最美的东西。综合印象的刻画最重要，绕着对象观察才是中国画具有的特点。

从技法而言，中国画是抒情写意，而不是事物客观对象的简单再现，以线条及笔墨来表达作者的思想和审美。当前，国画教育强调深入的素描训练，虽然表达了质感，却明显影响了笔墨的感觉和运用。从某种角度来讲，西方美术教育已影响到中国画自身的发展。虽然说笔墨当随时代，但指的是物像的变化。中国画根本不必要依靠外来画种来解决，随时代便能自然更替。只要在吃透传统之后，顺其自然地加以理解解决。循着原有中国画的发展脉络，发展将更加纯粹。

当前绘画方面的新思潮、新观念层出不穷，各种水墨表现形式多元并存、异彩纷呈。书画市场一批又一批令人眼界大开，出手不凡的新生代不断涌现出来，推动了书画界的收藏热潮。而其背后却有诸多鱼龙混珠的东西，不仅损害收藏界，更重要的是混淆中国画的审美观念，值得警惕。

对于社会上流传的各种流派在某种程度上都存在一定的局限性，多多少少也局限了画家的思想，无须提倡。

中国画的造型并不难，难的是其写意抒情。注重的是层次而不是空间，强调的是笔墨和线条，选择的是最美的东西。对于一个追求艺术的画家来说是不需要讨好市场的，需要的是一种民族精神，多读书，多看画。读多了，看多了，听多了，自然就会有艺术的灵感。

听粤曲话审美

听粤曲与话审美，看似两个风牛马不相及的概念。听粤曲需要有一定的地方戏曲欣赏细胞，而审美则需要具备相当的审美训练。两者并无必然的联系，但都要求具有相关的学识素养。

粤曲，是具有岭南特色的一种地方戏曲，听粤曲之美在于悦耳，是精神上的美。可是戏曲、乐曲为什么要说是"曲"？从字典中可以了解到"曲"乃"直"的相对应，也有弯曲、曲折的意思。在乐曲、戏曲中，"曲"体现在婉转、跌宕、声浪、节奏，不断变换推进，而非平铺直叙的吼叫。"曲"在中国艺术中具有很高的地位，是艺术中不可或缺的一个重要结构因素。在造型艺术中，曲的节奏变化更为突出，比如欣赏女人之美，首先都会赞美其身体曲线之韵律。

对于具有东方民族内蕴的重要审美观念，"曲"更是具有中华民族特色的重要特征。诸如，说话委婉，重视内蕴，强调含蓄。把道理说明了，说白了也就不美了。因此从欣赏粤曲的婉转、曲折中也可体验出美如雾里看花，美在悠长回味，美在迂回之后的内蕴。

在美学中，"曲"表示的是一种美感，一种美学情趣，曲线可以产生优美。从造型角度看，横线能使人产生稳定感，竖线有力量感，而曲线则富于优美感和动感。曲线代表一种自然的节奏，它是非人工的，非几何性的。从审美上，山重水复疑无路，忽然间柳暗花明、豁然开朗，带来一种审美的视觉冲击。"曲"在唐代以后多为文人所重

马公岛天后庙灵殿
2011 年
纸本设色

视，这是文人意识崛起以后在审美领域的反映，符合中国美学的精神。曲线所表达的那悠远的纵深、层层推进的妙处，体现的是曲即是深，深即是曲，达到曲而深的境地。粤剧《花月影》，为表现剧中人杜采微对林园生的那种深情而难掩少女羞涩，表演者在处理上就是在舞台上通过走 S 形的曲线，来突破舞台场地的局限，从而表达出深度，用弧曲和小碎步竭力营造观众那无限的遐想，这种月下相逢深邃婉曲，令观众的感觉随着演员的碎步盘旋渐行渐远、意犹未尽，所以剧中人在把握剧情的时候，很能通过"曲"把握住观众的心。

　　曲在中国建筑中也是无处不有。曲曲的小径、曲折萦回的连廊、婉转绵延的溪流、起伏腾挪的云墙、虬曲盘旋的古树……至于园林艺术造曲就更是大的学问了。山曲水曲堤曲廊曲，无一笔不藏，径越伸越曲，廊越回越深。景在曲中多了含蓄，游人步步移，景色处处变。曲径通幽，别有洞天。

城里人之所以向往古村落，其实是因为乡村小道曲折之美，苍老榕树曲线之风骨，均构成了画境。今日城市中石屎森林般的建筑群中若保有一株老树，即使瘦骨嶙峋，那前俯后仰、曲曲弯弯的体态，展现了曲线之魅力，已然是城中瑰宝。高楼林立在直线统治下的城市呼唤着曲线，因为人们需要美。

中国艺术更是注重曲的运用。在书法艺术中，草书和行书对宛曲线条的偏爱，宛若游龙，飘若惊鸿是书法中推崇的至高境界。南朝袁昂《古今书评》说："如飘风忽举，鸷鸟乍飞。""如歌声绕梁，琴人舍徽"，其实都是指书法线条妙境如"千年枯藤"宛曲之美。即便是正书的一笔一画中，也有一波三折之妙。黄庭坚视船工荡桨而悟出书法独到的曲线运用；王羲之看鹅的脖子在水中婉转摇动而深受启发；吴昌硕通过枯藤爬树，盘旋向上而得到石鼓文的妙处。

在中国美学中，曲除了美之外，也还包含着含蓄。雾里看花，是一种境界。宋代画家郭熙的《林泉高致》在论画中特别提到："山欲高，尽出之则不高，烟霞锁其腰则高矣；水欲远，尽出之则不远，掩映断其流则远矣。"所解决的问题就是含蓄："藏"和"忍"。董其昌也说，"作画如隔帘看花，意在远近之间。"

曲胜过直，忍胜于躁。中国艺术的世界宛如一条弯弯曲曲的小径，沿着这条小道悠然前行，在那深处，有一无上妙殿。做人，讲究的是含蓄；搞艺术，讲究的是"不着一字，尽得风流"，追求言外之意、画外之音、象外之象、味外之味，深文隐蔚，余味曲包，才是艺术家追求的大境界。

听粤曲，悦耳乎，悦目乎。

文人画，说声爱你不容易

前些日子有报大谈"文人画"，似有争论，而实际上也并未发现新鲜玩意。依我看，当下还在讨论"什么是文人画"这样的问题，无疑是个伪命题，甚至贻笑大方。

从历史沿革看，文人画至少必须具备学养深厚、言之有物、格调高雅、风格独特等特质。文人画家必须胸有韬略、腹有诗书、兴之所至、信手拈来。而画面则要求迹虽断而意连、笔不周意周，大巧若拙、返璞归真。至于艺术风格，则需体现思想情趣与笔墨技法的高度融合。

一言蔽之，文人画重意、重简。意即画家的涵养，简指画家的技法。

从争论中，诸方神圣各说各花香、自说自花红。有投机取巧者，借文人画之名玩忽悠，恐会贻误读者。误之一：文人画便是写意画，写意画即是寥寥数笔，似与不似，学上一阵子也可成画家，也可成为文人画家。其实连最起码的绘画基础、造型能力都没有。事实上，文人画既包含写意画，也包括工笔画。北宋工笔画家崔白的花鸟工笔画就很写意，他也是当时的文人画家之一。

在文人画中，写意与工笔并没有明确分工。两者都要求画家既要具有扎实的绘画功底，又要有丰富的学识和文化素养。"写意"两字看似简单，却隐含着艰深的学术课题，而非一蹴而就的浅尝辄止。倪瓒所说的"逸笔草草"，齐白石所说的"似与不似"等皆非随意而为之。齐白石主张绘画"奔放处不失法度，谨微处不失气魄"。从历史上文人画家遗留下来的作品看，并无草草之笔，而是处处见功夫。明代文人画家陈淳的写意画，其实就很工。其作品虽一花半叶，却淋漓舒爽，表现出言之有物，绘画功力彰显。

误之二：胸无半点墨，也大喊文人画。其实上也就是借用文人画的概念而已，虽然有一定的绘画能力，准确地说，是有一定的工匠画的能力。对于《十三经》《二十四史》却碰都未碰过，于《经》《史》《子》《集》亦不知为何物，顶多也就是经历一些传统文化教育的走走过场，怎么就成为文人画家了呢？

文人画不只追求形象和色彩，一些画家认为传统有用，照搬照套地走着传统的路子，却远远没有达到古人的高度。而有一些人手挥毛笔，装腔作势，把浅陋的涂鸦称之为"文人画"，更是俗不可耐。

文人画是画家心境、情感的自然合一，从形似到神似再到气韵，最后形成一个学术体系。文人画要求画家既要有扎实的绘画功底，又要有丰厚的文化学养，还要有好的心态、好的气质和独特的艺术个性，以笔墨来传递思想。

诸如八大山人笔法恣肆、放纵、简括、凝练，造形夸张、意境冷寂；石涛努力体察自然，鄙视陈陈相因、亦步亦趋的画法，极力主张笔墨当随时代和法自我立，面向生活的"搜尽奇峰打草稿"。他们的阅历、才情、学问、思想具有浓烈的文人情怀，他们以讲求笔墨情趣，脱略形似，强调神韵，重视营造画中意境。通过这种文学性、哲学性及抒情性的结合，抒发个人的性灵和抱负。

文人画的形成与发展，自是它千百年来多种因素促成的一种文化现象，发展脉络清晰。文人画自有文人的情怀、文人的情趣，绝非某些个人说我画的是文人画就是文人画了。

最近在微信中看到著名理论家陈传席先生的一篇文章提到：当代难有大师。文中指出：（画家）没有文化功底，（作品）格调上不去。以当前的美术教育而不进行改革，很难出大家。他指出：唐诗为什么昌盛，就是科考要考试啊，于是社会形成风气。现在美术学院招生，只考素描、色彩，不考传统文化，画家何来文化修养？正因为这种文化缺失，画画也只不过沦为高考的终南捷径罢了。

　　儒家强调："志于道，据于德，依于仁，游于艺"。没有大见识、大胸襟，就永远只能在小道上转悠。毛泽东、郭沫若、于佑任，他们的书法写得多好，但他们又有谁是专业书法家呢？可见，文人画是意识形态，是形而上的东西。没有文化底蕴和社会阅历等大道为支撑，永远都无法达到。

　　文人画，说声爱你不容易。

台南孔庙
2011 年
纸本水墨

"我自用我法"的快乐

与某君多次合作作画，他时有评价："健生作画就爱不按常规出牌。"君此话是褒是贬，余不在意。但说实话，余作画，却时常有不按常规出牌的"癖好"。

有次此君画猫，原想令其立一石头之上，殊不知，余虽按这设想在猫下画一石，忽然间却只令猫三只脚与石接触，一只脚悬空，画面顿显生动。君斜扫一眼："健生就爱不按常规出牌"，笑之。

又一次，君再画一猫，常规合作多以鲜艳花卉衬之，而余却以工细双勾墨竹相配，画面别有一番雅趣。君不"甘休"："须衬颜色方与之相配"。为满足君之愿，余以三绿填竹之空白处，而不以常规的花青或墨绿。君见之，颇感清趣，摇头曰："健生就爱不按常规出牌。"言之无奈，却也挑不出毛病。余颇感"得意"。是为我自用我法的快乐。

是的，余以为真正之艺术创作，乃讲求唯一性和原创性。创作思想不可复制，自己也不可重复，更不能把个人特点变成个人行画。

艺术是相通的，哪怕今天去读古诗古文，或看古书古画。古人无论是从个人情感，或者视觉冲击，凡在语言形式或者艺术创造中具有个性追求的作品，必有其生命力和精神感染力。文学四大名著正因为有其各自独特的艺术风格，才能令人或感动、或亢奋、或慨叹、或扼腕……

在书画艺术中，黄庭坚的《松风阁》，以撑舟荡桨，一波三折，起伏跌宕，顿挫抑扬的字迹，是以体现出天真灿然无可言喻的感染力；而王羲之的《兰亭序》"游目骋怀，足以极视听之娱"的东晋文人雅逸超俗之风骨，更是来之于作者发自内心的即时情感流露。据传，王羲之后来曾打算重新抄正，却再也无法写出原稿的潇洒脱俗。中国画史上，八大山人孤傲无奈如其所画白眼鱼和白眼鸟；沈周"米不米，黄不黄，淋漓水墨余清苍"，不考虑什么家数规矩法度；文徵明以自己技法、风格描绘的貌似平淡山水；黄公望的富春山居图和倪瓒太湖闲适的笔墨；徐文长"半生落魄已成翁，独立书斋啸晚风"狂放的墨葡萄。皆是画家个人心境的传达，又都是各自体现画家享受"我自用我法"的快乐。

当然，建立"我自用我法"的石涛更是刻意经营、时出新意。他对游于笔墨而名山大川未鉴者斥之为"货簇新之古董"；他戏那些常把"此某家之笔墨，此某家之法派"挂在嘴边的画家犹如"盲人之示盲人，丑妇之评丑妇耳！赏鉴云乎哉！"话语虽尖锐，但确道出了循规游于笔墨者的不足。不仅如此，石涛还把"我自用我法"又进一步提升为"不立一法是吾宗，不合一法是吾旨"，从中享受水墨淋漓、老笔纵横的自在与快乐，以恣肆纵逸，极尽淋漓挥洒之致，形成其个人风格。他既可以创作出《对牛弹琴图》来讽喻那些因循守旧而对笔墨无法理解的画工画匠们，也当是对批评自己为"纵横习气"的反击。然而回头却又能写下《石涛画语录》给自己的"我自用我法"提供理论依据。可见，这种快乐的"我自用我法"是建立在画家的言行举止，体现出画家内在文心和文化修养上，也体现画家外在文采和文化品位。

以前古人画画，文气十足，那是因为文人的文采使其画风具有高品格的"文风"。当下画家却多有足不出户，也不写生，虽然有了"文"的东西，却没有得到"质"的内在，所画表达的都是一种套路。而这种套路还不是自己的，是从古人那里套来的。画的东西也是操着古人的符号语言，重复古人的笔墨，毫无新意。如此模仿，全无快乐可言。

艺术重在创造，方能乐在其中。黄宾虹老先生说："师我不如师古人，师古人不如师造化。"这就是说当画到一定程度就需要到生活

春和景明

书法
2017 年

中去寻找自己的艺术语言，从质朴、纯真中得到快乐，享受中得心源的趣味。

黄宾虹、齐白石、吴昌硕等大师的作品不仅可以看出技法上的炉火纯青，而且在修养上也甚深厚，都有一套属于自己的东西。他们表达的情感和形式语言也都有自己的精神风貌和艺术特点。正因为这样，他们从中得到艺术上的极致发挥，获得乐趣，最终在美术史上留下珍贵的脚印。

事实上，我们的文采、文风可以变，笔墨样式也可以变，但艺术的精神本质不能变。笔墨要有当代意识，作品要有时代精神，哪怕不按常规出牌，只要能符合人们的审美意识，即是以人的精神愉悦和思想超凡脱俗为目的，借助山川之形胜，通向对道的感悟。悦目不是目的，达心、畅神才是宗旨。这也正是宗炳提出的"以神法道贤者通，以形媚道仁者乐"的艺术境界。

艺术家需要有艺术家的情怀、气质和对美超强的敏感，对艺术和生活充满热情，甚至是狂热。只有把情怀与气质用到点子上，才有信心满满地大笔挥洒，产生"可贵者胆"，享受"我自用我法"的快乐。

勿忘初心　方得始终

去过古城丽江的人，大多数会被那恬宜的自然风光以及四时皆春的美妙所吸引。然而，我对丽江最深的感受却是当地一种近乎慵懒的生活方式。丽江的神，丽江的韵，甚至是丽江的味，全都体现出一种质朴的悠然。而这种悠然的慢生活，恰恰就是今天竞争的社会，在人心浮躁、物欲横流的世界里，坚持固本守心，修身韫德所缺失的"真我"本性。我时常在想，生活中只有那份安宁才能听到大地的呼吸，才能品味出大自然轻绵的韵律所表达的对人性真诚的眷顾。

束河古城更是有一种醇厚隽永的令人回味的"真我"感受，看着那棵宛如支撑着整个生存空间的老树，倾听清脆的鸟鸣，与住处老板的神聊，品着茶香，感受那映带左右的清流激湍，在深邃的宁静中忘却时光流逝的迷惘，把全副身心融着大自然生生不息的活力，令"真我"的本性得到充分的释放。

可是现实中，这个充满竞争的、浮躁的物质社会里，有些画家整天喊累，而且累得都没有时间作画。实际上，他们是在忙于各种应酬、交际，无法静下心来好好做自己的份内事，把画画好。这样活着不累才怪。一个人既然选定从事艺术这项工作，就必须要坚定志向，放弃许多利益追求，给自己留下一份安静的空间读书、品味生活，让自己有充足的"电力"搞创作。有人问我：你工作那么忙，怎么还能保持高涨的艺术创作热情，不断地涌现出那么多好作品，你的时间从何而

伊玛目清真寺
2013 年
纸本设色

笑口常开
2016 年
纸本设色

来？其实，鲁迅先生早就回答了这个问题：善于把别人应酬、逛公园的时间用于学习，自然能有所获。朱光潜说过：志气太大，理想过多，事实迎不上头来，结果自然是失望烦闷，只会让自己永远处于疲惫不堪的状态。我把生活放慢不是懒惰，而是不苛求自己。我把这种通过生活的享受，让灵魂跟上人生的脚步，凝聚成心灵的艺术，投入到绘画的创作中去，心情愉悦，何来的累。

2007 年，《华盛顿邮报》做了一个关于感知、品味的社会实验，很有启迪。他们请了一位世界上最伟大的小提琴家约夏·贝尔，用一把价值 350 万美元的小提琴在一个地铁站里演奏巴赫的经典作品。在演奏的 45 分钟里，大约有二千多人经过，但仅有 6 个人停下来听了一会儿。大约有20人给了钱就继续匆匆的离开，总共也就收到了32美元。可在此之前两天，约夏·贝尔在波士顿的一家音乐厅演出，所有门票售罄，而要坐在音乐厅聆听这同样的乐曲，每人平均需要花费200美元。

这个故事告诉我们，当世界上最好的音乐家，用最好的乐器来演奏世界上最优秀的作品时，如果我们为了生活，总是不是在工作中，就是走在赶去工作的路上，连驻足停留，聆听一会儿的时间都没有的话，那么，在我们匆匆而过的人生中，就会错过许许多多沿途无尽迷人秀丽的风景，以至于忘了来时的梦想。此时，我们是否应该扪心自问，你从哪出发，要到哪去呢？当下，有多少人是真心静下来，全情投入的去听一场音乐会，欣赏一次画展，并从中找到艺术的价值，再从艺术的灵感里感受生活的乐趣？假若只是为了附庸风雅的应酬，那么，艺术对你来说，也就是一种卖弄罢了。

艺术需要情感记忆，它可以恢复人的品味和人的感觉。如果我们自从来到这个世界，不是在忙碌中，就是在忙碌中奔跑着，我们的一生总在追求，希望事事都能成功，从未停下脚步聆听亲人的诉说和关怀，无法感受亲情的温暖，不能耐心地倾听一切声音，那么，从一开始，你就失去了情感的世界，变得麻木不仁，还谈什么艺术创作，功名利禄早就把你淹没了。

人在路途，不必把一切看得太重，做好自己的事，走好自己的路。让生活简单，再简单些，让人生的脚步慢下来，等待灵魂跟上来。勿忘初心，方得始终。我想，人生如斯，始为人生矣。

大制作与小趣味

中国美术界五年才举办一次的最大规模，最具广泛影响力，国家级最具学术权威的综合性美术大展——第十二届全国美术作品展将于今年举行。这是美术界的一大盛事，它着眼于学术探索，致力于时代作品的推陈出新。这个展览是所有画家们展现实力、推出精品的一个平台。各级美术专业机构，美术院校，都积极组织备战，甚至给出优厚的条件，鼓励有潜力的艺术家，力争在大展中拿到一张入场券。

是的，在过去的全国美展中，有多少年轻画家，在这个舞台上一鸣惊人。人生能有几个五年呢？在这五年才举办一次的全国美展的"独木桥"上竞争，可以说是异常惨烈的，激烈的程度远远超过"全运会"。

为了能使自己的作品进入评委的"法眼"，参展者各出绝招，争奇斗艳。毕竟，每件作品在评委面前展示的时间都是以秒来计算的。如果参展作品没能在瞬间抓住评委的眼球，那么，入选的几率就几乎为零，五年的奋斗也就只能再等下个五年继续奋斗了。

因此，近年来，有些展览就多出现"求大"，并以注重追求画面效果为要务，但内容却愈发空洞。而对于精神内涵、艺术意境却多有缺失，工匠气尤重，这完全偏离了中国画的本来意义。

南宋时期有两位画家，一个叫马远，一个叫夏圭。他俩的画都擅长于"以小见大"，在画史上称之为"马一角"和"夏半边"。

马远的山水画多取寥寥一角，景物不多，用笔很简。明曹昭著的

《格古要论》就评说马远的作品"或峭峰直上，而不见其顶，绝壁而下，而不见其脚；或近山参天，而远山则底；或孤舟泛舟，而一人独坐。"看起来简洁清爽。

马远的《雪滩双鹭图》，近处山体一角以斧劈皴数笔，表现出石头的刚硬，溪流岸边枯枝老树、冰雪覆盖，两只燕雀栖息、蜷缩枝头。远处则空濛一片，雪山绵绵，表现出寒凉荒野的境致。画面体现了马远绘画简而刚的特点，溪涧山色在烟色微茫中，树取一枝，石取一角，水取一截，简单中透露出清旷之意境，景虽少而意长，物虽小而意悠。从一小角到广袤，由有限的景色到无限的意韵，充分显示了马远富有创造性的卓越构图技巧，体现了中国画艺术以小见大的智慧和精神。此作品长仅有60厘米，宽只有38厘米，如果参加今日美展，我想要入选可就难了。

再有夏圭的小景画也很有特色，他主要画水乡景色，水光潋滟，烟霭蒸腾，韵味独特。他对烟村、渔屋，云树、雾林等平凡的景色最为擅长。如《烟岫林居图》，是夏半边典型的构图方法。山取一角，树取几枝，用概括的笔墨，写实的物形，巧妙构图，大胆剪裁，一切都在遮遮掩掩、迷迷濛濛之中，形成一种水墨酣畅的艺术风格。此画山石用笔劲峭，林木简练淋漓，是中国画精品中的精品。然而，它的尺寸也只有25厘米高，26.1厘米宽。

对于马、夏的表现方式，这不是他们个人的特别趣味，而实际上，在中国画史上是很普通的。中国画的特长本来就是以"以小见大"的手法来表现广阔重叠的胜概。隋唐已有之，只是南宋达到神妙的境界。那时画家不在乎"小"，而是刻意追求"小"：寂寂小亭不见人，夕阳云影共依依，此写亭之境；一点飞鸿远山看，烟霞灭没有无间，此山之境……画家力图通过这样的"小宇宙"来表达"大乾坤"，以小景移出大江天，而后更成了文人画家寄寓性灵的专用。

历史上，以小见大的名画家不胜枚举，他们总能将烟江远壑、柳溪渔浦、晴岚绝涧、寒林幽谷、桃溪苇荡这类"词人墨客难状之景"付诸尺素。苏东坡曾题北宋驸马王晋卿的一幅山水画："毫端偶集一

枕水人家
2017 年
纸本设色

微尘，何处溪山非此身？"以一小微尘，表无边溪山，而不必在笔下直接画出溪山无尽。这种由小见大的哲学思想正是中国画的一个"文化密码"，可见小景具有大学养。

当然，也不是否定大作品。大作品所表达的大气势、大场景也是小品画所达不到的，关键是在于它的意境、内涵，以及内容是否充实。马远、夏圭的全景山水也很有表现力。夏圭的十米长卷《溪山清远图》，所描绘的江南山色以不同视点独立分级，加之变化多端的笔墨，使画面水墨交融，淋漓畅快。而北宋张择端的《清明上河图》也是一幅前无古人、后无来者的大制作。

所以说，在大展览中不能只注重大制作，尤其是匠气味重的大制作，而要同时关注具有内涵深远，内容丰满的"小"趣味。这个问题，首先评委要有见微知著的认识，否则，参加国展的作品，在形式上也仍然会以"大"为上，因为别无他法。

书画家的胸中雅量

　　假如人是生活在一个进取与妥协纠缠的环境中，那么无论如何都无法完满。不久前笔者正因心情有所纠缠之故，受到一些毫无因由的烦扰，写了一篇题为《回到原点》的小散文见诸报端。不曾想一友人读后竟发来了唐寅的一幅题诗画给我，这幅画叫《桐阴清梦图》，画中诗句是"十里桐阴覆紫苔，先生闲试醉眠来；此生已谢功名念，清梦应无到古槐"。

　　唐寅画中描述桐树下一人悠闲地躺着，甚是惬意，显然是已谢功名之念，外界的喧嚣与纷争已与己无关，于画中人而言，整个世界就是眼前的这片自然风光，至少是后半生便是喜于自身独处，画中人便是画家自己的清梦，是一种美妙的感觉，也是画家胸中的雅量。

　　对于一个潜心书画的艺术家来说，需要练就"板凳要坐十年冷"，特别需要静下心来读书。艺术家就不怕坐冷板凳，寻求安静的环境，平静的心绪，虽说人在江湖难免受"树欲静而风不止"的影响，但此时正是考验你是否全身心投入到读书和创作的状态，既是个人意志磨砺的过程，也是心理能量积聚的过程。如能谢去功名之念，则能气定神闲，从容不迫，甚至可以显现出"泰山崩于前而色不变"的淡定。天长日久，自然而然身上宁静之气就会越来越多，随之而来的便是十里桐阴下的醉眠清梦了。

　　若论最会玩儿的文人当属魏晋时期，尤其是东晋永和九年（公元

353 年）暮春的三月初三，在会稽山阴那场影响贯穿之后 1600 多年的兰亭之醉。时任右将军、会稽内史的王羲之召集同僚、好友谢安、孙绰等及弟子共 42 人，行"修禊"之礼，曲水流觞，饮酒赋诗，尽享文人雅乐。酒酣身热之后，王羲之挥笔一气呵成，写就了为后人记诵的名篇《兰亭序》，并成为中国书法史上的千古绝笔。这场盛大的文化盛宴也成为漫长岁月中文人的典范。

汉代大书法家蔡邕认为"书肇于自然"，他说"书者，散也。欲书先散怀抱，任情恣性，然后书之。若迫于事，虽中山兔毫不能佳也。夫书先默坐静思"。王羲之正是从中领悟到书法的自然之美，深谙大自然风韵，追求自我释放，游离于四海、尘垢之外，谢去功名之念，实实在在地浸淫于一种超逸脱俗的宁静与朦胧的境界之中。他醉心于山水林泉之中，崇尚人生的自然与放达。为此，自他初度浙江，即便有终焉之志，迷恋于会稽山的崇山峻岭与茂林修竹，乐于与清淡名士彼此引为同道，隐遁山林，积蓄胸中雅量，以致于有千古盛事兰亭之醉。

书画家，不同于其他忙于事务的人。胸中如无雅量，则会"以其昏昏，使人昭昭"，使市侩之气、铜臭之气盛。英国著名哲学家培根说过："读书使人明智，读诗使人开智，读书足以怡情，足以博彩，足以长才。"书画家静下心来读点书，视通古今，加深学养，使得艺术才气大增，开阔视野，宽阔胸襟。处处以体现出一种文人骨气，超越常人的情操，升华成一种神韵气度，培养出一种高贵的雅量。有道是人在做，天在看，吉人自有天相，修炼到家，又何须花费大量精力、时间去计较一些眼前的得与失。

在很久以前，有一个传说：一个老翁于海边垂钓，每天只钓够吃的鱼就收工。村中有一个经商发了财的年轻人问老翁："你为何每天钓这么少的鱼就收工？"渔翁答道："这已够我吃了。"年轻人又说："那你可以多钓一些拿去集市卖了换钱。"渔翁说："卖了换钱？换钱干什么？"年轻人说："换了钱可以换更好的工具，然后打更多的鱼，再把鱼卖了，在城里买漂亮的房子，买漂亮的车子啊？"渔翁轻轻地说："钱赚够了，房子车子都有了，那又能怎样？"年轻人说："可以建个别墅，开着汽车，每天到一个舒适的海边钓钓鱼，享受人生，过清静的日子。"渔翁问："年轻人，那你看我现在不正过着这种日子吗？"

这个故事告诉我们，当人从原地出发绕了一圈回到原地，才能体味出原地的好呀，心中无所求，才无所谓失去与得到，才能真正做回自己。胸中雅量才是书画家登顶的终南之径也。

伊瓜苏瀑布
2012 年
纸本设色

骨子里蹦出来的艺术

世界杯落下了帷幕，世界杯几乎令地球停止了转动。球迷对足球的热爱是发自于骨子里的热爱，势不可挡。能进入决赛圈的队伍，谁都想捧走"大力神杯"。作为本届世界杯东道主巴西的邻国阿根廷队，更是全民发愤、全民发梦都想捧杯。决赛前夜，超过十万阿根廷人几乎占领了里约热内卢的 COPA 海滩，发出呐喊声、尖叫声，疯狂地跳着阿根廷人从骨子里蹦出来的探戈，令巴西人无语。由此，我想起两年前，与著名粤剧名伶倪惠英老师一同前往阿根廷进行文化交流，当地文化部门专门安排观摩了一场被誉为阿根廷国粹的探戈舞表演。为了让我们品味到地道的阿根廷探戈，接待方特意安排了一台属于夸张性的舞台探戈。那技巧、动作、舞步实在令人极为愉悦，演员跳得十分自然轻松，优雅而含蓄，完全像自我享受型的即兴舞蹈，但又觉得不完全是跳出来的，而是更像"走"出来的，且走得十分自然畅顺，优雅大方，诙谐有序，与热情的音乐非常合拍。其时观看之后，我还真想不出一个恰当的词语来赞美她。

在返回旅馆的路上，大家意犹未尽，不停地议论和回味着。坐在车厢中间的倪惠英老师清了清嗓子说了一句："阿根廷探戈是阿根廷人从骨子里蹦出来的艺术。"这句话实在是太有才了，概括得太准确了。全车的人一致赞同这个评价，到底倪惠英本身就是一位艺术大家，对艺术的感悟还是来得真切。

倪惠英继续说："阿根廷这种舞蹈关键还在于它的元素非常朴素，舞蹈的夸张非常自然，尺度把握得很到位，哪怕每一次甩头顿足，都体现出舞者的全部热情和喜怒哀乐，夹之以诙谐的表现形式，这完全是一种骨子里蹦出来的艺术，焕发出它内在的魅力，是能够触及灵魂深处的东西，从而感动了观众。"

倪惠英在粤剧舞台几十年，把粤剧当成她毕生追求的事业，骨子里对艺术的执着，对粤剧的热爱，所形成独具特色的清新、绮丽、婉转、传情的艺术风格，深深地打动着观众。她全身心投入，荡气回肠的舞台演绎，同样令观众为之倾倒。于是她说"骨子里蹦出来的艺术"，我想这应该是她自身对艺术的感悟，也是她"从骨子里蹦出来"的对艺术的评判。

是的，对于艺术而言，只有充满生活朝气的作品，外表质朴、内蕴深厚，有着一股无限内在力量和恢宏博大的气魄，深厚朴实不加任何刻意雕饰，显露艺术本来的自然之美，既有思古之幽情，又有人间沧桑之感悟，我想这作品自然能使人似醉如痴，阿根廷探戈正是具有这种人类的沉淀，是阿根廷人从骨子里流淌出来的东西，因此感人。

记得在上世纪七八十年代，时常听到电影演员在某某地方某某单位体验生活，而演绎出来的故事还真就有生活的味道。当下诸多国产电影电视就觉得令人甚为乏味，编剧无生活，演员无生活，缺少生活应该是一个主要问题，只是在演戏，而不是在讲故事，难以令观众产生共鸣！

日前观看由广州军区战士文工团演出的现代写实题材大型话剧《对抗》就觉得颇为感人。编剧本身就是部队出身，而演员也是兵，演出来的东西有戏味，但更有"兵"味，很感人。饰演一连指导员的演员对部队政工干部的形象拿捏得很到位，虽有夸张，但没有丝毫的造作，结合演员本身的表演天赋，我想这就是"骨子里蹦出来"的艺术。还有饰演战士吴能的角色，虽然戏份不多，但让观众一看就有一种似曾相识的感觉，其他演员对各自角色的理解也都能发自于"兵"的内心世界，所以感人！

彼岸花红送秋波

2017 年

纸本设色

再说说绘画艺术，齐白石是从一个木雕匠转型到一个文人画家，然而正因为民间木雕匠的经历给他带来了后期对文人画创作的极大帮助，尤其是对于造型的夸张和装饰味，都来自于他对民间艺术的理解和想象。而他那"打油"性质的韵语诗配以生动的画面，令读者莞尔之余往往能一见成诵，这就是经历了生活质朴的艺术，是骨子里蹦出来的艺术。

不久前广州美术学院的邓永秀老师举办了一个题为"英雄传说"的军旅题材油画展，其写实的技巧并没有显得十分特别，但依然令人看后就觉得震撼，很有味道。因为邓永秀老师出身军人家庭，自幼热衷于军旅的故事和部队的一物一器。他对画面的刻画十分用心，作品在平淡、朴素中蕴含着他对部队的感情和发自内心对英雄的仰慕。抗战题材、解放战争、抗美援朝、自卫反击战等等都在他的作品中呈现，是为"骨子里蹦出来的艺术"。所以，同样的感人。

李可染先生曾经向白石老人讨教执笔的要领，白石老人唯以"不要让笔掉下来"。这语言很朴素，言外之意，艺术就是从骨子里蹦出来的，无须太多的刻意和粉饰。

艺术就在生活里

在好多年前，我就说过不再看舞台剧了。原因很简单，当然是没什么特别值得看的剧目，要么是作品枯燥乏味，要么就是演绎没有吸引人之处。既然觉得差强人意还不如干脆就不去看了。

由于已经不热衷舞台剧，所以关于舞台剧的信息也就甚少关心。上周末，一出很不起眼的外国默剧，却颠覆了我之前说过不看舞台剧的话。一位艺术家朋友打电话给我，说有一出外国话剧，邀我一起观看。朋友说："一票难求啊，我的票还是好不容易才弄到的。"既然如此，我当然允诺。

戏在位于小巷深处的 13 号剧院演出，三四百座位的小剧场，果然座无虚席。演出结束，观众久久不愿离去，演员反复谢幕五六次，可见演出是成功的，显然观众的心被打动了。

这是由西班牙的一个很年轻的小剧团演出的一台默剧。讲述一对老年夫妻安德鲁与多莉尼，每天在例行的生活琐事中徐徐老去，他俩甚至为了向儿子争宠而吵闹，可是当妻子被查出老年痴呆症之后，男主角开始回忆夫妻俩年轻时的美好时光，并由往日的吵闹转变为细心的照料老伴，直到逝去。整台戏仅有一个半小时，内容温馨胜过好莱坞的温情大片。

一间安静的屋子，一对相依的老人，三口之家的平静生活被意外打破，琴声如诉，青春时光欢乐再现，无言喜剧，演绎人生悲欢。

整台戏的布景，只有一个简陋客厅，总共三个演员七张面具，没有一句台词，靠演员的肢体语言和深情幽默的表演，把一个再普通不过的身边故事演绎出来。几乎是前一秒欢笑，后一秒泪水，让你笑、让你哭，让你感动、让你发呆，让你在不知不觉中体验了一次悲喜交集的情感升华。

艺术对于作品本身来说就是生活，作品是从生活升华中来的。《安德鲁和多莉尼》是编剧在几年前报纸上读到一篇文章，说的是一个84岁的法国哲学家，在得知妻子身患绝症之后，开煤气与妻子共赴黄泉。在死前，他将两人的情感历程写成一本让全世界读者都为之动容的书——《致D情史》。创作该剧的灵感就来源于这本书，而故事的内容，则完全根据其中一个演员的父母亲的真实故事。

该剧在世界一路巡演，一路温暖着观众，震撼了观众的内心，完全击中了观众心灵的软肋。

好的艺术作品一定离不开生活。英国小说家奥威尔出身于上层社会的中产阶级，就读伊顿公学（英国最出名的贵族中学），他的作品具有敏锐的洞察力和犀利的文笔。可他为了搜集素材，深入巴黎、伦敦的社会底层，当过洗碗工、做过码头工人，过起流浪者的生活，亲身感受到社会的不公，最终完成他首部小说《巴黎伦敦落魄记》。这部作品写出了贫困的真实含义，记录下作者在当时社会底层颠沛流离的生活经历，感人至深。

美国作家海明威在古巴生活期间写下的《老人与海》也是来自于一个真实的故事。作者把一个真实的老人、一个真实的孩子、一个真实的大海、一条真实的大鱼结合在一起，变成一个现实主义的力作。作者以老人的话"一个人并不是生来就给打败的，你尽可以消灭他，可就是不能打败他"来证明人的生存信念：一个真正的人，从失败中走来，还得继续面对未来。作品由于贴近生活且语言朴实，一面世即受到读者热捧并翻译成多种文字。

绘画艺术同样不能离开生活。画家以画得像老师，或者像自己为满足，这不是艺术。潘天寿曾经告诫他的学生说："艺术的重复等于零"。

不论重复自己，还是重复别人，艺术的重复等于零。所以绘画艺术强调"外师造化，中得心源"，说的也是艺术应该在生活中寻找。有个名家在家里挂十几张宣纸同时画，不断重复自己，这样毫无生活的作品，恐怕连画家自己都麻木了，怎么能打动观众呢？所以，这位画家的作品，近期连连流拍也就理所当然了。

艺术就在生活里，搞艺术首先要从生活里发现素材，再加以提炼、升华。能称之为艺术的作品先要能感动自己，然后感动观众，要以生活的艺术直击观众心灵的软肋，才是成功的艺术。

居鲁士大帝陵墓
2013 年
纸本设色

点赞之后的焦虑

五年才举办一次的全国美术大展尚未正式开锣，但各地美术界选拔作品早已烽烟四起。可以说，当前全国美术界呈现出一片欣欣向荣、百花齐放的景象。广东省也以庆祝建国 65 周年为主题，举办全省美术展览。据报道，是次展览有 5000 多件作品参选，而最终只有 700 件入展，获优秀奖作品也只有区区 108 件。可见，广东省最高规格的综合性美术展览竞争几乎到了白热化程度。

据介绍，此次展览的评判标准是：正能量、高水平、有创新。各级对于评选结果，全是清一色的点赞。有专家说："看了展览很激动，作品多，质量好，体现广东美术界的繁荣状态。"

然而笔者在这点赞之后倒是觉得有些令人焦虑的话不吐不快。

宏扬正能量是可以肯定的，但是否就是高水准和有创新，笔者则认为需要商榷。的确，其中不乏优秀作品，但也有相当部分作品，无论从思想内涵方面还是艺术处理的表达形式，都存在既陈旧亦无活力的问题，并无太多可以激动之处。

仅以中国画为例，首先，此次中国画的入选展品，仍然存在沿习前两届大展的老问题，入选作品都是巨幅之作。

难道小作品真的就不能体现水平？（拙文《大制作与小趣味》中已有叙述）在一般观众眼里，也许艳丽的画面和巨大的作品，更能吸引眼球，可如果有专业眼光的评委也这么认为的话，可就令人产生焦虑了。

时下评委们不知道从何时开始，对作品进行评判的第一印象就是以大为主。为了迎合评委的"大"口味，画家们不得不放弃对艺术性与精神性的探索和追求，当然只能是以展览尺幅要求的极大值来进行制作了。至于中国画用于把玩、宣泄情绪的小品式文人画则难有作为，这个现象具有明显误导中国画前行的特征，是为焦虑。

其次，占入选作品主导地位的仍然是工笔画居多。毋庸置疑，其中那些工匠式制作的作品，很容易分割视觉与真实情感表达之间的贯通。作品缺少艺术家的真实情感，很大程度弱化了观众的审美体验。可随着评委那种"无功劳有苦劳"的评审思路，这种绘画的畸形发展越发凸显。鲁迅先生的文章能使人的灵魂震撼，皆因其有思想。而那些偏重制作、缺少思想感情（更别说震撼力）的工匠式制作造成了中国画精神内涵的严重缺失，久而久之，在画家内心深处也便形成一种普遍的文化精神焦虑。

再之，从整体入选的中国画来看，不少作品呈现出矫饰倾向，难有突破前人藩篱、寻找并确立自己独特语言符号的本能，诸多暂时满足于现有符号的拼贴与复制的作品，却令评委对这些没有灵魂，甚至僵死的艺术样式津津乐道，从而又促成参赛画家乐此不疲。其实稍加分析一下，便知道这些程式化的符号语言在一定程度上，揭示了处于市场经济大潮中评委与画家们在文化和精神领域中的相对虚空，从侧面上反映了画家在探索艺术民族化道路上的无奈。

从目前已亮相的诸多省份的作品看，反映也不相上下，估计全国展的大方向恐怕也很难脱离此格调。这样的艺术生态环境，不能不引起中国画创作的焦虑。

诚然，中国画走到今天，已经到了一个令人困惑的阶段，已经到了一个中国画发展瓶颈的阶段。焦虑现象，实际上也是探索中国画发展遇到困惑的表现。这种困惑正是由于近些年来中国画艺术市场如火如荼、高歌猛进中有意无意的遮蔽之下所产生。中医理论有"治未病"之说，今日如能对于这些焦虑及早清醒认识并加以延医诊治，对当今中国画冷静的正视，从而消除焦虑并对自身固有的民族身份予以确认，

巴西龟山图
2012 年
纸本设色

恢复民族文化自信，不啻为中国画发展"治未病"的措施。

艺术家的责任和使命应该是发展艺术，应该以个性为出发点，以对时代的体验为条件，以艺术视觉语言为桥梁，以感情和内涵为催化剂来完成对艺术的发展。

中国画持之以恒的生命力，来自于民族本身特性和精神力量。中国画要健康发展，需要对艺术有敬畏之心，遵循艺术规律，拒绝学术腐败，拒绝低俗之风，倡导民族精神。在混乱和焦虑的环境中，放下有悖于责任和良知的利益欲望，思考如何避让那些肤浅的繁荣，积极寻求一条中国画发展的有效途径。

想当画家的你准备好了吗？

中国文联权益部前些日子专门来广州，专题调研文艺界自由职业者的社会保障状况。广州市文联主席乔平介绍，目前广州文艺界自由职业者的平均收入约在 2000 元／月。而对于刚从美术院校毕业的年轻画家来说，恐怕 2000 元的收入也未必能达到，甚至生存都可能成为问题。

保守估计，美院的本科毕业生走出校门假如不改行，超过 90%的人找不到工作，而靠卖画为生者几乎是不可能。即使研究生毕业，能从事画画的恐怕也为数不多。

画家很需要时间积累，犹如中医师，越老越受青睐。因为中医师需要长时间的学习和经验的积累，画家同样也需要不断地学习、修炼。就算有一二十年的功力，也未必能把作品换饭吃。所以，有志于从事画画者，则必须经得起煎熬，受得起贫穷。

当然制约画家发展的原因是多方面的，尤其是艺术市场的认知力和竞争环境的影响。然而，画家自身成才的条件是很苛刻的，除了学识要渊博，培养周期又长，不是真心热爱艺术的人压根就坚持不下来。学画画是必须自觉地学，能自悟、自律，才能真正学进去。路也只能自己走，有些东西老师也教不来。学画画非得要有一股"傻、痴、疯"的劲儿。艺术要追求真，著名画家林墉老师有句口头禅："（当画家要）傻乎乎"，这"傻乎乎"就是真，真诚、天真。同时还要"痴"，有执着的品质、痴迷有悟，陶醉在自己的艺海之中。再之，还要达到"疯"的忘我境界，释放自我，疯出独特的艺术个性。归纳之，画家成才，至少要做到："傻得真、痴得迷、疯得精彩。"这是最基本的要求。

然而要做到"傻得真、痴得迷、疯得精彩"谈何容易。

事实上，无论古今中外，能成名的画家，除了这三方面外，所经历的磨难，都是很痛苦的。大部分画家一生过着穷困潦倒的日子，有的甚至去世多年之后才被发现其作品的伟大！结果只是"福荫"后人。

十九世纪中叶的荷兰印象派画家凡高，他的一生几乎是与潦倒和挫折联系在一起，命运对于这位才华横溢的大画家，真的很不公平。由于生活的潦倒，情感的挫折，导致凡高患有严重的精神疾病，他在病重时，把自己的耳朵割下来送给妓女。之后，多次尝试自杀，厌倦人生。他虽然对艺术热爱，但最终不胜心里负荷，用手枪结束了自己的生命，终年 37 岁。他非凡的绘画个性和艺术思想重重地牵引着二十世纪的后印象派前行，也对现代人有着深深的影响。

对于有成就的画家来说，寂寞、孤独几乎与成功是同义词。空山无人，水流花开，是禅宗所追捧的境界，也为宋元之后中国画界所推崇。画家要通过这个近乎死寂的宇宙和氛围，追求一个沧桑的宇宙感。为此，穷困与潦倒也就很自然地伴着画家们一路前行。唐朝韦应物诗曰："万物自生听，太空恒寂寥。还从静中起，却向静中消。"在画家看来，在永恒寂寞的世界中，才会有真正创作的生机。

孔子曰："知之不如好之，好之不如乐之。"这是画家的一种状态。历代能成名的画家，他们工余饭后，衣食无忧，把吟诗作画当余事。而对于职业画家来说，却多有困苦，能以画养画，并最终成名者，则少之又少。

除此之外，影响画家生存的还有来自于社会的误解，很多家长和学生以为艺术考试容易过关，高中期间恶补一两年素描，蜂拥着参与艺术院校考试，想着都来分一杯羹，其实恰恰是舍本求末，不仅事与愿违，即使考上，毕业之后也未必就能成才，造成极大浪费。据不完全统计，每年全国各地有数万名绘画专业的本科毕业生，研究生毕业

甜实
2016 年
纸本设色

也有几千人，他们毕业之后，真正能依靠画画为生者真的寥寥无几，大部分人都改了行，或以其他职业养画，生存方式非常被动。

当下画画的困境只是艺术界的一个缩影，要摆脱这种困境，政府和社会都需要大力扶持。对于未来源源不断的画家、准画家们，你是否真正准备好了？包括承受贫穷、痛苦、折磨在内，当然最重要的是你是否对画画有足够的兴趣和热情。

我之为我　自有我在

　　最近，中国画热衷远涉重洋，赴国外办展似乎有越来越热的趋势，动不动就打着"某某国际书画名家某某国展览"。偶尔看到一个也不在意，现在多起来了就觉得特别刺眼，每每听到"某某国际书画家协会会长"之类的头衔，也觉得特别刺耳。这种忽悠人的个展倒也罢了，由官方组织的中国画展赴国外"赶场子"的也好像多起来了，美其名曰，让中国文化走向世界，与国际接轨。中国画家万里迢迢"赶洋集"，倒是累呀不累！

　　诚然，现在是一个国际化的时代，是现代艺术的天下，尝试走出去见识一下也未尝不可，但有些东西并不需要一窝蜂儿去。首先看看走出去到底是不是真的有必要，毕竟民族文化的交流与传播，不是赶集凑热闹。这种民族特征很强的文化，当下国人也未必都认识，诸如中国画中的大写意画，对于洋人来说，这更是强人所难啊！

　　笔者也曾参加过海外中国画展览活动，除当地使馆人员及一些华侨外，真正来看画展的洋面孔还真不多。展览多属于自娱自乐，以这种方式向世界传播文化，与之交流，顶多也就局限于华侨，让侨胞身居异域不要忘记桑梓文化而已。

　　据报道，去年意大利威尼斯艺术双年展上，中国的艺术家竟然涌去了上千人，光进入外围展（也叫平行展，即搭便车式的展览）的中国艺术家就有300多人。加上观摩的、考察的，据说超过2000名中国艺术家在那晃悠。当然，这种展览有这样 2000 个中国人在撑场，也就很热闹了，只可惜多半是自弹自唱。不可知的是这两千人的费用如何开销。

具有中华民族博大精深文化背景的中国画，在其发展过程中，深受儒、释、道的影响。儒、释、道的精神内涵，充分体现在中国水墨画的审美价值上，"天人合一"的观念是传统中国画的主导思想。这个认识，需要具有这种文化的传统修养、生活背景和感情积累的人才能品味出道道来。否则也只能人云亦云，谈何画的意境和内涵，于文化差异极大的外国人也就如读天书了。不知道这些蜂拥而至"赶洋集"的中国艺术家们到底能收获啥东西？

出国办展乱象，我想这应该是百余年来民族虚无主义的积累，是源自于早年崇洋媚外的奴性倾向，源自于对国家、对民族、对自我的不自信和集体无意识，是众人朦胧中不懂得中国文化的深奥之处。

之所以一幅《富春山居图》就能牵动两岸同胞的心，皆因它不仅是中华民族杰出的美术作品，它更是一种价值自信与文化自信的重要体现和民族文化的独特表现。中国画是中华民族一种独特的艺术表现形式，不碍于物，不滞于心，无拘无束。中国画凝聚着东方人特有的人文观、哲学观，外国人难以理解！中国画论说："技进乎道"，《宣和画谱》也提出："志于道，据于德，依于仁，游于艺。艺也者，虽志道之士所不能忘，然持游之而已。画亦艺矣，进乎妙，则不知艺之为道，道之为艺。"画家若能达到澄怀味象，天人合一，物我两化的境界，游目聘怀，又何须远涉重洋？中国画独特的表现形式，正是我中华民族的聪慧与激情的抒写。文化自信才是民族自信，而中国画的价值就在于体现民族文化的精神气质，是文化自信的体现。这个价值无须外国人的认可，外国人接受与否，与这个价值无关。

艺术，首先是自己的。用自己的感情，自己的形式、自己的语言表达自己的情感。我之为我，自有我在。我的艺术与我相关，与受众心理的民族文化传统相关，与本国文化相关。

中国艺术与外国文化仅仅能交流而已，过去一千多年中国画也发展得很好。交流不是泯灭自我，而是丰富自我，包括个人和民族的自我。外国人也未必就愿意正视我们的这种民族文化，我们更多的是需要去思考，如何让自己的传统文化跟随时代的前进步伐而不被忽视，蜂拥出国办展实不可取。

　　传统的中国画当然可以走向世界，但不能以丧失自我而去依附所谓的与世界接轨，是希望以世界上这个唯一没有中断过的5000年文明，去为世界文化的多样性做出中华民族的贡献。

极地
2016 年
纸本设色

中国画要求时代与精神的和谐

　　第 12 届全国美展落下帷幕，似乎这届展览争议的声音多了些。我想不管怎么样，画展比赛要做到绝对公平，或者评选出来的作品都能符合所有人的口味，那肯定是很难的。但作为全国性大展则主要还是要给美术界一个导向，这关系到美术创作的健康发展。

　　以现有的评判标准和机制来评选中国画，笔者认为是存在问题的。此次美展备受诟病最多的是工匠画多，那些画得饱满复杂、精细的作品容易入选得奖，意境好而笔墨简单的作品则鲜有机会。照此下去，中国画创作就有可能形成一种跟风投机的趋向。这个趋向形成既与当下文化消费的媚俗取向相关，亦与评奖机制相关。

　　当今画家众多，送展作品动辄数以万计，评委们当然没条件对每幅作品都进行细细品读。而真正好的作品其精神内涵和意境，都需要时间细品，需要透过画面看本质，联想和深深地体会。现在这种走马观花式的评奖，根本不可能品味出作品的深度。而参赛的画家，为冲击这些所谓的大展，也就不得不揣摩评委的心理，精心打磨出一幅高匠气的作品来。这样的结果是误导了整个美术界，以为高匠气的画就是好画。其实这些作品根本不能代表当下国画的学术和艺术水准。往往一些具有个人面貌和创新亮点的作品，得不到表现，令画家创作理念失去学术性的支撑。

受以经济利益为中心，以大众化、通俗化、娱乐化为潮流的社会环境的影响，有深度，有内涵的作品，反而不被重视，需求量也在下降，创作激情得不到发挥。当今画坛为了追求真正艺术，而耐得住寂寞孤独的画家，由于生存艰难已经越来越少，令人担忧。

中国画的实质不是以描绘自然为目的，而是体现人的精神表达的一种文化行为。艺术家抓住客观物象，融入思想感情，充分发挥艺术想象力，是一种精神层面的载体。清代画家石涛在《画语录》中所提"一画"之法乃是贯通宇宙、人生、艺术的根本法则，他认为画家在观察天地万物开展审美思维时，将体验到天地的生机、山水的活力以及花鸟虫鱼的灵气，进而以艺术的手法巧妙地融入画家的精神内涵。

清代著名画家八大山人，是明皇朝的后裔，他把亡家亡国的心境注入到作品中，因而其画面多以残山剩水、老树枯枝，或者鼓腹的鸟、白眼的鱼、干枯的池塘、挺立的破荷为题材。其所选题材和立意无不结合自己的人生，加上他那似哭似笑的落款"八大山人"几个字，使人联想到他哭笑不得的心境。画家将矛盾、悲情无奈的内心世界，体现得畅快淋漓。

明朝徐渭的一幅水墨淋漓的大写意水墨葡萄画，一挥而就，但求神和，不求形似，这是画家狂放不羁的性格和半生潦倒的生活真实写照。"半生落魄已成翁，独立书斋啸晚风。笔底明珠无处卖，闲抛闲掷野藤中"。他在画上的自题诗正是抒发胸中逸气，其画面丰富的运动轨迹与浓淡、干湿、徐疾、大小以及疏密程度的笔踪墨迹，无不具备振笔疾写的即兴性和不可重复性，呈现出中国画特有的表现力。

对于山水画的精神表现，当代画家陆俨少以"勾云法造境"的创作方式，他以勾线的方法，把心中意境刻画得入木三分。其目的不是为了画云而画云，而是想通过一种特别的审美思维和创作方法，去拓展艺术表现更大的空间，开拓出一片未被关注的艺术人文精神境界。笔者从陆老的"勾云法造境"中领悟并把它延伸到"勾水法造境"，把大海的运动神韵作为画面的主旋律，整合天地间适合意境创造的表

月在柳梢下
2017 年
纸本设色

现元素，将自然的物象连成一体，描绘洪荒初辟、天地空蒙、日月辉映的时空境象，从而创作出《南海一号出浴图》《浪逐飞舟》《起航》《郑和下西洋》《大海欢歌》等一系列大海题材的作品，力求以一种既有传统文化精神，又有现代科学因素，并与时代精神相协调的绘画新样式。

具有精神内涵的中国画作品不是凭空而来的，他们都需要艺术家们对艺术的虔诚与执着来完成。只有在宇宙、自然、人生艺术中找到突破口，并在笔墨语言、艺术形式、人文精神、艺术境界等方面有所开拓和提升，才能创作出真正既有新形式又有内涵的艺术作品。

中国画在当代的发展正越来越趋向工匠化，重表现轻内涵成为美术大展的一个趋势，不得不令人生忧。当下画家们大多生活在钢筋水泥造的城市中，吃喝不愁，没有经历过苦难的煎熬，缺少古代艺术家那种耐得住寂寞的孤独，既没有八大山人的家国情仇，也没有徐青藤的潦倒困苦，又怎能赋予笔下作品的丰富深刻的内涵呢？再者，当下中国画的教学形式也是一个问题，多少学生在学校学习多年也没搞懂何为"外师造化，中得心源"的内涵和"天人合一""大象无形"等蕴含的艺术精神，学校导向之过也。

时代需要新形式，但于中国画来说，传统文化，民族精神，绝不可少，作品可以通俗，但绝不能低俗！国家美术大展的风向标，一定要给予正面的、全面的引导，这也可能就是第 12 届美展展出之后引起争论的根源之一。

说说中国画的意境

中国画的时代与精神的和谐，实质上就是中国画的意境问题。中国画的审美境界与西方美学不同，中国画并不在于它的表现形式，而是通过"意境"去追求终极的意义。画家这种胸中之意与实际客观物像的结合，是"心象"而非"视象"。西方绘画偏向视觉，注重客体形象，其艺术是建立在"写实"的基础上。

清笪重光在《画筌》中对"意境"一词的解释："神无可绘，真境逼而神境生……虚实相生，无画处皆成妙境。"这就是笔墨生"意象"之后再经营意象，构成一幅"真境"，意象出，意境融。

品一杯香茗，伴随缕缕墨香，看着苍鹭，白露为霜的画面，渐渐的似乎就能听到生命的妙意。这是明朝李日华的画境，其题画诗道："霜落蒹葭水国寒，浪花云影上渔竿，画成未拟将人去，茶熟香温且自看。"中国画艺术的妙境就在那形式之外，妙香溢远的世界中。

古人云："与善人居，如入芝兰之室"。有造诣的中国画家，抖抖身上，似乎别无长物，但必有那么一点香气。这是生命内在的留香，是活力。这香气透出画家自身的清幽阒寂。

如果画家在香气之前加个"冷"字，更能体现画家之逸韵。而把这种"冷香"融入画中山水、槛外疏竹，乐中平沙，便是艺术家的真正心境——心灵的低吟。

中国画高逸的灵魂，即是所谓的"冷"。诗言志，画写心，书如

火地岛童话
2012 年
纸本设色

人，没有一颗高逸的心灵，就不可能有巨大的艺术感染力和穿透力；没有不同流俗的性灵，作品也就不可能有打动人心的力量。中国画艺术重视形式之外的神韵，不光是一个表现技巧的问题，而是跟人的内在心境密不可分。

宋人陈造自适诗云："酒可消闲时得罪，诗萍写意不求工。"此处之写意，是对应工匠而言。元朝夏文彦《国画宝鉴》云："以墨晕作梅，如花影然，别成一家，可谓写意者也"。明朝唐伯虎之用水墨作画，惟其写意，斯称大雅。纵观中国画中的"写意"，是一种绘画方式，更是一种境界。"大雅"之境，既是文人画的追求，也是中国画的根本。

"写意"是明代以后几乎规范着中国艺术发展的轨迹。无论书画、戏曲、音乐，都强调写意。在书法中就有"意在笔先"之说。王羲之说："夫欲书者，先干研墨，凝神静思，预想字形大小，偃仰平直，振动令筋脉相连，意在笔前，而后作字。"东汉大书法家蔡邕《笔论》也提到："夫书，先默坐静思，随意所适。"书法的造意在于"或烟收雾合，或电激星流"，皆以意为重。

中国画虚实相生，皆成妙境。最为突出的是中国画多有留白，处处体现"虚实""开合"的空间结构，经营出"空白"位置。这时很多行外人觉得不可理解，甚至认为画作没有完成，此乃不懂中国画强调意境、营造意蕴之故。

陆游一首《咏梅》可谓千古绝唱："驿外断桥边，寂寞开无主，已是黄昏独自愁，更着风和雨。无意苦争春，一任群芳妒。零落成泥碾作尘，只有香如故。"词中意境，象征词人清净不屈的灵魂。梅花寂寞地开放，无意与明媚的春光争艳，从容飘零，落地成泥，而馥郁清香依旧。诗人以艺术的比拟来传达自己的心境，令人读后在心中久久回荡。

画家作画也多在清静悠远的境界中出好作品。恽南田是清代一个很会欣赏大自然的画家，他作画常使旁观者有"叫"的狂喜，他曾写道："湖中半是芙蕖，人于绿云红香中往来，时天宇无纤埃，月光湛然，金波与绿水相涵，恍若一片碧玉琉璃世界，身御冷风，行天水间，即拍洪崖，游汗漫，未足方其快也。"他还说："细雨梅花发，春风在树头"，鉴者于毫墨零乱处思之。可见，恽南田这笔墨零乱处，正是其用思之处，经营意境之至高精神。

南朝宗炳《山水画序》开篇就是"圣人含道映物，贤者澄怀味象。"唐代张藻提出"外师造化，中得心源"，都是含蕴了意境的生成。造化和心源的凝合，成了一个生命的结晶体。鸢飞鱼跃，剔透玲珑，这便是"意境"，是中国画的中心之中心，意境便是造化与心源的合一。前面提到的留白，体现的便是不着一笔而味象万千，这种笔墨产生的虚实相生超乎象外，构成画面绝妙的意境，也使"意境"成为品鉴中国画的最高标准。

写生归来话写生

　　写生归来，意犹未尽。一个山水画家到大自然当中，那种画画的激情很自然地就流露出来，如果用一句俗气的说法，那就叫犯了职业病。

　　我对写生情有独钟，无论走到哪，都始终要带上画板画具抽空画上几幅，时间不够就勾几条线条和简单构图，到住所后迅速把它完成，务必在第一时间把自然景物和笔墨交融在一起。

　　对于一个中国画家，尤其是山水画家，写生是一个老生常谈的事情。时至今日，写生已经不是一个仅仅为了收集素材的问题了。它是画家深入生活，直面大自然的绘画实践和进行艺术思维的全过程，也是画家研究自然和认识自然的心路历程。通过对景写生，寻找自然的艺术形式和表现语言。

　　古代山水画家，非常强调师古人与师造化的结合。师古人就是学习传统，师造化就是体悟、观察大自然，即"写生"。早在唐宋时期就有关于写生的记载，五代时的画家荆浩隐居太行洪谷之中，常观察体验洪谷山林，沉醉于茂林修竹之中，悟出画树"因惊其异，遍而赏之。明日携笔复就写之，凡数万本，方如其真"的心得，遂有《匡庐图》传世。

　　宋范宽常居山间，以求奇趣，对景适意，不取繁饰，写山真骨，自为一家，其自叹曰"与其师人，不若师诸造化。"他感悟山骨，落笔雄伟老辣，始有巨作《溪山行旅图》；撼动两岸的《富春山居图》

贵其未老稀
2016 年
纸本设色

则是元黄公望"饱游其景，袖携纸笔，凡遇景物，辄即模记"的杰作。其"清真秀拔，繁简得中"之美便是画家"外师造化，中得心源"之感悟。

传统山水画语言一旦与大自然交融，便能体现出中国画固有的本性。李可染先生说"可贵者胆，所要者魂"，正是要求画家以胆量和气魄，去大自然寻找作品的灵魂。

明清时期的山水画家，多以临摹为主，常以拟某家笔意为时尚，实则令山水画从形式到内容俱失生命力，究其原因便是缺乏生活，丢掉了师造化这个核心。当然清时期也有像石涛提出"搜尽奇峰打草稿"

这样的画家，但毕竟不多。

随着时代的进步，当今画家更多把写生当创作的补充，结合传统笔墨，加以训练，使中国画山水的表现力更具生机，同时去除一些概念化的东西，令画面多了一股清新的气息。

笔者曾经写过一篇短文《不要把个人特点画成个人行画》，说的就是画家要有创新的精神，而这种创新就来源于写生。画家通过到大自然中写生，吸取新的元素，寻找新的感觉，从客观物象寻求新的表现符号，从而创新作品的审美质量。

写生的前三五天通常会非常兴奋，一口气往下画，然而某天之后会突然觉得不会画画了，无从下手，这时就是需要思考的时刻了。阔别大自然一段时间，刚回归山林自然兴奋，脑中以习惯的符号和笔墨画下了一批作品。而隔三五天之后，就会出现一些新的问题，以储存的技法、信息似乎并不能完全表达面前陌生的客观物象了。因此静下来思考一两天，精神高度上去了，也许就有创作的突破，往往精品就会在这之后出现。这时写生就不是单纯解决一个素材的问题，而是对写生精神的理解。通过动手画，然后停下来观察、思考，实际上就是画家与大自然对话的过程，是画家对生活、对客观物象的再认识。写生既要忠实地面对大自然，又要补充和美化它，让自然的山水融合在心中的山水。作品既表现所见，也要表现所知、所想。李可染先生说："写生时，不一定完全是此时此地的情景，也包括过去的类似感受。"山水画咫尺之间写千里之景，故大以取势，小则不忘究其筋骨。

写生始终是画家加深对大自然的认识，既是积累，也是创造的过程。"外师造化，中得心源"，就是说艺术必须来自现实美，并以此为源泉，但这种现实美在成为艺术美之前，必须经过画家主观情思的再造，是客观形神与画家主观有机的统一，其艺术反映的客观现实也能自然地融入画家的主观情思烙印。

直面自然，澄怀味象，用我法、写我意、养我心，落墨收笔，能见天性，写生感悟。

中学为本，西学为用

上周《信息时报》艺术周刊刊登了一个专访《霍春阳把脉当代花鸟画困境》，文中提到"当代语境下中国画如何与国际接轨"的问题，霍春阳认为：这个问题无异于"削足适履"！他认为："一百年来，我们把艺术评价的标准与权力拱手让给别人，用西方的标准来硬套中国画，然后说我们不合适人家的标准，人家理解不了中国画那么多文化的、内涵的、精神层面的东西。我们必须改……这种思维不可笑吗？中国画有自己的文脉啊。"

这几句话可谓一语中的，当前过多的争论中国画如何与国际接轨，的确是个"伪命题"。

中国画包含中国博大精深的民族文化，每个中国人骨子里都浸透了中华民族文化的汁液，因此只有中国人才能真正读懂中国画。中国画独特的魅力是其他国家的文化所没有的，文化的差异注定无法接轨，一方水土养一方人，一个文明体系自有其可适应的艺术。

有一个说法是"中学为本，西学为用"。意思是对于中国画而言，中国传统是根本，西方文化是利用。也就是说，中国画本来就是自己民族的东西，你不能把西方的审美标准套用在中国画上。一般情况认为，西方多以写实为核心，而中国画艺术则以写意为主导。而事实上，写实的手法在古代中国画中早以有之，只是表述语境不同，根本就不存在接轨与否的问题。

自由女神
2012 年
纸本设色

汉代的宫廷画师毛延寿把不肯贿赂他的宫女王昭君画成丑女，皇帝就因为相信画师的写实能力而把画像中的丑王昭君嫁给了匈奴单于。送亲时，却见王昭君貌若天仙，深为后悔，遂把画师毛延寿杀了。这个故事说明汉代时写实绘画已经存在，西方的"三大面五大调子"的素描远迟于中国古代人对"素描"的认识。西方这个画法是在十六七世纪文艺复兴时期才出现，要比宋代中国画最为写实的年代，整整晚了 500 年。因此，高喊中国画与国际接轨其实是对中西美术史的不了解，顶多也就是哗众取宠而已。

当然，在西风东渐的影响下，随着时代发展，如果坚持"中为本，西为用"，中国画在继承传统的基础上适度吸收西方的一些理念也是可以的。而在其中掺入过多的功利成分，以"观念更新"为幌子，则只会摧毁中国传统文化的价值体系。以西方的标准来要求或品评中国画，只会消蚀高雅和纯真的创作心态，甚至使中国画走入低俗、平庸、工匠化的死胡同。这种所谓的接轨，便是一种典型的"削足适履"行为，严重影响中国画本身的发展，甚至于可能带来民族文化的异化、消亡。

让中国画走向世界首先应该是守住中国文化精神这个底线，以富有民族特色的中国画堂堂正正地走出去，让世界认识和接受，让中国画顺应时代的变化而自然发展。中国画传统的根是民族性、文化性和精神性，它是以宣纸和笔墨为主要工具，运用中国画特有的绘画技巧；而枝叶才是向多个题材领域延伸，向无尽的生活宝库延伸，以及画家思想的延伸和个性创造力的延伸。以山水画为例，历来以峰岭、瀑布作为绘画对象的主体，而到了当代，城市园林的出现、海景云水等题材逐渐发展壮大，这种发展都是随着客观物象的增加而逐渐入画。

中国画创作的前提是画家的审美情趣和社会的需要。只要这个前提存在，给中国画一个利于生长的良好环境，那怕给些善意的批评，它也能健康成长，用不着担心中国画会没有前途。

中国画的鉴赏者与评论家，随时代发展也会不断地肯定或者改变着画家的思维。从宋代的厚重写实、元代的松灵写意、明代文人画派系的纷呈，到清代"四僧""四王"以及"扬州八怪"的崛起，中国画历史从来也没有停止过前进的脚步。

今天还以一套西方术语和认识方法，把舶来的素描语境用以中国画基础教学，实在也是一种"削足适履"行为。中国画教学完全可以用我们熟悉的中国式绘画理论作为基本功训练，尤其是以谢赫的"六法"理论作为指导，这才是发扬和光大中国画的正道。中国画的发展只能坚持"中学为本，西学为用"，否则，将会不知不觉地被"全盘西化"，那才是真正的可怕。

怎样欣赏写意画

　　"怎样正确评价中国画的好与不好"是个备受争议的话题，不过我觉得早在一千五百多年前谢赫的"六法"就已作了明确回答了。"六法"是指"气韵生动、骨法用笔、应物象形、随类赋彩、经营位置、传移模写"。这"六法"不仅告诉人们中国画怎样画，同时也告诉你中国画如何赏。

　　"六法"把"气韵生动"排在第一位，"骨法用笔"列居第二，接着才是"应物象形"，依据这三条法则我看基本上就能判断中国画的好与不好了。也就是说，看画首先要看画面是否有客观的物象，技法上是否为骨法用笔，而最重要的是画面的意境，这个意境实际上就是中国画的艺术精神所在。

　　那怎样才是写意画呢？而写意画又该怎样欣赏呢？

　　对于中国画来说，笔者认为，写意应该是包括写意笔墨和写意精神的结合。写意：一是写，二是意。骨法用笔便是写，也就是说，写意画首先要有扎实的写字能力和绘画基本功，要有工致的造型能力和相当的写实基础，而不是随意地乱涂鸦。清代画家郑板桥，在一则《题画》中说："徐文长画雪中竹子，纯以明代瘦笔破笔为主，绝不类竹，然后以淡墨、水勾染而出，枝间叶上，罔非积雪，竹之全体，在隐约间矣。今人画浓枝大叶略无破厥处，再加渲染，则雪与竹两不相入，成何画法？此亦小小匠心，尚不肯刻苦，安望其穷微索渺乎？问其故，

碧水朝晴绿染衣
2014 年
纸本设色

则曰：'吾辈写意，原不拘拘于此。'殊不知'写意'二字，误多少事，欺人瞒自己，再不求进，皆坐此病。必极工而后能写意，非不工遂能写意也。"

郑板桥的意思是说，如果以"吾辈写意，原不拘拘于此"来为自己的瞎折腾找理由，那都是在掩耳盗铃，自欺欺人。

由此可见，欣赏"写意"画，首先就要看作品是否具有绘画的笔墨功力和具备一定的造型能力。这种写的能力亦可作为画法来看待，元代"泻胸中之丘壑，泼纸上之云山"的豪放"写意"法，已是文人画领域中的一种画法。齐白石老人擅长画身边的有趣小景，或小虫，或农产品，甚是讨人喜欢。然而，从作品中可以看到其功力深厚，基本功扎实，造型讲究，小动物栩栩如生，农产品鲜活可人，整体情趣达其意境、抒其胸臆，处处体现出写的功夫，让人看见生命的节奏。

写意的精神源头可以追溯到老庄，后来又加入了禅宗，但将写意落到实处的是书法，书法始终与中国画的写意精神相表里。此时"意"的表现，则要上升到"道"的层面来认识，写意画除了技法，需要精工细写，还要表现画家的个人文化修养和知识积累，从而把个人的审美情趣和个性色彩需求融入到作品之中，并在画面上突显出来。

"写意"画虽然在文人画中也有逸笔草草不求形似的精神性代表，在欣赏"写意"画时，切忌与随意画、应酬画相混淆。有些人认为，工笔画所需时间长，见功夫；写意画简单，画法容易，这种观点是令人啼笑皆非的。也说明相当多的人对中国画缺乏基本的了解。殊不知，工笔画也有很写意的，而写意画也有很工整的，二者并无根本的区别。包括一些画得精致繁复的宫廷画或富丽堂皇的宗教画或稚拙土俗的民间画也都有写意之作，这主要是写意与中国哲理文化相联系的结果，是中国绘画美学的核心意象。明白这个道理之后，则写也好，画也好；粗也好，细也好；简也好，繁也好，对于写意画来说，在欣赏的过程中最主要的是关心作品所传递的精神是否具有"气韵生动"之快感。

归根结底，写意画不仅是自然精神与画家心境的合一，而且是在民族精神与哲理下所构成的中国画特有的审美艺术观，从形似到神似再到气韵，最后形成诗、书、画、印相融合的文人画体系。"写意"两字看似简易，却包含着艰深而丰富的学术内容，非一蹴而就的浅学，欣赏者同样也要具备相应的艺术修养。从一定意义上说：欣赏写意画必需涵盖两个方面的内容：一个是"载道"精神，另一个是"畅神"精神，两者不可或缺。

闲聊艺术主流

何为艺术主流，好像是个挺大的课题，而且往往是"公说公有理，婆说婆有理"。大凡搞艺术的人，大都会认为自己所做的就是"艺术的主流"，争论的结果往往也是谁也说服不了谁。

之所以会聊起这个话题，源于日前笔者与几位艺友小聚，谈到当前的一些展览形式的怪现象，诸如故弄玄虚的、夸张怪诞的、百无聊赖的……这里谈的是艺术展示形式。因此，笔者接了一句："艺术展现也是要走主流，尤其是中国画展"，还有后半句"哗众取宠的展现形式不可取"尚未说出口，有一老友反应奇快地抢过话头："何为主流，何为艺术主流！"随后若干艺友也附和："何为艺术主流？"概念换了！因此，问题来了，笔者却一时答不上话来。

几番争论，在座人士观点基本上尚能达成一致：艺术主流就是要能给人带来"真、善、美"。

可数日来笔者对"何为艺术主流"这个问题却仍然在脑子里翻滚。想了很多，也想到前些日子浙江画院院长孙永在谈到黄宾虹时，引用了他老师陆俨少的一段话："黄宾虹的艺术像是一个垃圾桶。里面有好东西，但需要艺术家自己去挑拣。"这句话把黄宾虹艺术定性为垃圾桶，即使垃圾桶里有好东西，又能好到哪里呢？至少在孙永看来，黄宾虹的艺术肯定不是主流。

中国画山水画讲究可游、可居，或诗情、或词意；丘壑云水，注重意境的营造。而黄宾虹作画则更重视笔墨，他认为"今非注重笔墨，即民族精神之丧失"，"但有轮廓而无皴法谓之无笔。"难道能认为黄宾虹的画不是艺术主流？

在黄宾虹看来，中国画的精髓、民族精神的精髓就在笔墨精神上。他认为，重笔墨精神早在明代董其昌时期就已有之，即当时所谓的"松江画论笔"。黄宾虹评价："自董玄宰起，一变吴门派之俗笔（他自谓之前注重丘壑的做法为俗），入于士夫画之正轨。"他强调士夫画是笔墨精神而非丘壑轮廓。因此黄宾虹虽然知道自己"拙画不合世眼"，但他坚信他的画能"志存传古"，是中国画艺术长远的主流。在他看来，"胜于丘壑为作家，胜于笔墨为士气"。而在黄宾虹去世六十年后的今日，画坛能把黄宾虹当神一样供着，显然已是认可这一主流。

这么说来，东晋谢赫的"六法"之首"气韵生动"岂不错了？这个问题，恐怕也正是孙永想要表达的主题，但只是意见略有偏颇。因为"六法"除了"气韵生动"，还有"骨法用笔"，这"骨法用笔"其实追求的就是笔墨精神，假如把陆俨少与黄宾虹的精神合二为一，我想中国画的艺术主流是否就将更加完美？

受多元文化的影响，中国画的创作"生态"正在发生改变，各种矛盾也渐显现出来。一方面中国画创作呈现出一种"繁荣"的状态，无论在创作形式上，还是在创作规模上，抑或艺术市场的发展，都可谓是空前的。而另一方面，却鲜见思想得到升华的经典之作，传统所形成的中国画独特的精神内涵及审美特征受影响愈来愈严重。因此，也才有"艺术主流"之争。笔者前些日子专门去北京画院看广东画家关良的作品展，似乎对主流艺术又有些许感受。

关良是20世纪最具变革、创造精神的画家之一，他在中国画的拓展与传承方面做出了显著的贡献。然而他的作品几十年来也颇受争议。

关良从小沉醉于戏曲，但他的艺途却是从留学日本开始的。因此，这种传统的艺术启蒙和日本留学经历注定他会走出一条独特的艺术道路。尤其他发现莫奈的作品强调感觉、意象的创作方法与中国文化审美特征的不谋而合，与中国文人画的追求相一致，因此成功地把两者

飞雪迎春到
2014 年
纸本设色

有机地链接。而马蒂斯的单线平涂更是融入了他戏曲题材的创作之中，体现出一种单纯的东方情调。

关良的戏曲语言和动作的写意性，脸谱的夸张，都是他一种内心的真实体验。李苦禅先生评价说："关良的画叫得意忘形。"的确，关良的画初看似儿童画，不拘泥对象解剖、透视和比例。表面看来，不入"主流"。

但是，在中国画造型中也有如苏东坡的"论画以形似，见与儿童邻"；齐白石的"妙在似与不似之间"；黄宾虹的"惟绝似又绝不似于物象者，此乃真画"等等论断。也就是说中国画写意性的本质，画家的创作应该源于生活而又高于生活，要能回归本真，而这种本真不是物象的本真，而是艺术家自己真实的心性，这种"真和善"产生出的"美"，大概才是大家共同认可的"艺术主流"吧。

也聊中国画艺术

上次说到艺术主流的问题，随之而来的又有人问：且不谈艺术主流，可否先说什么是中国画艺术？哇，这一问题，又差点把笔者噎住了。

就中国画来说，我想无非是山水画、花鸟画或者是人物画，是不是艺术首先还是要看作品是否有灵魂、有法度，而且必须是唯一性。写一篇文章，首先得有一个中心思想、有主题，有跌宕的故事情节。接着才通过悠美的造句、修辞，以至每一个标点符号的运用，这才能构成一篇具有艺术要素的文章。

同样的用于衡量中国画，你的作品也得确定一个主题，有巧妙的构思，再通过笔墨、技法的运用，把所思所想，以符合中国画的审美原理表达出来，达到真善美的要求，或者才能够得上一幅画的条件。至于最后能否成为艺术品，则还要具备多方面的要素。

当下，看到许多画展，很多画家都有一套自己的笔墨方式和创作习惯。可往往是大家、名家们不厌其烦地重复自己，而一般的画家则对重复他人乐此不疲。不要说鲜见洋洋洒洒、挥洒自如的逸笔之作，甚至有相当部分作品连中国画的法度、画理都不通，唯有胜人的地方便是大尺幅，实则东拼西凑、空洞无物，更别说主题了。哀呼悲哉！这些个当然不能列入艺术了。

古代山水画一直是人们慰籍心灵、诗意地安顿生活的一种重要手段。多少画家隐居山林深处，过着一种生命自由与诗般的生活，寄情山水间、寄情笔墨间、寄情作品间，最后却能留下一批留芳千古的艺术作品。

但随着时代的发展，唯美、诗意的创作和欣赏观念已经发生转变。一方面是因为近百年来西方美术进入中国，传统中国画绘画受到冲击；另一方面则由于社会变迁和意识形态的变革，中国画赖以生存的空间越发变小。生活在变，人的心灵也在变，这难以尽述的"变"与"痛"，都在演绎着中国画跨越历史藩篱，从传统迈向现代的沉重而又壮阔的步履。这的确是一个无以伦比的时代，本来应该是一个产生非凡故事、产生非凡画家的时代，也应该是一个产生非凡作品的时代。在这个大好的条件下，或许刚从院校毕业的人还在为车子、房子打拼，但好多画家都拥有了相当优越的条件：气派的画室，豪华的汽车，甚至办了非凡的展览。然而在展览中却难觅具有内涵的作品。能像前些日子在北京、杭州、广州等地展出的黄宾虹、关良、赖少其作品展览那样吸引住行内行外人士眼球的作品确实不多。有的展览甚至于连艺术的感觉都没有。确实糟蹋了展览资源、糟蹋了艺术的殿堂。

究其实质，这些缺少艺术特质的展览主要还是缺少灵肉、缺少根本。中国画有一千多年的历史，自诞生那一天起，就显现出强大的生命力，经历的各个朝代，绘画人才辈出、薪火相传。然而，时至今日，中国画的创作却不尽人意，甚至于出现后继乏力、青黄不接之态。这里头既有受市场消费心理影响的因素，但更重要的是受到大环境的影响，创作受到评选机制的制约，不能充分发挥画家创作的自由度。诸如重形式轻内涵、重制作轻抒写，致使中国画的艺术性走下坡路。著名艺术评论家陈传席先生甚至作出当代中国画难出大师的结论。

当下画家数量越来越多，但以临摹、拼接、重复自己或他人的作品屡见不鲜，疏于个人读书和增强自己的修养。在这快节奏的生活中，物欲横流，人心浮躁的情况下，又如何能耐得住寂寞，放慢自己的脚步，让灵魂跟上呢？

试想，如果一个画家不懂诗文，平时也不练字，甚至把书画完全分离，仅为制作画面效果，拿着排刷象油漆工一样涂抹，这样出来的东西怎么可能成为艺术品？

　　一千多年的中国画发展史告诉我们，中国画只有具备很深的诗文修养和书法功底的人才可能有好作品，才有可能成为真正的艺术品，自唐王摩诘"诗中有画，画中有诗"起，诗书画俱佳者比比皆是。明董其昌、唐伯虎、文征明、徐渭，清朝如八大山人、石涛，近代如吴昌硕、赵之谦以及当代的齐白石、黄宾虹皆如此。

　　由此可见，中国画能成为真正艺术者必先做好学问，下足笔墨功夫，否则只能列入工匠之作。

风姿女人桥
2012 年
纸本设色

万物在天地中　天地在我意中

去年，美术界议论最多的当属全国美展的中国画展览，当然主要还是指向作品的高大空问题，对下足功夫雕琢、工匠制作味重而又缺少中国画本身笔墨精神的作品颇有微词。

巧的是今年以来就有几个强调笔墨精神的画展先后在北京、杭州、广州展出，似乎是专门为去年大展补课。首先是在杭州举行"纪念黄宾虹诞辰一百五十周年展"，接着北京中国美术馆也举办同样主题展；随后北京画院美术馆举办一个"高妙传神——关良绘画艺术展"；再就是近日正在广东美术馆举办的"大道至简——纪念赖少其诞辰一百周年展"。

黄宾虹、关良、赖少其都是 20 世纪中国画家中的佼佼者，虽然风格各有不同，但他们的中国画传统脉络和作品的精神内涵却是一致的。

对于中国画来说，精神内涵是作品内在的力量，它通过笔墨精神表现出来，是中国画之艺术价值所在。人如若没有灵魂也便失去生命的意义，中国画如若缺少赋予精神内涵的笔墨，其艺术性也自然大打折扣了。当下，中国画"重形式轻内涵"的现象颇为盛行，这几个展览或许能给观众带来一些认识和价值取向。

黄宾虹被称为"墨神"，二十世纪的很多山水画家都受到宾翁或多或少的影响，正是"吾于先生之画学有焉"。在黄宾虹看来，中国画的精髓、中国画之民族精神就体现在笔墨精神上，他的作品具有丰

虚檐立尽菊花影
2014 年
纸本设色

富的个人感情色彩，创作思想虽然也从传统中来，但更具有明确的指向，有现代的感受，也包涵了他极具个性的精神内涵，赋予作品厚重的文化含量，表现出来的是"天地在吾意中"的境界。

赖少其虽是版画家出身，但中国画的传统功力同样深厚。他通过衰年变法，充分发挥他的笔墨艺术，终修成"笔墨随时代，变法成大师"的正果。赖少其早年居安徽，常以焦墨渴笔画黄山；晚年回到广东定居，面对丰润的岭南山水，他想起了"岭南画派"的无限生命力。为此，经过"丙寅变法"，以自己丰富的人生阅历和对家乡的深情融入传统的笔墨语言，完成了他的艺术蜕变，出蛹成蝶。他晚年的创作全部沉浸于他生命本能的欢歌之中，是为"万物在天地中，天地在我意中"。

对于关良的人物画，展现在观众面前的是一幅幅小巧可人、充满童趣、率真的戏曲人物画，他的作品中对人物变形夸张的处理恰到好处，不仅符合戏曲人物特征，也艺术地表现了戏曲的生命力。他的题材单纯、熟悉，作品传神、有趣，在艺术创作的大世界里嵌入他个人的小情调，寄托画家本人的美好情愫。他以简洁的笔墨汇入高妙的意趣，令人叫绝。良公把中国戏剧从人物到故事、从服饰到布景、从表情到唱腔的美感，无不一一收入腕底，一挥而就，鬼斧神工。

中国画秉承的是中国传统文化中最具代表性的"天人合一"的哲学审美思想，注重人文精神以及画家主观意念和客观物象的融合。明末清初杰出的散文家廖燕说："万物在天地中，天地在我意中"。这与传统艺术哲学"大自然是人的放大，万物就是心的外化"相吻合。画家从宇宙万物中观察到物象的特征，然后融入自己的情感，再把这些美好的情愫通过笔墨赋予到作品之中，从而达到"天人合一"。

因此，中国画创作必须抓住客观物象的内在本质，融入画家的思想感悟，充分发挥艺术的想象力，然后以独特的笔墨语言来传达出丰富多元的精神内涵，给人以广阔的想象空间。

当然，笔墨语言是精神内涵的表现形式，也是精神内涵的载体。石涛的"墨非蒙养不灵，笔非生活不神"正是说明画家的思想感情是通过个性化的笔墨语言体现出有血有肉、有精神内涵的关键。

看完三个展览，感受良多，却又未能一一表达。始终认为三位大师在画坛上很不平凡，但他们的人格都很平凡。正因为这种平凡的人格，才使之成为神秘莫测的大家。平凡的人抛弃了所有不平凡的抱负，没有诸多的动机，面对绘画和生活都是一种享受。衰年变法都是因为生活阅历、文化积淀和情感素养达到相当程度裂变的结果。他们面对艺术，完全与生活融为一体，享受"万物在天地中，天地在我意中"的平凡人生。

艺术评判的权力还是交给时间吧

现在美术界，尤其是中国画界举办个人展览后，盛行再搞个"某某某学术研讨会"，对展览进行一番评论和探索，相互交流创作经验。立意当然很好，假若是作品在学术上有所创新，抑或是画家到了盖棺定论的时候，我想这无可厚非。但问题是现在的研讨会很多都变了味，主办方往往请了一些名人名嘴对展览的主人公大肆吹捧一番，也不管作品的艺术性和学术性如何，甚至于平平淡淡的行画，也大张旗鼓地进行"研讨"，结果可想而知。严重影响大众对艺术的正确评判，甚至错误地引导大众的审美导向。

我曾经讲到艺术是必须具有灵魂的，而能成为艺术主流的作品当然除了具有灵魂，还必须符合"真、善、美"的要求。那么对于这些个艺术评定该由谁说了算呢？我想如果只有吹捧的研讨会，哪怕级别再高说了也不能算。

俗话说："公说公有理，婆说婆有理。"每一个画家当然都会认为自己的作品是艺术，而那些权威的专家、院校的教授、收藏界的大腕、画廊的经营者以及普通百姓的风雅时尚人家，都有自己的习惯审美眼光和一套评判标准。

萝卜白菜各有所爱，看来要制订一套合乎各路英雄口味的评判标准也是不太容易的，因为这是一个复杂的社会文化现象。随着社会上大众物质生活水平的普遍提高，人们对艺术品的需求认识不同，艺术品既可以当作是一种消费活动，也可以是一种让精神或感官舒适与愉悦的精神活动。因此，由物质生活水平的提高导致精神需求的提高，造成对艺术评判水准的参差和审美趣味的不同。面对这样一个问题，笔者认为评判艺术的标准不能用一种粗暴的形式来加以定义或者通过一个固定模式来作出结论，那样显然有失偏颇。必须是通过区分作品是历史的、大众的、艺术的、美学的诸多不同的鉴赏途径，而决定这个鉴赏途径的应该是时间。

艺术的感受力、艺术的辨别力、艺术的想像力以及艺术内在的哲学、文学、美学理论的素养是很需要一种客观、公正、直率的批评态度。对于随波逐流的评论，再好的艺术也是毫无意义的，再高规格的研讨会也是自欺欺人罢了。

艺术的创作与艺术的正确评判都是艺术的重要组成部分，甚至可以说两者缺一不可，关键是作品的质量以及评判的人是谁。假如评判者属于一般性的大众审美，那么，这个决定权就在于社会大众，而他们的认知度可能也就只局限于消费文化而已，他们以直觉来评价，往往只停留在一种感性的享受模式。显然这种评价标准和审美趣味肯定没有专业人士和文人墨客那样"高雅"，但也能得到身心的愉悦。在当前这样不同类型、不同趣味、不同层级的文化现象交织并存的情况下，这种大众文化口味也已经形成了独立选择的能力，即使是够得上艺术层面的东西，但若没有"真材实料"，那么，这类文化消费大众也是不会买帐的。他们虽然不会对整体的审美文化进行任何评判，但会通过选择性的文化消费来表达自己的评价。

那么，对于这个艺术的评判标准应该是怎样的呢？笔者认为还是需要从历史的层面来作出评判，用历史的尺度来丈量。很多方面的作品是不能在一朝一刻来作出判断的，它需要通过时间的积淀和检验。真正的艺术家，其实反而不太在乎同时代人的看法，更多的是以自己的想法和实力对艺术孜孜地探索。黄宾虹在世时甚至清醒地认为自己的作品"吾画不入世眼"，然而今天更多的专家学者却认同了黄宾虹的作品更具艺术性。至于今日诸多处于精英地位的人来说，他的作品是否也会在若干十年百年之后被后人所认同，同样需要时间来检验，而不是通过一个名人名嘴参与的研讨会就可以定位。

　　也许画家们都不甘心于艺术家身份的被动转换，他们也不愿意在这场文化消费的革命中成为旁观者，但从艺术的历史角度看，这个艺术评判的裁判员应该是时间。

红沙金宝
2016 年
纸本设色

从《南粤禅林图》说到禅画

　　广州市美术家协会山水画艺委会最近组织一批山水画家循着六祖足迹进行采风，拟集体创作一幅命名为《南粤禅林图》的山水画长卷。这既是宏扬禅画文化，也是一次山水画与禅文化紧密结合的创作趣事。

　　生活在喧嚣的当下，如果能稍为安静下来关注一下我们的城市和乡村，就会发现每天都有令人高歌亢奋的人和事，也有令人泪流满面的人和事；既有令人热血沸腾的人和事，也会有令人揪心扯肺的人和事！

　　人生其实就是由喜剧和悲剧组合成的。何为喜剧？何为悲剧？却是没有标准答案。或许人类需要有一个精神家园！柳宗元有一首诗："千山鸟飞绝，万径人踪灭。孤舟蓑笠翁，独钓寒江雪。"假若此时心中没有一个精神家园，在"千山鸟飞绝，万径人踪灭"的环境之下，能"独钓"吗？按一般价值观来说，恐怕不投江才怪了。通常说：儒家治国，道家修身，佛家平心情。"禅"使人在生活的困顿中、在生命的自由中突现出诗意的安顿；中国画，尤其是水墨山水画则使人在诗意的安顿中得到生命的自由。

　　人生的最高境界莫过于"自由"二字，作为一个生命个体，一生的起点和终点都不是自己可以决定的。作为一个个体的自然人，最大的自由莫过于对生和死的超越。对于芸芸众生来说，先不必谈生命的自由，即使小小的生存自由，或者生活的自由也似乎永远处于欲求不达而欲罢不能的矛盾痛苦之中。自由的追求往往是在主动地探寻生命真相，在彻悟生死原理之时达到"照见五蕴皆空，度一切苦厄"的大自在境界。参禅与水墨山水画在某种意义上或许便是一种主动追求人生自由、安顿现实人生的一种艺术手段。

中国画最大的特点是诗书画三位一体，无论从精神追求、审美标准、语言表达以至工具载体，都具有东方文化艺术特有的哲学思想，与儒、释、道有着不谋而合的共性。

就中国画来说，山水画一直是人们慰藉心灵、诗意地安顿生活的重要手段之一。唐代王维是禅画史上的先驱人物，他家世信佛，常去禅林寺院论道谈禅，曾历诸法席听取禅法，其晚年长斋，"退朝之后，焚香独坐，以禅诵为事。"王维很自然地在诗画中融入禅的意趣。其画饱含禅理，境界高远，其破墨山水，笔迹劲爽，适宜自然景物的随性描绘，达到了"体物精微，状貌传神"的境界，表现出寂静悠远、空灵朗达的禅意。是为"诗中有画，画中有诗""天机所到，而所学者皆不及"的参禅修心之说。

继王维之后，唐代还有张璪、王洽。张璪的"外师造化、中得心源"之说也与被称作"心宗"的禅宗旨意相吻合。有号称"王墨"的王洽常于酒酣之际泼墨素绢，自然天成，其颠狂呼喝、任性挥洒之趣也正合禅宗随性自在的意趣。

五代到两宋是禅画发展的兴盛时期，禅法广泛而深入地体现在中国画中，这一时期出现了一批禅林僧人，如贯休、巨然、惠崇、法常以及苏轼、梁楷等等。这些画僧以禅入画，超尘脱世，逸笔卓然，并形成了亦画亦禅、无念忘我的禅画文化。他们藐视功名利禄，个性狂放不羁，而画风由细变减，但笔减墨精，形神超拔，作品引领了中国画史一个不朽时代。

南宋之后，禅画虽有减弱，文人墨戏逐渐代替禅意水墨。直到清初一下子又出现了"四大高僧"，由于四僧的不同人生经历，注定了他们作品的禅林山野之气更足，也更加冷峭、高逸、超尘和凝练。他们的出现再次把禅画推向了一个新的高峰，对后人影响极大。

中国画历经一千多年的发展，颇有成就的画家对"禅"大都异常

农家乐
2014 年
纸本设色

倾心，在他们的作品中多多少少地渗入了"禅"的意趣因素，形成一种独特的东方艺术。究其实质，艺术是介于宗教排他性精神信仰和世俗吞并性物欲情感之间的人类活动形式，禅的思想并非一种狭隘的宗教派别化的教义，确切地说是一种超越现实物质、心理感受、思想束缚、意志抉择和观念认识的大智慧，达到彻悟宇宙人生的大自然境界，并安顿人生的一种诗性状态。我想，《南粤禅林图》的创作正是一次对生命的追求和诗意向往的体验和践履，也是在当下喧嚣的环境中把禅文化与山水意境结合的一次深度再探索。

技术＋，才是中国画

艺术往往需要碰撞，一味地埋头苦干，也许有些问题永远就成了解不开的疙瘩。画画之事，说复杂吧，有的人画上几年也能画得像模像样；说它简单吧，有些人画了一辈子，最终也未能画出其中奥妙，到头来始终只是个画匠。如此说来，画画除了刻苦勤奋之外，看来悟性还真的很重要。这个悟性并不是来自于天才，而是一个画家的个人修为和生活阅历的积累。

最近，参加一个画展，对着一幅人物写意画作品，一位颇有资历的画家说："连比例都画不准，也能画画？"言语中略带嘲讽之味。苟且不评论该作品，但仅以比例准与不准来作为画画的标准，似乎有失偏颇。关良、赖少其的画多时都不按比例，难道关良不能画，赖少其不能画？造型准确、比例准确固然是绘画的基础，但有了这个也只是有了绘画的基本技能而已，真正能画好画的根本是在这个基础之外的功夫啊！前些日子，也有一个国字号画家发出了类似声音："画画到底是手艺活，需要的是有一手好技术。"此话与老画家之言意如一辙。笔者听后虽感意外，但细想之下也并不奇怪。因为当下这种"画照片"的技术活业已成为画界势不可遏之洪流，这一言语也成为这一思想的代表了。

对于西画而言，或许也还说得过去，但对于中国画来说却是差之远矣。退一步说，无论你造型的能力有多好，你能画出一个生活中真实的美吗？或者你的绘画技术能画出比照像机更不失真的人物来吗？

自然的造化是人类永远无法达到的，假若只是为了真实复制自然、写真自然，并不是中国画的本义。

中国画作为国粹承传逾千年，有别于一般纯粹的视觉类绘画艺术，是从千变万化中的毛笔笔法走过来，讲究笔墨的应用和理解。这说明中国画并不是简单的造型再现，也不是简单的造型思维。在中国画传统理论中更看重笔墨和韵味。对于韵味的理解，一方面是象外之象，主要强调意韵，意韵决定形式存在的价值。如在"采菊东篱下，悠然见南山"中，能否发现"东篱、南山"之外的意义。另一方面是传神理论，强调以形写神、以神统形、传神写照，特别是人物眼神，并由眼神转化为人的内在精神。唐宋之后，这两个方面逐渐结合为韵味说，形成"澄怀观道，应目会心"的中国画家的内涵。

韵味说形成之后一直主导着中国画的发展，并成为衡量中国画的一把标杆，强调中国画艺术要有超越形式之外的韵味，要有象外之象、意外之意，即所谓诗罢有余地。

决定中国画艺术意义在于形式之外的因素，艺术形式受神、韵、味所决定，成功的艺术创造应该是形式和神韵的统一，艺术形式只是基础而不是根本。唯有中国人的诗意，中华民族独特的审美特征，加上一定的技术训练，才符合中国画的理论。只讲形式，不讲韵味的中国画显然只能归入"照片画"一类。那些拿着照片、对着幻灯机按比例投影定格在宣纸上制作出来的中国画，死磕精准的轮廓线和比例关系，看上去很像、很细致，制作的劳动强度也不小，可就是没有中国画韵味，丧失了中国画精神。这不是画家，是工匠！

古人论画，常有"无法中有法""乱中不乱""不似之似""须入规矩之中，又超乎规矩之外"等等说法。这些都是传统中国画艺术理论的精粹所在。如果按照前面那位前辈所说"比例都不准，也能画画？"的理论，不能说有错，但这只能算是对画画有初级阶段的认识。"技"的层面是需要的，画画的人只要刻苦经历三、五年，或者更长一些时间的训练，都是可以做到的。"韵味说"是"道"的层面，作为中国画家则必不可少，而能否达到这一层面，则要视每个画家的不同修为和悟性。那些把中国画视为"技术活"或者把比例视为根本的则永远也无法上升到这一层面来的。

古都风韵
2014 年
纸本设色

笔墨随时代与画家的社会责任

艺术的表现包括两方面，一为观念，二是形式。形式要从传统中来、随时代发展；观念则需要关注社会、介入社会，艺术不仅仅是书斋里的自娱自乐，还需要承担相应的社会责任。

今年是中国人民抗日战争暨世界反法西斯战争胜利 70 周年，为弘扬伟大的抗战精神，中国人民以各种形式举行活动纪念这一伟大的胜利，文艺界更是以艺术的形式、艺术的情怀来表达中国人民对和平的珍爱、对先烈的缅怀和对历史的铭记，这是艺术家承担应有的社会责任。前些日子，在中国美术馆还专门举办了一场"铸造不屈历史之魂，明鉴悲壮丹青画卷"的美术展览。从展览中，观众看到了以钢铁与红色为视觉的标志。通过画面展示了"怒吼吧，中国""全民族抗战""胜利与和平"，观众在观赏中了解到中国人民抗日战争历史进程的线索，也从中看到了那个时代的艺术家们以文为战、以笔为旗以及被抗战燃烧起的激情与火焰。这不能不说是美术的魅力，也是艺术的魅力。画家们以浪漫的情怀，艺术的手法再现了当年国家民族存亡的一刻。

抗日战争是中华民族抵御外辱取得的一次伟大胜利。国家民族的危亡时刻，将中国艺术家的注意力全部吸引到了这场关系民族危亡的战争中来。战争的激变提供给艺术家们前所未有的生活经验，民族面临生死存亡的挑战，令艺术家不能不放声呐喊。中国的艺术家们以不同的艺术表现形式，展示这场波澜壮阔的反侵略战争。在那一时期涌现出了大量以强烈责任感和民族使命感的艺术家和作品。李桦的《怒吼吧，中国！》、胡一川的《到前线去》、唐一禾的《七七的号角》、罗工柳的《马本斋的母亲》，还有以漫画作为宣传武器的救亡漫画宣传队的画家廖冰兄、张乐平、陆志痒、叶冈创作的《抗战必胜连环画》，也有我们广东籍的画家黄新波、赖少其、古元等等艺术家，在抗战期间，他们走进硝烟弥漫的战场和深受苦难的大众生活当中，揭露日军暴行、讴歌抗战英雄，用手中画笔和生命的激情谱写出中国美术史上的壮丽诗篇，同时也激励着人民大众抗日的斗志。艺术家们以富于创造性的艺术语言和多样化的艺术风格，创作了大量的作品，弘扬伟大的抗战精神，既是艺术家对社会责任的担当，也真正地诠释了"笔墨当随时代"的重要内涵，在形式上打破了架上绘画的局限，体现了一切现存客观物象都可以成为绘画的媒介。

除了大量的美术作品之外，抗战烽火中的文学创作也异常活跃，抗战题材的作品，如《松花江上》《长城外面是故乡》《南京血祭》以及《怒吼吧黄河》等等文学作品的面世，实际上也都是笔墨当随时代的体现。

其实，笔墨当随时代的真正意义就在于随时代发展。它所指的既是一般的技法，又是创作的时代背景。把古代没有的东西表达出来，这不仅为了超越古人，更多的是表达时代的风貌和历史的记忆。在技法上，对着北方没有树的山头，可以用披麻、斧劈的皴法来表现，但对于南方浓厚植被的山头、郁郁葱葱，这些皴法则完全用不上。而面对不同的时代背景，笔墨要求的就不仅仅是皴法的问题，而是社会的责任问题。从抗日年代先辈们的作品我们不仅可以看到这些作品的艺术性，更能看到作品的社会责任感和使命感。

此时的笔墨当为工具，是指绘画的基础。而时代所指应是适时的物象和背景，是一种时代的风气。石涛的原话是："笔墨当随时代，犹诗文风气之所转……"论及中国画，亦是画之风气的变化，本无伤笔墨之本质。画画作为一种艺术，有着与其他艺术同样的历史责任和使命。在硝烟弥漫的战场上同样担负弘扬不死的民族精神的重任，有着与其他艺术精英同仇敌忾的抗战情怀，以独特的艺术形式颂扬高昂的民族精神，或控诉法西斯残酷的暴行，或真实地记录法西斯铁蹄底下的市井百态，这是国家、时代、民族命运交集的反映，这一时代的笔墨，今日看来依然令人动容，皆因艺术家社会责任感使然。

水城小艇
2014 年
纸本设色

关于诗情与画意

　　诗情与画意，是一个衔接传统的问题，本意是给人以美的享受。对于中国画来说能否从画意中读出诗情是衡量作品内涵的重要标杆。诗情画意源自宋代周密的一首词《横玉亭秋倚》："诗情画意，只在阑杆外，雨露低生爽气，一片吴山越水。"

　　因此，无论是画家作画，还是读者品画，确实都需要在"诗情与画意"中下功夫，要能在画意中领略到诗情，才能有美的意境并得到美的升华。

　　朱光潜先生在他的《美学文集》中说："所谓艺术的生活就是本色的生活。世间有两种人的生活最不艺术，一种是俗人，一种是伪君子。"他还说："情趣愈丰富，生活也愈美满。所谓人生的艺术化就是人生的情趣化。觉得有趣味就是欣赏，你是否知道生活，就看你对于许多事物能否欣赏。"欣赏也就是"无所为而为的玩索"。在欣赏时"人和神仙一样自由、一样有福"。中国画是视觉艺术，在经历了士大夫之后的中国画则融入了文人的口味，从而形成为一种与语言艺术相结合的艺术，涉及到的不光是视觉，还有诗文，大大地增强了中国画的可读性。也就是说要求中国画作品不仅要有画意，还要有诗情。因此，画家必须是懂诗的人，只有具有"诗性的人"才会创作出具有"诗情的画意"。唐代王维"诗中有画，画中有诗"逐渐形成为对诗情画意的评价常用考语。可见诗画渊源已久，而最大的共同点则是诗

杜雷多香港酒楼
2014 年
纸本设色

画都必须来源于生活，也即对生活中的体悟、感情等等，需要有美的
要求和美的冲动，只是表达的形式有所不同。

如果没有环境的启发和感情的激发，创作时无美的要求，画出来
的东西自然品不出诗情，必然是无病呻吟之作，读之味同嚼蜡。我曾
说过，当下诸多名家作画是在不停地重复自己，而一般的画家则是在
不断地重复别人。作品别说诗情画意了，连最起码的个人生活感受都
没有，这是传统文化的缺失，最为可悲。

诗情画意的结合，到了元代已然是"文人画"的主流，无论山林
丘壑还是枯木竹石，所有物象几乎是以舒适笔墨为载体，同时又与诗
性相结合，形成一种诗情画意的审美概念。

倪云林说他画竹子只是抒写胸中逸气，任凭你看成是麻还是芦，
他全然不管。能理解倪云林这种创作思想，自然就会透过更深一层，
读懂他画意中的诗情。

而八大山人更是在"似与不似"之间，甚至可以说以不似为主。猫啊、鹰啊、鱼啊，统统是翻了白眼的。画家此时把动物当成自己的化身，赋予动物一种"亡家亡国"的无奈。这些也是画家特定的"诗性语言"。

不管是倪云林，还是八大山人，他们的作品都不会是一般的描摹物象，更不可能描摹他人。他们既是一种艺术创作，也是一种诗性的艺术加工，使其蕴含某种内在气质和精神，犹如身临其境。他们的作品有自己的灵魂、人格，也饱含了个人的学养，创作物象来自于生活，是有一个触动他们内心的东西，使自己产生一个心结并以诗性的笔触释放出来的画意，在诗情中把人生的精神寄托在画里。

当然，画家作画，也不是人人都必须同时具备作诗的能力，更不是说每个画家都是诗人。但一幅好画，如果能让人读出诗意，感觉自是不同。也就是说，画家可以不懂写诗，但至少应该是一个具有"诗性的人"，与诗能从内心发生感应，能读诗、爱诗、懂诗。孔子推行诗教，始终把诗的教育放在第一位。然而他本人并无诗作留下，他的弟子中也无诗人，但他们谈诗却都能头头是道，见解独到。"诗可以兴，可以观，可以群，可以怨"，但"不学诗，无以言"。一个画家如果能坚持读诗、懂诗、爱诗，那么即使不写诗，画出来的画也会取法乎上，富于诗意的。正所谓"云峰石迹，迥出天机；笔墨纵横，参乎造化。"当然，"天机"与"造化"就是画家诗性的修为，画家要悟得很透、心领神会。世事总无常，一个人一定要有"趣"，诗性恰恰就是培养这个"趣"。具有诗性的人往往是有人情味的，也是有趣的。

巧读诗

日前，笔者在微信朋友圈中发了一幅由汕头摄影家黄卫拍摄的照片（见图）。画面一村姑面带笑容划一小艇，甚美。笔者配以两句诗："清香帆下溢，笑语水中流"。之后，有微友颇有微言：认为诗画不甚配，清香怎么会是"帆下溢"，而非"两岸飘"呢？笑语是在村姑脸上，怎么会在"水中流"。

假如从哲学、美学的角度论"诗"，则诗也成了"美"的别称。一切山河大地、秋月春风、巍峨建筑、优美舞姿以及悲欢离合的生活等等，或许都可以被加上"诗一般的"美誉。

诗情画意一直是人们慰藉心灵、安顿情感和生活的重要手段之一，也是根植于东方哲学和历史文化的土壤之中，具有独特的东方审美特征和其他艺术门类无法取代的独有价值。这种语言表现程式是和东方的哲学精神、艺术境界乃至具体画面息息相关，可以说中国画的笔墨就是诗意存在的基础。关键就在于其作品的自由精神，往往这种自由精神也是诗人画家追求自由、消解压力的方式，又是诗人画家高境界的体现。

对于一个画家来说，未必要成为诗人，但有诗性很重要，要能读诗、读懂诗。画家读诗，我想首先还是要以消遣为主，画画之余用些时间放在上面，选些好诗、有情趣的诗来读是很有价值的，当然巧读是必须的。

唐诗中最被人传诵的"清明时节雨纷纷，路上行人欲断魂"之妙就在于"欲断魂"三字上，诗中并未言明为何"欲断魂"，但诗中上承"清明时节""雨纷纷"，下启"借问酒家""何处有"，画面由凄迷变为生动，前抑后扬，对比交错，相映成趣，诗趣立刻表现淋漓，那种无住无着令读者浮想联翩，是为好诗，又为好画。

上述笔者的两句诗，着重在于"溢"字和"流"字，使之从诗中透出天地自然界的生命气息来。拍这幅作品时，笔者正陪同摄影师一起采风，当时在大稳村水上绿道上乘坐小艇游河，是日天朗气清，小桥流水，红花绿竹，映带左右，小舟上数位采风的美女艺术家游兴正浓，好一幅赏心悦目的图画。舟上飘溢出美女们身上淡淡的清香（这里不是岸边的花香），她们一路采风创作，留下欢声笑语随河水飘流。这香气一"溢"和这笑语一"流"，画面顿时生动，画面之外的香气、笑声立即跳进了观众视听感觉之中，把原本只有村姑划船的画面变得丰富多彩起来。通过这一"溢"一"流"呈现出满船的生命力，情景交融。

看王维诗中的"画境"名句，如"山中一夜雨，树杪百重泉""竹喧归浣女，莲动下渔舟""草枯鹰眼疾，雪尽马蹄轻""坐看红树不知远，行尽青山忽见人"等等著名佳句，也不过是达到了情景交融甚或只达到写景生动的效果。这类情景丰富的诗句，也并不止王维独有，像李白、杜甫诸家，也有许多可以媲美甚至超过的。李白如"朝辞白帝彩云间""天门中断楚江开"，《蜀道难》诸作；杜甫如"吴楚东南坼""无边落木萧萧下"，《奉观严郑公厅事岷山沱江画图十韵》

诸作，哪句不是"诗中有画"？既然称为诗，就一定有诗的境界，通过它所表现出来的人与事物，是活生生的情与景的融合。以一种特殊组织的文字所描绘出来的形象，形成了诗的境界，这样，即使你闭上眼睛，在脑子里转动一下，这些从情与景所融合起来的，通过一种特殊组织的文字所描绘出来的形象，让你清楚地如同亲眼见到了一样，在你的脑子里浮现出这样的一幅图画，让你动情的，是诗呢？还是图画呢？可以说，是诗，也不是诗，不是图画，却正是图画。可以说，这样的诗，是富于画意的。只是你能否把诗人的意境巧读出来。

鹭鸶
2013 年
纸本设色

主题创作要有筋骨情

最近，笔者参与了抗战主题美术大展的评选工作，展品的整体质量还算过关，但如果从主题思想上看还是觉得差强人意。据了解，评委在评审时对主题的把关已经有所侧重，如果水平相当的情况下，主题突出者优选。但是挑选出来的作品距离主题要求仍然存在一定差距。有的作品在主题上几乎只是擦边而已，有的甚至完全不靠谱，可见主题创作并非易事。

主题创作对于文学作品来说并不难，只要根据主题要求，明确中心思想，选定重点故事情节和人物进行刻画，以文字表达作者的态度，完成一部作品并不太难。然而对于一个画家来说，尺幅之间要表达清楚主题则难度就要高出许多。

美术的主题创作也就是命题创作，要求作品围绕特定的主题而展开的创作。作者首先一定要明确主题的要求，对历史事件或历史故事要有一个认真、全面、详细的了解，对事件的重点和典型情节有深度阅读，然后在命题的范围内选定其中最具代表性的部分进行剪辑、提炼，并把个人的思想感情融入画中，而不是仅仅依据几张照片进行描摹来充当主题创作。

主题创作的画面安排要巧妙，要有故事情节，突出表现事件、人物、环境并使之具有生活化。素材选择切忌东拼西凑、呆板描绘，情节要有联想、有联系，避免故事情节零碎化，或者过于直白。在本次展览中，很多作品都没有注意到这些问题，估计多以照片为模本照抄照搬，貌似与"抗日"主题有关，实则缺少故事情节，画面零碎、生硬。更有甚者，竟莫名其妙地把一些毫不相关的东西牵扯到一起，脱离了主题的要求。

选择题材可以侧重从生活中的某一个方面入手，反映事件的重要意义，使人联想，让作品给人回味。前一阵子，讨论较多的蒋兆和的一幅抗战时期的作品《流民图》就很有个性。作品没有从一般性的概念切入，而是在画面上刻画一群因日寇侵略而丧失家园的难民逃难的图景，虽无烽烟四起的画面，但看后却能令人悲戚，从而产生对日寇恶行的憎恨，引起观众的共鸣，是一幅很成功的抗战题材的作品范例。

以"抗战"题材为主题的创作，一般情况下人物画会占有较大优势，题材选择范围较宽广，但展品中似乎并没有显示出来这一优势：人物类作品并没有很深刻的作品蹦出来。甚至有画一个呆板的老人加上几枚突兀的胸章，硬是牵扯为抗战作品，显然作者没有深入那个时期的历史和生活，是为滥竽充数之作。

主题创作的主体人物，一定要有个性和故事，要真正带有画家的感情思想，表现力要生动。动作、形态，以至表情、服饰，都要有强烈的个性特征。在多个人物组成的画面中，要确定画一个主要人物，并选择有代表性的动作姿态和比较完整的形态，以及与次要人物之间的呼应。有作品画个衣着破烂的老人，便说是抗战时期的画面，显得苍白无力，丝毫没有抗战主题的味儿，实在有些令人哭笑不得。模特的程式化表情，就更加表达不了人物的内心世界。这样的作品没有感情、也没有筋骨，怎么能有说服力呢？

主题创作需要用心经营，不能只是人物和环境的简单堆垒。构图是作品表现的最大形式的因素，其至少有两层需要讲究的内涵：一个是构图需要表现出作品的主题思想，另一个是要讲究结构形式，符合变化统一的原则。山水画讲意境、人物画重情感、花鸟画则旨在怡情。主题创作要对生活有真感情，对故事表达有筋骨，贴切地把创作思想表现出来。归纳为一句话：进行主题创作不认真读点书不行。

清香传得天心在
2016 年
纸本设色

雨雾中寻找心法

  对于中国画来说，技法显然是很重要的。黄宾虹先生的"五笔七墨"讲的都是笔法和墨法，可谓处处讲"法"。表现画面功夫往往也在于笔墨的功力和变化上。笔者画画长期以来崇尚"我自用我法"，但内心却是以临摹、学习古人之法、高人之法，处处以"法"着力、从"法"着眼，以"法"看世界，只不过"法"中除了"技法"，还有"心法"。

  "心法"难寻，可遇、可悟不可求。最近，笔者在四川的一次写生，雨雾中意外有所悟。

  这次写生在巴蜀中部地区的青城山，住在后山半山腰的又一村，阴雨天气几乎贯穿了整个写生过程，二十几天没挪窝。若论天气环境，可能是我写生经历中最为艰苦的一次。

  二十几天不见太阳，阴雨连绵，大山里苍苍茫茫、恢恢蒙蒙，大概人都要发霉的。这种长时间浓重的阴雾天，是不是就是古代所说的"瘴气"啊？这种鬼天气对于一个生活在大山外的人来说真的是有些喘不过气来，但群山中云雾缭绕、飘洒逸宕，氤氲和融的景致却是画家极好的绘画素材。满山是一片浑沌的烟岚世界，画家的心情却是激情满怀。无怪乎早年到过四川之后的画家作品多有生活气息，齐白石、傅抱石、石鲁等等，大概都经历了巴蜀这种大自然的洗礼和熏陶，用面对大自然的激情点燃了心中的创作欲望，心境得到升华。面对瞬息万变的眼前景致，一会儿苍松翠竹、意境幽深；一会儿莽莽森林、忘情恣肆；一会儿又是山风裹挟着雨点，沾湿衣帽；一会儿却是满山烟岚，如置身蓬莱仙境之中。此情此景如何能不挥毫泼墨，自然可以恣肆，画家亦恣肆。

　　长时间置身于烟岚雨雾之中，可谓痛并快乐。头几天兴奋、奇妙，数日之后则开始厌烦、无奈，甚至诅咒起这个鬼天气来；然而住久了，却爱上了这个天气，甚至于可以上升为一种雨雾文化，透过雨雾，感觉到蕴含其中的质朴与雍容华贵，甚至还有一种惬意快乐若神仙的快感。倘佯在这蜀中山水，烟笼雾锁，飘渺秀润。摊开画板，即有扑向大自然的冲动，去大口大口吸吮山水之气；山中情趣意境，使得画家的诗意笔墨从胸襟中自然流淌出来，或许此时的瘴气在画家眼中都变作灵气了，绘画技法中的这皴法那皴法也都变作一种随心所欲之法了，我想这应该就是"心法"！是先勾后皴，还是先皴后勾都无关紧要，只知道依着大自然的变幻又勾又皴、亦染亦擦。完全是一种因情设景、遇景生情、于自然情景中自然产生出来的绘画方法；完全于无"法"中得法，笔笔来自心扉、来自对自然的情感。一图一景、一景一法、一法一情，法为我用，一气呵成，是为"我自用我法"。正如苦瓜和尚石涛在他的《淮扬洁秋图》中所题画诗："老木高风着意狂，青山和雨人微茫，图画唤起扁舟梦，一夜江声撼客船"。手中画笔在激情中不为法而法，忘却一切法，师法大自然，把对象表现得更加淋漓尽致，作品更显厚重、鲜活，漾漾细雨和绵绵阴雨的意境，令人身临其境，甚至于感觉到画中空气的湿润和雨天的阴冷。

　　在当今这个浮躁的年代，面对苍苍茫茫的雨雾天，支起画板，静静地面对自然凝神，细细品味山中雨雾，寻悟心法。而实际上，技法也能得到充实，在观察和体验中能极大地提高构图能力和对画面整体感的把控。浓雾遮掩了部分局部而使对象更加整体，天气晴好时过于具象的东西常常不肯放弃，尺幅之间的画面承载量是有限的，因此平时舍不得放弃的东西在雨雾遮掩下做到了，粗壮的轮廓线变成了面，树木和村屋更加交融，山也显得更加苍茫、大气，浑

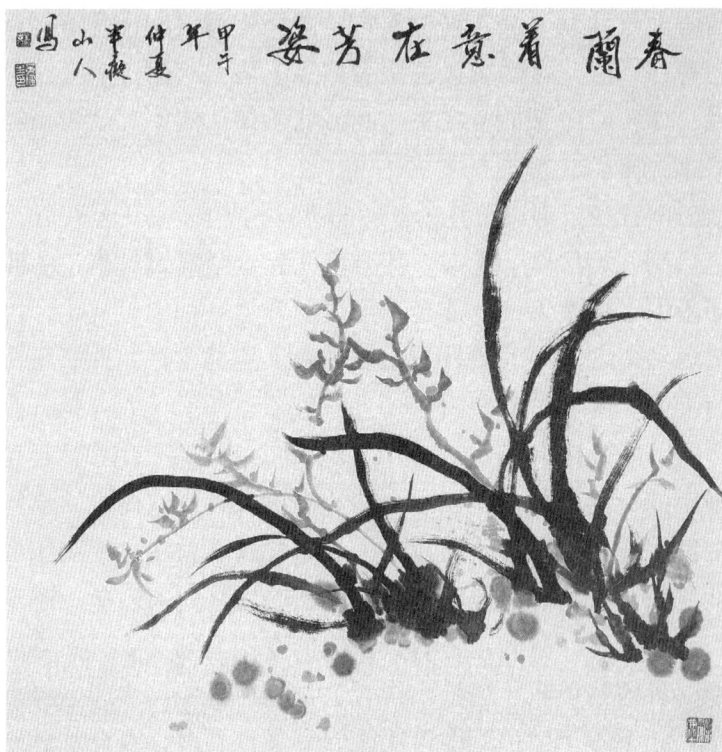

春兰着意在芳姿
2014 年
纸本设色

然一体。雨雾天真的可以寻找到很多东西，尤其可以静悟到"心法"。

　　每次写生，都想画得深入一点，画得更有新意一点，带着想法出来观察体会，为的就是寻求对自然、对生活的感悟，追求的是作品更加生动、鲜活，这次写生做到了。对于中国画而言，有时心法比技法更加重要，放弃一些条条框框的束缚，个性的作品才有可能出来。

中国画的气韵与"审美引力波"

看展览的时候，经常会听到一些观众这样议论："这幅画好，好像、好逼真。"可是对于中国画来说，如果是纯粹对客观物象进行如实地描绘，那么，这种描绘的真实度又怎么可能超越照相机的功能呢？以"好像、好逼真"来评判一幅画的好坏，一听便知是门外汉了！

在绵延数千年的中华民族优秀文化传统中生长发育起来的中国画艺术，怎么可能仅靠"像"和"真"就延续下来呢？中国画艺术自成体系，在漫长的历史进程中，形成了一套独有的审美体系、创作理念和表现形式，尤其是传统的"文人画"，更是注重"意境"的营造，追求画面的"气韵生动"。

气韵来源于画家对客观世界的感受。如果说"气韵"使人产生一个气场，这个气场，当然就是能让人产生一种生生不息，变化无穷的引力。一切感觉全在于画的变化之中，这种变化无穷的引力，正是画家对虚幻事实的感知，画家对画面节奏感的一种判断，是一种虚幻的潜意识里面的东西。

最近，LIGO 发布消息称，爱因斯坦提出了引力波这一概念一百周年后，人类首次准确地直接观测到引力波。然而，引力波到底是个什么东西呢？通俗意义上讲，引力波是时空中的涟漪。从宏观上看，太空轨道上的行星围绕恒星绕圈圈，也是受到恒星产生的引力波涟漪作用下运转。

这里借用一下引力波作用这个概念，来解释中国画的"气韵"问题，也许是可以的。因为具有气韵的作品，产生一个气场，就如宇宙中的引力波，无形中影响着观众去理解画家笔下作品的思想内涵，体会画家笔下的虚幻之境。这与中国古代哲学观念正相吻合，宇宙是一个气场，气韵的虚幻性也是一个气场。

中国画，尤其是"文人画"，追求的绝对不是绘画技巧本身，技巧只是绘画的基本手段，重要的是画外功夫，这画外功夫是画家丰厚的学养、生活阅历的积淀。技巧通过训练可以获得，这画外功夫则需要时日的积累。

两宋文人画出现，就是中国画从形似到神似的描绘，画面"性灵"的转变。画家由此而产生心灵的感悟，并转化为心灵的境界和生命的境界。笔下的所思所写，已经不是眼睛所观察到的景物，而是心灵瞬间的发现，是由眼前的实境化为心境，瞬间转化为意境，这是艺术的最高境界，亦即天人合一。是景物融入心灵深处瞬间产生的引力波，使画家本能地融入到我的境里，让肉身的我与灵魂中的我融为一体，达到物我合一的空灵境界。此时画家对物象的形状已无所谓，熟练的技巧甚至要服从于画家的心境需求。

石涛说："规矩者，方圆之极则也；天地者，规矩之运行也。世知有规矩而不知夫乾旋坤转之义，此天地之缚人于法。人之役法于蒙，虽攘先天后天之法，终不得其理之所存，所以有是法不能了者，反为法障之也。"石涛把绘画创作比作天地运行，认为天地才是根本的，规矩法则只是为天地的运行服务而已。如果只知"法"而不知"法"的根本原理，就会被"法"所"障"，被法所"缚"，而不能了法。随行于心灵感应的引力，才是可以"了法""除障"的至尚之法。

宗白华说："艺术家的心灵映衬万象，代山川而立言，他们所表现的是生命情调与自然景象交融互渗，成就一个鸢飞鱼跃，活泼玲珑，渊然而得的灵境。这灵境便是构成艺术之所以成为艺术的境界。"

至于画家写生，以眼睛追寻现象，以自然的原貌存在，具有客观的性质，但绝对要与追求逼真分开来。山川形体表达了宇宙的节奏，天地的精神面貌，让画家在其中感受"道"的意味，呈现自然的审美价值，彰显客体的"质"和"理"。自然之"质"贯穿乾坤之"理"，是一种简单直接的反应，是可以把握的，也是造化自然的实境；画家因心造境，以手运心，此乃虚境。虚实结合而成为一种气韵，形成气场。画家笔下虚幻之境，暗含中国古代哲学的宇宙概念，这种"虚幻性气韵"正是中国画一种眼睛见不到的"审美引力波"。

太行风骨
2013 年
纸本设色

画家的独立人格与自由精神

"独立的人格，自由之精神"是陈寅恪先生说过的一句话。他说这是做人做学问的基础，一个画家具备了这两点，就自然和别人不同了。

昨天参加了一个年轻画家的画展，很是震撼。作者竟是一位没有受过专业院校培训的部队护士，白天上班，晚上灯下画画，闲来随意三两笔，几年下来竟然可以办画展。

神奇吗？我想这是个人的灵气和勤奋使然！是画家的独立人格和自由精神使然！

反观现在美术界，似乎有越来越多的画家，不是在追求独立人格和自由精神，而是在追求高学历。高学历与绘画成就是否有必然联系则不得而知。上面这个画展也许可以说明点什么。

按理说，院校招收高学历学生，有人去考、去读也是理所当然的。

一般认为，"博士"通常是指学位名称，是指博古通今的人。博士应该是"做实验、写文章、搞研究"的"苦力"，是一种让人可望难及、学识渊博的"大神"形象。显然只有真正的学者才能配称之。但从绘画方面来说，我的理解只是一种"技"的层面。虽说"技可进于道，艺可通于神"，但毕竟"技"和"艺"只属于"小道"。孔子曰："志于道、据于德、依于仁、游于艺。""艺"既为小道，又何须劳动干戈，以"做实验、搞科研"的力气，去用于"技"呢？唐张彦远说："图画者，所以鉴戒贤愚，怡悦性情"；唐初宰相阎立本对于画画的定位也只是："吾少好读书属词，今独以丹青见知"。言语中也只是表达绘画的业余心态。由此看来，画画只是一种怡悦性情的技术活而已，是一种直接生命体验的展开。

绘画如人饮水，冷暖自知。一方面在文人画中，内在生命的体验，成了绘画表现的中心。打柴、担水是道，平常心即道，在生活中体验真实的生命价值。吴门画派作品主题多是喝茶、抚琴、听泉、会友、观棋等平凡生活，水边读书、山前观月、林中觅句、松下眠琴，都是人们生活的直接展开。

另一方面，自古绘画多以师徒相传，是"大器晚成"的艺术，强调的是知识储备、思考能力、动手能力和个人修为，需要的是一种"持之以恒"的原动力。画家成长的路不仅很长，也很艰辛，甚至基本生活都难以保障，没有执着的追求和坚定的毅力难尽人意。

当然，笔者不是反对"画家博士"，但经过三年的突击学习，博士们并不一定就能成为一个真正的画家，更别说成为大师级的艺术家了。成功的画家不仅基本功过硬，对于画史、画论都能熟读。当下众多的绘画理论，很多所谓的画家根本就没能读完，甚至不读，这怎么去谈研究。就算你把画画得很好，也不是就能去当博士的！就笔者所了解，现在的硕士生，也是以创作为主体，研究学习不外乎就是临摹、写生和创作，课程与本科阶段没有实质区别，毕业论文多是一个套路，距离对文史哲的研究还很远。难道两三年的博士学位学习就能立马脱胎换骨，由创作型画家蜕变为研究型学者了吗？

古代的画家多有数层身份，既是画家，也是文人，甚或还有官宦背景。画家写文章、论史哲都有相当能力，绘画于他们也就是怡逸性情，他们注重的是个人品性修养。

当下院校的准画家们对绘画理论的研究是有限的，不仅体现在能力，更大程度上是在心态。哪怕是"博士们"，恐怕也有相当一部分只是在寻求一种名利的捷径罢了。

这种片面追求高学历有可能反而把一个艺术家所必需的独立人格

和自由精神弄丢了，表面上"学位"奇货可居，实则创作和学问研究顾此失彼，两头不靠岸。

画家本来是具有自然的、自由的精神，而不是忸怩作态，靠学位头衔装腔作势、卖弄绘画"小技"的。浮躁的学风、短浅的眼光只会让这些画家梦、大师梦统统沦为仅剩下"梦"了。艺术至上和学术至上才是画家应尽的责职，画家应该保持充分的独立人格和自由精神，不要让艺术、学术变成名利的奴隶，不要因名利而亵渎"博士"的份量。

芬馥清风
2014 年
纸本设色

艺术小心被"美好前景"误导

当下绘画者，多以师徒的形式相传，即便是院校师生传授形式，也是"师徒模式"。这种形式既是包含着对绘画自身特征的坚持，也是对发展脉络的坚持。

上一期《墨耕人生》专栏中写了《画家的独立人格与自由精神》，希望画家不要以追求学历学位而舍弃画家的独立人格和自由精神，并不是鼓励画画不需要老师。该文发表后，近日微信刷屏的竟是关于一个农村妇女经过短暂学习之后，其绘画作品堪与大师进行较量的报道。笔者看到标题后，还有点庆幸怎么就有人给我的文章提供了一个画画乃"小道"的佐证（偷笑）。但细读之下，却发现其真实意图与我的所思所想完全牛头不对马嘴。

农妇的画断然不能视为艺术，也可能就是摹仿而已，顶多也就是画工，与画家比较相去十万八千里。这个报道从本质上并不能说明什么问题，但于急功近利者则以为画画真的是可以信手拈来，不须师承、不须努力。在他们眼里就尽是从事艺术行业之美好前景。

笔者所说绘画乃小道，不一定需要经过"博士学位"的过程，但要成为一个画家，却还是要经历必要的煎熬。

画家本来是有自然的、自由的精神，人在急风骤雨中有一种深沉的情性回荡，在风花雪月中也会有一种浅浅的感知。往往有成就的艺术家却拥有一种特别坎坷的人生，石涛晚年作了一首《梦梦道人》的长诗检讨自己，"挽江醉夫天上回，黑风吹堕九层台。耳边雷电穿梭过，眼底惊涛涌不开"。梦回初醒，为宣泄胸中"郁勃之气"，他逃于禅而隐于画，心不静寂，脚不停滞，虽遭受国破家亡的打击和痛苦，但没有削弱乃至扑灭他画画的才能和欲望，相反，倒愈加陶铸和焕发了他绘画的品性和才华。

八大山人在污泥中却做着清洁美梦，他在屈辱中呼唤人类尊严的回归。他本是明皇室后人，躲入深山，成了僧人，一呆三十多年，很长时间生活在屈辱之中。在颠痴复发之后返回南昌时，戴着破帽，拽着长袍，屐穿袖烂，拂袖翩跹行于街头，市人围观哗笑，无人认识。晚年孑然一身，寄人篱下，潦倒于破庙败庵之中，在萧萧满尘的寓居中聊以为生。然却终生孜孜追求，始有绘画卓著成就。

困苦煎熬也非成为艺术家必然条件，关键还在于画家本身有无追求、有无独立的思考、有无真正的生存智慧、有无真正的责任担当。一个无病呻吟的人不可能有大创造，一个好高骛远的人总难以脱离心情局促的时空。

有人夜夜笙歌，有人却冷然思考。唯有深邃思想者、独立智慧者的作品才能有真正的价值，才有可能留芳下去；没有思想，或者偶然出一时之名，历史的一阵轻风也便将其荡去。正所谓"胸有文墨怀若谷，腹有诗书气自华"，画家亦然。

艺术是人类与生俱来的一种创造力和想象力。画画不能说就是艺术，画画需要有创造力和想象力才能构成艺术的要素。绘画最初可能只是为了记录事物发展的一门科学技术，直到十九世纪初摄影技术的出现，这个记录的作用才逐渐消亡。

农妇画工并没有在劳动中赋予作品的创造力和想象力，所以不能成为艺术，与专业画家的作品也不存在可比性。

艺术家离不开灵气加上勤勉，灵气便是创造力和想象力。学习和思考是贯穿艺术家一生的行为，艺术能否走得远，就要看个人的知识储备和思考能力，强调功力的日积月累和个人修为的沉淀，以及画家对艺术"道心"的恒久坚持。这个"道心"就是对自然、对艺术、对

淡墨聒和与露香
2016 年
纸本设色

人生的敬畏。孙过庭《画谱》所说："通今之际，人生俱老。"艺术之路漫漫兮，尚需上下求索。

当下艺术界炒作之风颇盛，学位头衔是炒作素材，什么委员、代表也是素材，以至于今日连一个农妇画工也是炒作噱头。殊不知，博士代表的是一种学历，是用于搞理论研究的；委员、代表却是体现一种参政、议政的能力；而农妇画工则只是为了混口饭吃罢了。这些炒作背后的市场运作如不加区分，不小心被其所谓的艺术"美好前景"误导，则有可能毁掉艺术的人生，也坏了艺术收藏的市场。

从"笔墨当随时代"看中国画发展

　　"笔墨当随时代"是清代画家石涛提出来的艺术思想。这是他对中国画发展的精辟论点，也是他为中国画笔墨提出了随时代的创新理论。

　　中国画的发展一路走来，每一个时期都是有其自然性和必然性，总是随着时代的特征而变革。从宋代的写实与繁复到元代的写意与松灵、从明代的画派多变到清代的"扬州八怪""四僧与四王"的出现，无不呈现出时代的烙印。

　　晋之前，人物画出现，后来逐渐在人物画中出现山水为背景，而后慢慢演变出独立的山水画科；继而人物又以点景的形式出现在山水画中，形成情景变化。山水画的取材由原来单一的山峦、峻岭、瀑布为主体发展到今日的田园、城市，以至飞机、轮船都能入画。社会的发展和时代的变化，催生出各种新题材。绘画材料也由单纯的水墨逐步发展为大小青绿和浅绛兼之。绘画语言则更是多姿多彩，技法不断完善，构图、取景以至透视法都在不停地变化发展。到了宋元的山水画则是以理想的人文价值观和完美的个性样式融合而成为经典，这个经典无论从观念、形式、材料看，基本上形成了完整的中国画特征。

　　正是由于绘画题材的拓展，才会产生出新的绘画语言，包括视觉、风格、技法，使作品面貌越来越多样化。时代主题的变换要求中国画必须同步调整自身的姿态，把绘画笔触、思维随历史发展转型，并通过一定手段体现出来。

近现代出现了以传统为基础，并具有时代特征、贴近社会与生活的大家有吴昌硕、齐白石、陈师增、黄宾虹、张大千、潘天寿、石鲁、赵望云、陆俨少、傅抱石、钱松喦、李可染等，令中国画随时代发展再现一片新风。

石涛在一幅画作上题道："笔墨当随时代，犹诗文风气所转。上古之画迹简而意淡，如汉魏六朝之句然；中古之画如晚唐之句，虽清洒而渐渐薄矣；到元则如阮籍、王粲矣，倪黄辈如口诵陶潜之句，悲佳人之屡沐，从白水以枯煎，恐无复佳矣。"其大意是说，作画应该与时代风气相合，有如诗词文风的流转。上古时代的绘画笔墨简而意象淡泊，大气磅礴而变幻莫测，如同汉魏六朝的诗句气势雄浑，而如羚羊挂角；中古时代之画，受大势所趋，日渐靡弱。则如晚唐时期突遭安史兵变，恢弘之气度已去，渐成江河日下之势，诗文亦陡转直下；而今的绘画，自元之后则如阮籍、王粲一样心有余而力不足，只能苟延残喘。倪瓒、黄公望等人的昙花一现，只不过是重复古人，如口诵别人之句，并无独出机杼的成就，故画面再也难觅上古恢弘之势。

石涛提出的"笔墨当随时代"这个命题，切中了文化艺术作为上层建筑一个重要组成部分的发展脉搏。任何一个时代，都会产生与之相应的文艺作品，时代是文艺作品产生的背景，而作品是否体现时代精神或者时代气息，则是衡量作品的评判标准：即看其是否具有时代的特征和典型性意义。

我们祖国的文化博大精深，每一个中国人的骨子里都浸透了中国文化的汁液。独具魅力的中国画是世界绘画史上独一无二的，讲究的是气韵生动和骨法用笔，而非工艺制作，更不要把笔墨韵味沦为小情小调的工匠绘画。

黑白是理性的意味，色彩是感官的刺激，黑白更具有艺术的纯洁性和内涵。计白当黑、以虚当实是中国画的独特意韵和表现手法，其情感、力度、气韵和神态是丰富的水墨交融产生出的精、气、神的真正内涵。

近些年来，许多人常以市场价值来判断中国画，令中国画的价值观出现偏离，尤其是中国画在精神本质上的偏离。重利轻学、浮躁之风盛行，严重制约中国画的向前发展；也有以大师之名、"门派"之名混淆市场，借"文人画"之称盗名欺世。如果说中国画的发展受到阻滞，完成不了当代形态的转换，与这些不作为的"大师画匠"们的误导是有密切关连的。

　　风气要靠人来倡导，中国画的文化价值要以民族的感情来维护，中国画的发展要在自然的时代环境中才能健康向前。

忆莲花
2014 年
纸本设色

书画价值纵横谈

如果以国粹的价值来衡量书画艺术的品质，那么，书画创作就是在读书之余，闲庭信步之下，有心无意之间所为。正所谓："书画乃小道也。"

然而，书画家貌似一挥而就，却是蕴含着"台上一分钟，台下十年功"的多少汗水，甚至是付出一生的时间。更有多少书画家，整天奔波劳碌却换不回一日三餐。从这点来看，书画家以自己的作品换钱，也是天经地义的。事实上，在中国买卖字画也是一种常态，早已有之，只是今时今日怪相迭出：一个极端是书画家常常遭人随意索要作品，在任何场合、任何时间都"难逃书画追索，躲无可躲"；而另一个极端是书画家卖画，以尺幅论价，漫天喊"假"，几乎让金钱控制了艺术市场，乱象丛生。

作品是书画家辛勤劳动的成果，是精气神的载体，其间辛苦，如人饮水冷暖自知。多少索取者，一句谢谢，也便理所当然地把作品卷走。有的因为没有花钱，来得容易也便不再珍惜，有意无意随手弃之，很是悲哀。

在现实生活中，书画家遭到索取作品者几乎无人可逃避，只是有些人很客气，先给予几声"崇高"评价：你的作品如何如何的好，我非常非常的钦佩之类的赞美，接着便是："记得送我一幅墨宝哈"。让人感觉不给作品，就很对不起他的真诚欣赏。更有不客气者，一见面，劈头盖脑就来一句："嗨，你欠我的作品什么时候给啊？"天知道，也不知怎么就变成欠了他的，搞得画家似乎诚信都有问题了，这种情况笔者也曾遇到过。

其实，书画家有时很无奈，也常常会被索画者弄得很是纠结，中国的传统是礼尚往来，那么你给还是不给呢？有时为送出一幅佳作而欣慰，有时又会因为送出一幅应酬之作而深深地自责。

书画家的劳动应该得到尊重！索要者也都明白这个道理，但怎么就这么语言干脆、语气自然，真是看不出来也听不出来半点羞怯。究其原因，首先是书画家自身对书画艺术价值的认识不足和受到感情中潜意识的捆绑。一些书画家总认为，自己是文化人，一谈买卖就觉得不齿，铜臭味太浓，因此在清高中被别人窃取了自己用心血浇灌而成的艺术成果。其次是索取者对书画家的劳动缺乏尊重，大部分还利用文化人酸臭味的这种心理作祟占便宜，使社会索取者没有了底线，觉得免费送才是常态。

当下，上个厕所都要收费，书画家的作品却不能有回报。怎不见有人敢于向地产开发商开口索要房子，更不见对着他们说你欠我一套房子呢？而面对满身酸气的书画家，他们却可大言不惭地说声谢谢，就把书画家轻松地打发了，倘若能跟你坐下来喝杯茶，说两句似乎很欣赏的话语，那便是莫大的恩赐了。

书画家卖字画，其实古今大家都在卖：明四家、扬州八怪，现代的齐白石、张大千更是明码标价。书画家把自己的劳动果实，转换成养家糊口的钞票，又有何不妥呢？明代大才子唐伯虎更是说："闲来写幅青山卖，不使人间造孽钱。"就是说出了文人有志气靠自己劳动而"不使人间造孽钱"的心态。齐白石在他的书斋还贴了安民告示："君子有耻，请按润格出钱！"明明白白，以劳动换取报酬，古往今来，理所当然。

话说回来，近年的书画市场却出现很不理性的趋势，作品按平方尺论价，还有所谓的书画家润格排行榜，动辄每平尺"万万"声，很有一些无厘头的感觉。

作为特殊商品的书画作品，定价机制不以质论价，而是以大小定价，实在有些滑稽。假如一张超大的纸，在一头画只风筝牵一条线至另一头，不知又该如何定价。当然，成熟的收藏家自有欣赏的眼光。

总之，开口就说"我的作品多少多少钱一尺"的"书画家"，大多都是江湖之士，他们的虚张声势，是以高价来掩饰自身水平的拙劣，说实在的，笔者认为书画的价值，与尺幅无关，始终要以作品的品质说话，要把计价方式回归到艺术的价值。

澳门大三巴牌坊
2013 年
纸本设色

画耶？照片耶？

当下有两个非常普遍的艺术现象：摄影制作化和绘画照片化，且在诸多展览中颇为盛行。

摄影作品不是反映对象在瞬间的魅力，而只是注重画面效果，注重后期制作，令作品缺少了应有的生命力；而画家则是不停地描摹照片，希望把作品画得更像照片。这两个艺术品类的错位令人说不清是画还是照片。

笔者平时喜欢随手拍摄一些有趣的所见分享于朋友圈中，在获得点赞的同时经常有人问：你的照片很有意思，有没有 P 过啊？可见 P 过的照片已经深入人心！而在观看绘画展览时则常常听到这样的表扬之声：这画画得很像啊。在不少人眼里认为画得像就是"好画"了。我想，这种错位已非冰冻三尺之寒了。

摄影的历史虽然只有两三百年，真正融入到人们生活当中则只是近百年来的事情。由于智能照像机的高速发展，时至今日，摄影已成为人们日常生活不可分割的一部分，几乎人手一部的手机，随时随地无所不摄，乃至于吃饭前几碟稍为有趣的菜式也不忘先拍后动筷子。

于是，可以说明一个问题，摄影的普遍性意义就在于对生活的记录：学校毕业要照像、老友见面要照像、外出旅游当然要照像、结婚喜事更必须照像；还有离开父母时要照像、孩子的成长过程要照像……人们总是想把人生的重要节点忠实地记录下来，把将逝去的一切留下。

事实上，人生值得珍惜的原因很大程度上正是因为时间的一去不复返。不管你活得"好"还是"不好"，时间永远都不可能回到昨天。当照像机快门按下的那一瞬间就永远不可能重来，即使立即重拍一张，也已经不是上一张的你了。

除此之外，摄影的其他意义都只能是附加在记录之外了。诸如美的享受，那也是在记录的同时，增加构图、光线、色彩、清晰度等附加要求。

然而，摄影者不把重点集中在瞬间的记录，而是热衷于后期的制作，把原来的场景PS得面目全非，甚至连新闻照片也嫁接出悬浮人像，完全背离了摄影的本义。

当然，艺术摄影也可以进行一些必要的摆拍，进行适当的调光、剪裁，但尊重记录的本义仍然是首要的原则，尤其对于摄影赛事来讲更是必须坚守的原则。由于很多赛事更注重效果，使得大家都在较量作品的后期制作，连摄影的课程都在讲制作，而不是瞬间的捕捉技能以及构图和用光。摄影正在远离光影和光影的本义了。

相反，当摄影正在被当成制图进行广泛推崇时，画家却在用画笔进行艰难地复制照片。如果说西洋画通过照片画写实也还可以说得过去，那么对于中国画来说，则这种工匠行为实属歪曲。

中国画不是"看图识字"，是"看图读意"。人的境界有多高，画格便有多高。境界不是天才就能解决问题的，中国画在尊重天才的同时更加强调个人的修为。中国画绝对不是追求似与不似的问题，技法也只是形而下的层面；中国画追求"形而上"，好与坏的关键是看作品的精神层面和文化层面，看画家的个人修养。

苏东坡说："论画与形似，见与儿童邻"就是说只以似与不似来判别画的好坏，那是儿童的见识。当代画家程十发指出"作画只追求真，那不是画家是科学家"。

人物画家对着照片拼命地描摹，用幻灯机把人物俏像反射在纸上，然后依照轮廓画人物，何谈意境和内涵？假如真的追求画得象，倒不如把照片直接放大展示。

照水红蕖细细香
2014 年
纸本设色

山水画家外出用照像机狂拍一通，回家对着照片描，之后直接题上写生字样，如此没有内涵的"照片画"实在是自欺欺人。遗憾的是很多画展只注重工匠式的"苦劳"。

摄影是真实映像瞬间的定格，瞬间决定了永久，这是摄影的魅力所在。摄影师的责任就是要让人能在照片中寻找瞬间可以打动人的那一份真诚、善良、唏嘘、激情以至无言的感动，真正的摄影师就是能用照像机去寻找这一普遍意义。

中国画则重在精神。形式虽然重要，但画的内涵、画的诗意更加重要。远离匠气，贴近"书卷气"，从画面上洋溢出文化气息、文人气质和精神高度，而不是人工照片。

有故事的作品才有灵魂

　　摄影作为物象光影和瞬间的记录，是很好理解的，但是，如何更好地读懂中国画，却是一个似可懂不可懂的问题。上期本专栏《画耶？照片耶？》一文见报后，很多热心读者追问，笔者再试试解读如何认识中国画这一概念。

　　中国画的概念早在明清年代之前，就已经有一个很清晰的结论。读过中国画论的人都能大体知道鉴赏中国画的标准。然而，由于近百年来中国文化多元的发展，尤其是受西画的影响，对中国画的概念反倒莫衷一是，甚至是茫然。所以有相当的人对中国画不明白也就理所当然了。

　　笔者以为，中国画最主要的两个基本特征：一是写，二是意。这里要注意中国画是写不是画，中国画以主观表现为主，客观存在为对象，重神韵意造，强调点、线、面的书写要求。一花一世界，一物一透视，散点看物象，对画面的要求特别强调笔意和诗意；中国画以笔墨情趣为主，以诗情画意为贵。形态对于中国画来说不是主要问题，齐白石先生曾以"作画妙在似与不似之间，太似媚俗，不似则欺世"的造型理论来确定其艺术格调，是中国画在世俗与文人间审美情趣的调和；中国画的重点在于中华纯文化底蕴和托物言志上，借笔抒怀是其精神追求，最重要的内涵是思想、是感情，只有感情没有思想不行，笔者认为思想更重要，绘画技巧可以训练，而思想需要长时间的磨练。

主题、思想、内涵、境界是绘画首先要考虑的东西，确立主题，再赋予其思想、内涵和境界，作品就有了故事，之后才是技法的运用。

画要有灵魂，让人一看就有一种滋味，感到作品是有生命的，画家所想表达的东西，即故事是有内容的。这犹如学生写作文，老师首先强调的一定是主题明确，中心思想突出，然后才是体裁造句和文章结构等等。作文的词汇再优美，但读之不知其所以然，当然不是一篇好文章。欣赏一幅画，而不能确定作品的主题，哪怕是技法很好，也不能认定它是一件成功的作品。

笔者在创作《南海Ⅰ号出浴图》时，除了到现场写生，感受与酝酿感情之外，为确定主题在画室足足花了一个多月进行斟酌，反复推敲，仅草稿就用去了一刀六尺宣纸。当时是为了"纪念改革开放30周年"而创作，"南海Ⅰ号"是南宋时期的一艘沉船，距今近千年，1987年在广东阳江海域被发现，经历了20年后才于2007年打捞出水，是中国改革开放30年中经济文化发展才能取得的成果。因此，其历史、政治、经济、文化多方面的意义明显，用中国传统文化的中国画把这一文化事件描绘出来，便是这幅作品的故事！

主题明确下来，故事有了，技法、构图加以推敲，终于一气呵成把作品创作出来。

这是件带有作者真实感情和思想的作品，主题明确。画面中，沉船在沉箱体包裹下，通过大吊机起吊，在汹涌波涛中缓缓浮出水面，画面很有冲击力，颇为激动人心，画家精气神全用到了作品上，能让人看后心潮澎湃，让人能联想到现实场景的气势，是一件有血有肉有故事的作品，因此不仅入选全国美术大展，也成为了广东百年经典作品。

传统固然重要，但一味仿古而无个人的思想，无作品时代背景，则令读者萧然乏味。艺术有时候需要清高，要有个人精神和雅意的审美内涵，在牢固继承传统的基础上独辟蹊径，把现实主义与浪漫主义有机结合，形成继古开今，创作批判的绘画纲领。石鲁先生说："生活决定精神"，画家是人，要明确"物化为我，我化为笔墨"的主、客观关系，形成"以神造型、画贵传神"的形神概念；石鲁还说："笔墨为主，客观交织之生命线，思想为笔墨的灵魂"，以"意、理、法、趣"求笔墨的笔墨观，达到自我体现的和谐，在人格和艺术风格上的统一，构成自然、历史和人之间和谐统一的精神之美，这也便是故事了。如是者，创作出来的作品才能让读者回味无穷，才能真正体现中国画的特质。

古镇遗韵
2017 年
纸本设色

关于临摹

广州艺博院邀我去做一个关于临摹的公益讲座，泛泛的要求反而令我有些许彷徨。临摹本来是属于技术活，是习画的一个常规课程，把它作为讲座，则反而有些不知从何说起，何况听众的层面跨度很大。

艺术是形而上的东西，技术则是形而下的具象。临摹是属于基础性的技术环节，是利用前人不断探索，并给后人铺下的一个学习台阶，在中国绘画史上，无论古代还是近现代，临摹对于创作与传承都具有特殊的作用，学画总是从临摹开始。

按理说，如何习画是一个不成问题的问题，就像问怎样写诗一样，都不应该是问题。俗话说："熟读唐诗三百首，不会写诗也会吟。"这就告诉你，要想学写诗，首先要熟读古人的诗，读熟了再研究它的规律，比如平仄关系、声韵规律，一旦这些规律掌握了，基本上也就会写诗了。临摹也就如写诗的这个熟读阶段。

黄宾虹先生一生下功夫最多的事情，恐怕就是对传统绘画进行临摹研究。他主张先临古人，后师造化。临古人，就是对古人作品进行临摹，而师造化则是对大自然进行对照。他说要以"朝斯夕斯，终日伏案""十年面壁，朝夕研练"的态度来对待临摹，他认为，"临摹是学习前人理法，舍置理法，必邻于妄；拘守理法，又近乎于迂，守迂而勿妄乎"。

"守迂勿妄"是对学习前人理法的重视，在追逐创新猎奇的时代，"守迁勿妄"更加具有深刻的启示意义。绘画固然需要想象力，但千万不要以为乱涂鸦就是想象力，合理地对理法的学习、吸收，才能真正理解传统文化。

李可染先生更是以"最大的功力打进去"来说明临摹的重要性。他所指的"打进去"就是要求习画之人要学习传统，深入传统，领会中国画的笔墨精髓，掌握其精神实质，说白了就是要好好做足临摹功课。婴儿从刚咿呀学语，到逐渐符合系统的语言表达模式，其模仿过程，也是和学习绘画语言的模式一样，都必需经过这个模仿的过程，进而掌握语言的系统表达，这是临摹的初级过程。

到了临摹的高级学习过程，则是一个更加有效的方法。那就不仅仅是学习绘画的技法和绘画语言，而是从视觉观察、造型意识以及创作思维、艺术审美等的体现，是临摹的核心。功课做足了，有时就可以事倍功半。赖少其做足了临摹功夫，一个程邃的作品被他研究透了，也便悟出了衰年之变来。

归纳之，临摹过程首先要求反复思考，不能条件反射的临摹，不能看到什么就画什么。明白临本所蕴含的知识点，包括观察方法、表现手段、绘画技巧等等。尤其是创作理念、构图方式、色调运用以及虚实处理。一边临一边提出为什么，这样才能解决问题，而不是简单地"复制"。

其次是带着问题去临摹，有针对性地寻找临本，解决相关问题，带着研究性的思维进行临摹。通过临摹，了解灵感，并从笔法、墨色来塑造形体的结构、透视、空间、虚实及冷暖调子的变化。

再之临摹是个长期的积累过程，不能出脱太早。"师古未容求脱早，虎儿笔力鼎能扛"。要求有虎儿(指宋代画家米友仁)能扛鼎的笔力，就必须扎扎实实打好根基，不能求脱太早。先求貌似，后求神似，有了己见，积之既久，方有根本，遂可求出脱。

最后临摹是学习的手段，不是学习的目的，通过临摹的积累要把学到的语言和方法运用到写生和创作当中，这才是临摹的意义。

绘画有基础训练和审美训练，审美是重点，审美训练才能提高眼

东濠涌颂
2012 年
纸本设色

界，临摹属于基础训练，是提高手头功夫的途径。绘画要求眼高手高，只有眼手俱高才是一个真正的画家。现在美术院校主要功能还是以提高"手高"为主，"眼高"则需要个人更加努力的修炼。

艺贵参悟！参是走进去，知其堂奥；悟是走出来，有自己的面目；参是手段，悟是目的。参的过程是渐悟，积少成多；有了飞跃，便是顿悟。悟之后还要参，愈参愈悟，愈悟愈参，境界高出他人，是为妙悟。

关于临摹，理解如斯，权当讲座提纲吧。

寻找缺失的艺术精神

对于一个画家而言，他总会认为自己的作品是艺术之作，而事实上真的有很多作品除了"匠气"以外，就是俗气，距离"艺术"差之甚远，主流上缺失一种艺术精神。

绘画首先还是要有一种"艺术的精神"，也就是对艺术精神的认识，才有可能创作出"艺术作品"。

传统的中国画，从谢赫的"六法论"开始就有一套艺术评价体系，从"气韵"到"笔法"，再到"构图"等等，把作品的"格调"、"意境"乃至笔墨风格，都纳入衡量的评价体系当中。宋元之后，更是把笔墨作为主要表现形式，"若论与形似，见与儿童邻"的评判标准，更加使中国画走向了一条自由、超脱和创造性的精神之路。

然而近百年来，由于西方绘画对传统中国画的影响，使得中国画制作化趋于严重，近年来，全国性画展的评判导向也将中国画引向制作化、工匠化之道，唯独缺失对艺术精神的评判。

工匠本身并没有错，它包含精雕细琢和精益求精的理念，是严谨、刻苦的一种态度。古往今来，真正艺术家留下的艺术作品大都形神兼备，达到了表达个人精神追求的高度，而仅有精细制作的充其量也就是掌握一门技能的匠人，而非艺术家。画家的艺术精神，靠的是才华和对艺术的独到见解，这与个人的智慧、学识以及对人生、对自然的体验与感受密不可分。

在中国绘画史上，也有不少艺术大家是从"匠人"华丽转身的，他们对艺术除了那份执着的坚守，以及精益求精的态度外，并不因循守旧，而是通过自身的修为，提高人文素养和推陈出新。最为人们所熟知的如齐白石就是木匠出身，他自觉向学已迟，读书犹为刻苦，达到"昼夜刻不离手"的地步，而最终成为一代宗师；"明四家"的仇英虽是画工出身，他精于细笔一路，却也有粗简水墨天赋，他的艺术真正达到"技进乎道"的层面，渊博的学识让他跻身"明四家"之列。

显然，由匠人到艺术家的华丽转身，自然离不开对艺术的热爱和执着，以及不断地完善自身修养。相比之下，当下又有多少画家能自觉揣摩过自己的心灵呢？

搞艺术的人，尤其是中国画家，实际上做的是一种精神，是思想情感、文化修养的事，是人格的体现。

绘画对有些人来讲，是一种消遣，或是一种求得腾达的工具和手段；想做艺术家，就不要做攀附投机的"画匠"，保持一颗赤子之心去探寻艺术精神。

清画家髡残就致力于绘画创作，他把绘画当作是一种精神上的寄托，是调治"心病"的一种舒络剂。他在自题《溪山无尽图卷》上写得很明白："大凡天地生人，宜清勤自持，不可懒惰……所谓静生动，动必作出一番事业，端教作一个人立于天地间无愧。若忽忽不知，惰而不觉，何异于草木？"强调艺术不能懒惰，强调要干一番事业，批评自暴自弃，不甘心受命运的摆布，力争能于无为中有所作为，把生命的价值体现于有生之年。髡残明白画里的春风再浩荡，也吹不绿大明的旧山河了，但他还是勤奋而严肃地不断画下去，因为只有在这个精神世界中，他才能使自己的心绪得到平衡，使自己存在的意义得到认知，也才能看到自己所追求的真、善、美。

我们平日的生活，受到环境的约束，所以心不得自由舒展，对付人事，要谨慎小心，辨别是非，计算得失。我们的心境，大部分的时间是戒严的，惟有学习艺术的时候，心境可以解除，把自己的希望与理想自由地表达出来，享受一种快慰，调剂平时的苦闷。

艺术家除了聪明以外，还要老实，市侩性格的人成不了大艺术家，因为他怀着投机取巧的侥幸心理，今天下了点功夫，明日就想获利。艺术家的艺术精神，就是要具有朴实的品质，要像鲁迅所说的："吃的是草，挤的是牛奶。"

过分"聪明"的人，会花太多时间效仿市场里"成功"的艺术家，过早参与市场、社交，"混圈子"，明明具有相当的艺术潜力，却在自身艺术修养和做人上选错了定位，反而缩短了艺术生命。这在艺术家的养成上，很多时候是致命、不可挽回的，因为他们自身缺失了必要的艺术精神，基础功夫用几年的时间总是可以解决的，但真正要成为艺术则并非易事。学画要进得去，又要出得来，对于学到的东西要加以消化，逐步变成为自己的东西。学的东西很丰富，但又不易看出原来的痕迹，便能够创造自己的风格，这才是有艺术的精神。熟练不等于艺术，作画要恰到好处，很生或很熟，都是毛病，要使作品居于这两者之间。生还可以补救，所以宁"生"勿"熟"。

中国艺术精神首先就在于摒弃描绘自然万象的形似，不迷惑于表面上的华美，以摄取更为内在的、更为深入的本质，进而捕捉寄寓其间的精神意义，钩深而致远。寻找缺失的艺术精神，不仅要有眼前生活的苟且，更要有长远艺术精神上的"诗和远方"。

石鲁不朽的艺术精神

　　画家的艺术精神，靠的是才华和对艺术的独到见解，这与个人的智慧、经历以及对人生、对自然的体验与感受密不可分。

　　石鲁是当代画家中我最为敬重的艺术大家之一，皆因他是一个具有强烈艺术精神追求的画家。石鲁一生的坎坷，恐怕在现代画家当中是最为悲剧的典型人物了，但又是被公认为最有才气和艺术成就的绘画大师。在他人生最后的十几年中所经历的痛苦令人难以想象，肉体上的迫害和精神上的折磨都是痛切入腑。而他却始终执着追求他的艺术精神，永不放弃，也恰恰是因为他具有这种自由的艺术精神才令他取得如此高的艺术成就。

　　他非凡的艺术天赋在特殊的年代得到了锻炼和滋养。有人片面地认为石鲁是从延安过来的艺术家，其文史修养和传统功力不够。这是因为没有真正了解石鲁！读石鲁的文字、诗词和论画谈艺的文字，会发现他刻苦钻研学问的精神以及文学才华、敏锐思维和艺术灵性。

　　石鲁说："艺术是精神产品，一定要给人精神上的东西，画不能给你吃给你穿，但给观众精神上的满足。因此画家自己精神境界不高是不成的。有人到生活中画画，不是从自己的情感出发，而是从'应画某物'出发，不是自己所激动的东西，一定画不出动人的画来。"

　　画画要表现时代精神。首先是画家自己具有时代精神，但决不可以把时代精神局限于理解为表现某种东西，就有时代精神。如果这样理解，就不必要画家的感情了，每个人经历不同，感情就不会一样，有人对这有感情，有人对那有感情，艺术才会有不同。

艺术要取得主观与客观的统一，艺术不能只看你画了什么，要看你表现了什么感情。要通过习作锻炼思想感情，锻炼表现技巧，而思想感情的锻炼尤为重要，如果你有了感情，你的观察力才会非常敏锐，非常准确，也能很快记住最重要的东西，能抓住自己的灵魂。没有感受的画画，什么都抓不住，在你心里当然留不下记忆。

李可染先生总结出的艺术规律"可贵者胆，所要者魂"是很有道理的，只有"魂"被你发现了，你才能对表面皮毛的东西大胆的取舍，感情才会最饱满，这就是想象的灵感，这才会出现艺术。

石鲁是个大才、全才，很少有人像他那样同时具有形象思维和理论思维的敏锐，而在诗、书、画、印的综合成就上达到如此的高度，于绘画又能在人物、山水、花鸟均取得突破；也很少有人像他那样在思想的深度和形式的张力上达到自我体系的和谐，在人格与艺术精神上的统一有着强悍的独立表现。

石鲁的艺术感觉非常好，他对自然的观察以及将自然与艺术之间的联想能力非常强，他能将看到的东西转化成自己的语言，一种新的语言，前人没有的语言，他可以创造。这不是谁都可以具备的。对美的理解，石鲁是个天才，石鲁的绘画所容纳的气象博大，从某种意义上讲，石鲁甚至比八大、虚谷还伟大，八大、虚谷的艺术是历史长河中的一个延续，而石鲁的艺术则是一种突破。

石鲁很明画理，对形式特别的敏感。他不只是对事物的真实表达，而是注重事物之间的联想，这正是中国画的思想。石鲁每张作品都以高度的概括力，来表现出一种单纯的形式感，这一点是区别"大家"和"小家"的关键所在。"大家"往往能把画面组织得单纯、响亮而又内涵丰富，"小家"就会显得琐碎，什么都想要。

作为一位山水画家，石鲁主张把山水"当做人来画"，"当成个大人来画"，甚至认为"山水画就是人物画"。山水即人的思想，是人与天地精神往来的深刻思想，也是"天人合一"哲学思想的具体化，与善于以人的心态观自然的庄子的观点一致，与石涛关于山川与艺术家相互脱胎于对方母体、艺术家与山川"神遇而迹化"的观点一脉相承，而且在强调人的主观意识的层面有了更进一步的拓展和表现。

石鲁用自己个性的笔墨语言和艺术实践，拉近了传统和生活的距离，开启了新的艺术图式语言。在他的艺术精神引领下，"长安画派"迅速崛起，"一手伸向传统，一手伸向生活"的创作思想成为"长安画派"的精神核心并在全国美术界奠定了他的学术地位。

石鲁创作的国画《转战陕北》完全打破了中国传统绘画中的人物画和山水画的区别，说它是人物画，人在画中所占比例很小；说它是山水画，却明明表现的是人。石鲁以磅礴的气势，表现了毛泽东从容地转战陕北黄土高原的情景，这个惊人的构图，构思奇特，画面刀劈斧砍一般的色块结构，显示出无穷的力量，壮美的诗化情性，给人们留下了想像的空间，至今仍是美术界研究的不朽之作。同时他的另一幅以水墨技法表现的作品《延河饮马》，含蓄而细腻。这些革命历史题材的作品，石鲁不是简单的图解主题，而是以豪放为基调、兼顾委婉的浪漫主义美学境界来表现。他不是简单的宣传画，而是结合艺术精神进行抒情式描绘。

石鲁的艺术精神主要体现在他是一个自我解放者，表现在他无论经受多少磨难，都完美地坚守着人性的本真和对艺术的忠诚。当那个来之不易的平反结论送到石鲁手中的时候，他并未表现出有多大的欢欣，他认为艺术始终就是艺术，而不应该夹杂太多的因素。

石鲁之子石果说："在石鲁一生中对艺术理想与民族理想的追求中，始终伴随着种种苦难，这是中国社会历史在二十世纪剧烈变迁的必然过程。不同的是石鲁没有选择如常人般随机应变，善存其身，他始终如一地选择了与苦难同在，他以一生的磨砺完成了一个理想主义殉道人的形象。有后来的美术论家惋惜石鲁由于早逝而成为一代'夭折的大师'，岂不知石鲁是以其勇于殉道的超凡激情而夭折，才是中国现代美术史上不可多得的文化英雄。这种事实和意义提升了中国绘画艺术的精神境界，自此中国绘画艺术的巅峰增加了一个新的高度：

在人生的精彩与艺术的精神上，单一的取巧将显得单薄。画是一种印证，但只有在印证了人格的丰厚与纯粹的时候，画才有价值。"

石鲁年轻时只身赴延安参加革命，枣园星灯、山巅塔影、皇天后土、古塬狂飙成为石鲁主要的创作题材。只有深埋在工作当中，他才能获得来自土地、阳光、风雨带给他自然的抚慰。他如饥似渴地从陕北的民间艺术中汲取营养，在生活中发现人性、发现美。

有人说石鲁的作品"野、怪、乱、黑"，对此石鲁以诗回应道："人骂我野我更野，搜尽平凡创奇迹；人责我怪我何怪，不屑为奴偏自裁；人为我乱不为乱，无法之法法更严；人笑我黑不太黑，黑到惊心动魂魄，野怪乱黑何足论，你有嘴舌我有心。"可见石鲁是一位很具自由艺术精神的画家，也是一位极具灵气的画家，黄土高原和陕北风情既寄寓了石鲁对那段革命历史的深情回忆，也表现了他对美的价值的理解。这种自由的艺术精神使他成为了二十世纪中国画坛上最具反传统色彩的一代大师。

石鲁的一生令人为之揪心和扼腕，政治的风云和迫害，导致他受到病魔的摧残，使这位艺术大师的精神备受折磨以至生命戛然中止。理性与激情、天才与癫狂、浇铸了他在中国画坛上最耀眼、最富个性、最具争议的大师魂魄，谱写了中国当代艺术史独一无二的篇章。

石鲁的一生惨烈而孤绝、顽强而奇峭、浪漫而悲壮，然而他这种始终坚持的艺术精神却给人留下了人生与艺术、性格与命运、个人与社会等等诸多值得反复思考的课题。

艺术心灵和空灵

　　人与禽兽的差异在于人是有理性、有智慧，是知行并重的动物，人的智慧建立了人生观、宇宙观，构筑了人们情绪中的深境和人格和谐的美。哲学求真，宗教道德求善，人的精神从哲学中获得人生的智慧和宇宙观念并产生"心灵的启迪"。

　　艺术境界的高下，与其人生观相关，它的深邃，与人的艺术心灵同样深邃！艺术心灵的诞生，在人生忘我的一刹那。中国画构图常留有大量的空白，尤其是宋元之后的文人画，逸笔草草，不拘形似，画家所描绘的自然生命常呈现在一片虚白之上。一山一水、一树一石、一花一鸟，与洁白的素底相互映衬，造就了中国画特有的空灵和虚静的艺术境界。

　　画家的一点觉心，静观万物，光明磊落而各得其所，呈现着各自内心世界和自由的生命，所谓万物静观皆自得，苏东坡诗云："静故了群动，空故纳万境。"中国画的空白绝不是空洞无物、可有可无，而是形式语言的构成要素，画家心灵的反映。根据不同的对象，这些空白将给人以丰富联想，虽无笔墨，却有画家精神的寄托、情思的流露。

　　中国画可以在单纯水墨中表达丰富，用单纯的黑白表达天地万物，产生并赋予空白以丰富的内含和审美价值，体现艺术的高度概括性。

　　王冕有一幅《墨梅图》，画面上一枝梅花横出，两三分枝穿插其中，淡墨点点，落英缤纷。除一枝梅花，几行落款外皆为空白，"触

洗心
2013 年
纸本设色

目横斜千万朵，赏心只有两三枝"，给人以丰富的艺术联想。

空白大量应用于山水画中，如云、水常常用空白来表现其流动与不可捉摸。以空白体现朦胧性意象，使欣赏者的审美意识具有更好的想象空间，使观众与画家的心灵实现联通。

王维诗曰："人闲桂花落，夜静春山空。月出惊山鸟，时鸣春涧中。"当人以空灵的心境去体会万物，此时空是空，实也是空，静境是静，动境也是静。

画不在大小，在于气局，咫尺之画有千里之势。中国画讲开合、讲气韵，这种开合与气韵之妙，就产生了画中的动感、气局，赋予了作品的生命力，也是画家心灵的窗口。

"白"就是"无"，落到画面上，便是"虚景"。中国画家用"黑白"二素，恰到好处地在描绘自然与理念之间设计画面的虚实关系。墨分五彩，在某种意义上说，成为中国画审美之必然。

　　艺术之美感养成在于"空"，由距离产生美，使自己不沾不滞，对象得以孤立绝缘，自成境界。舞台的帘幕、雕像的基座、图画的框子、诗词的节奏和韵脚，从窗户看山光水色、夜幕下赏灯火街市、月色下观清幽小景，都是在距离中产生美。中国画始终都在讲形式美这个主题，形式美是以"留白"的表达方式再融以笔墨技巧来完成。"留白"是无墨之用，这不是过分抬高"留白"形式在中国画中的位置，而是事实存在，是一种间隔的条件，是一种产生迷离景象的诗情，是画意。

　　唐李方叔《虞美人》："好风如扇雨如帘，时见岸花汀草涨痕添。"明董其昌曾说："摊烛下作画，正如隔帘看月，隔水看花！"这都是晓得距离在美感上的重要。萧条淡泊，闲和严静，是艺术家的心襟气象。这心襟，这气象能令人"事外有远致"。陶渊明的《素心人》，指的是这境界："结庐在人境，而无车马喧。问君何能尔，心远地自偏。采菊东篱下，悠然见南山。山气日夕佳，飞鸟相与还。此中有真意，欲辩已忘言。"可见艺术境界中的空并不是真正的空，乃是由此产生真美，由"心远"接近到"真意"。画面的疏密并不体现在于画得多少而在于艺术家的灵心独运，画得好，就是在密处也能见出空灵，如果画得不好，即使画面再空灵，也难有高诣。中国艺术的奇妙就在于宛若一座空山。

　　这艺术心灵所能达到的最高境界，由空灵而起。中国画树大根深，框框多，底蕴很深，要形成独特的空灵审美观，而这个空灵的审美观则必须来自于画家的精神世界，也即心灵的启迪。

山水画要有故事可讲

有友人来访，见笔者画室墙上挂一尚未创作完成的作品，颇为真诚地说："山水画最主要是画得美丽，不需要像讲故事一样，那些是属于作家的事情。"笔者心中窃喜，因为，友人看出墙上作品是有故事才会发出如此感慨，可惜的是他也可能认为黑乎乎的画面不够漂亮。

中国画从本质上讲并不只是一门纯粹的绘画艺术，因为它是通过笔墨形态来描述物象的一种形式，还有画家的天赋、才情、修养等个性品质，是人类智慧和内涵的反映，以及对物象的把握。笔墨入胜境，必定超越自然，真懂画的人都在品味笔墨。中国画给予人理念的启迪和心灵的净化，讲究的是品格、是传道。山水画是中国古代艺术的卓越成就，而这成就不在于山水的外在描摹，而是给予人的精神滋养，是人与自然的主观融合，因此山水画必须是有故事的描述。

好山水，爱远游，是南朝画家宗炳对山水画所提出的目的，他年老时因疾病无法外出饱览山川，叹曰："老疾俱至，名山恐难遍睹，唯有澄怀观道，卧以游之。凡所游履，借图之于室。"他将游历所见山水画出来，张挂在书斋欣赏，称之为"卧游"，并将山水画视为"洗心养身"的方式，上升到"道"的高度，"圣人含道映物，贤者澄怀味象。至于山川，质有而趣灵。……山水以形媚道，而仁者乐。"通过山水画在艺术上获得精神的自由。正是中国古代文人对于山水画审美、哲理高度的认可，因此山水画的描绘就不仅仅局限在外形上的像与不像、美与不美，

月下麦积山
2014 年
纸本设色

而在于意境和内容的挖掘，山水画不仅"可行可望"还要"可居可游"。北宋郭熙在《林泉高致》中论："世之笃论，谓山水有可行者，有可望者，有可游者，有可居者，画凡至此，皆入妙品；但可行可望不如可居可游之为得。……君子之所以渴慕林泉者，正谓此佳处故也。故画者当以此意造，而鉴者又当以此意穷之。此之谓不失其本意。"而这可游可居者亦然是有故事可读了。

国学大师徐复观认为山水画传达出了中国艺术精神，源于中国古人与自然的亲和关系。因此，山水画寄托了文人超越世俗的林泉之心，山水画也发展出相应的主题和图式，如《读书图》《行旅图》等，文人墨客栖身崖石林泉之间，或读书，或观瀑，或烹茶，或抚琴，或对弈，或归人，这些正是中国文人想表达的情怀，将山水视之为"游心"的载体。最为著名的行旅图莫过于范宽的《溪山行旅图》，气势雄强，构图饱满、皴法完备，体量厚重的山石布满空间，飞瀑直流而下，一支商旅队伍正在山间行进，路边一湾溪水潺湲，使观者如闻水声、人声、骡马声，富有音乐的律动感，予人刚健浩莽、深远嵯峨的意境。山水处处皆有情，是为"有我之境"。而元代倪瓒的《紫芝山房图》表达的是隐逸的主题，远山近水遥相呼应，树木萧瑟，渴笔简练，孤亭矗立竹林旁，空无一人，萧瑟淡泊，清高绝俗，被称为"逸品"，虽然没有人物刻画，画家心境已然融合在一山一水中，是谓"无我之境"。此两幅山水画，一为壮美一为虚静，表现出截然不同的意境，分别诠释了王国维"有我之境"和"无我之境"的艺术境界。因此，在山水画创作中，画家应该学会与山水对话，将自己想要表达的主题和情感倾注入山水中，将山水视为可以亲近可以倾诉可以安放心灵的对象；观者读画，既有所思亦有所得，与画中山水一起游目骋怀。若是孜孜于山水外貌的描摹，没有传达出山水的情性与气韵，说不出故事，则失去了艺术的本真。

郭熙云："真山水之烟岚，四时不同：春山淡冶而如笑，夏山苍翠而如滴，秋山明净而如妆，冬山惨淡而如睡。画见其大意，而不为刻画之迹，则烟岚之景象正矣。"画家用心灵之光照山水，山水便成为自我的投射，这才是艺术的真义。因心造境，画中万物随心而动，才能创造出有故事性的独特意境。

"遇鬼"轶事说画画状态

最近，网上流传着一则画家轶事，说的是广东画家方土善于深夜画画，问其故，答曰："夜静更深便于思考发挥，更重要者乃于夜深之时易于'遇鬼'相助，容易出精品。"听起来不仅奇异，还颇有恐怖的色彩。画家画画至深夜者大有人在，但期待与"鬼"来相遇者，则首次听闻，荒唐，太荒唐了！

其实，于笔者看来，方土期盼"遇鬼"是在追求一种画画的状态，追求"天人合一"的艺术境界。

对中国画画家来说，"天人合一"是艺术创作的最高境界，但能达此境界者则凤毛麟角。近年来，中国画普遍存在"重形式、轻内涵"的趋向，作品浅薄的审美趣味和急功近利的思想占据主流，抄袭、模仿亦然成风。市场表面上看繁花似锦，实质上很多作品毫无精神思想，更别提寄情丹青、"天人合一"了。

出现这种问题的主要原因是画家经不住名利的诱惑，忘却了艺术追求。耐得住寂寞是艺术家步入"天人合一"境界的一道门坎，是体现画家的个人素养，而这个素养必须建立在对艺术的执着追求。因为只有执着，才有可能静下心来发掘画家的艺术潜能，才有可能沉浸于艺术空间遨游和幻想，实现"天人合一"，大概也就是方土所谓的"遇鬼"吧。古人云："淡泊以明志，宁静以致远。"只有真正有追求的艺术家，才能对艺术守得住寂寞，才能有"遇鬼"的期盼。在摈弃世俗的杂念之后，智慧、灵感、创作的潜能才会迸发出来，从而创造出一种意想不到的艺术效果，有

雅鲁藏江春色
2014 年
纸本设色

如"遇鬼"相助。

齐白石说:"夫画道者,本寂寞之道。其人要心境清逸,不慕名利,方可从事于画。"独坐书斋,幽光烛照,艺术往往生于寂寞而死于浮华。有思想的艺术家,甘于一生的寂寞,笔墨中的精神独处与深入心物的孤寂,方能作出离尘脱俗的画作。

在中西画史中,有一个颇为有趣的"法则":身前的寂寞与身后的成就成正比。明代大画家徐渭,曾有题画诗云:"半生落魄已成翁,独立书斋啸晚风,笔底明珠无处卖,闲抛闲掷野藤中。"徐渭的作品在寂寞中升华,在寂寞中赢得了艺术的深度;世界最顶级画家凡高,身前落魄潦倒，因经济窘迫、病魔缠身而崩溃，生命在寂寞中消逝，然而身后成为19世纪最为重要的画家，被喻为印象派的始祖。

一方面"独处"是一种心甘情愿的精神境界。子曰："一箪食，一瓢饮，在陋巷，人不堪其忧，回也不改其乐。"要想成为名副其实的画家，就必须在自己身上找到自我，回到自己的内心深处，找回自己与生俱来的真性情，找回艺术的灵魂。实现艺术状态与生活状态的合一，实现艺术创作与内心精神的融洽。可以说，经过寂寞思考创作出来的艺术作品，所给予观众的，不仅仅是"美"的信息传递，更有一种难以言传的情感享受。

另一方面，中国传统美学所追求的至高境界是天、地、人相契合的生命精神。"天人合一"在山水画中，表现在源于自然，肇于自然。画家以"道"来审视天地万物，将自身置于自然之中，与物象神游，体悟自然的神圣与鬼斧神工之妙境，进而通过笔墨语言、艺术形式表达对艺术精神的追求。因此，中国画是灵魂的艺术，其精神实质穿透表面外在形象，直达内心深处。

只重技术不重精神，弱化了艺术家的创造性。很多画家只凭着"能学会"的那一部分来画画，只会在艺术形式和技巧上下功夫，为笔墨而笔墨，缺乏对中国画艺术精神的认识，缺乏在人文精神上的修炼和思想境界上的开拓，不敢也不能提出"遇鬼"的画画状态。

"天人合一"体现的是中国画艺术的品质和独特精神，很多题材、意境都是前人千百遍描绘过的，而当今画家在各种功利背景之下，绘画技术成为大多数画家追求的终极目标，他们不断地抄袭和模仿，迎合市场。艺术理想越来越淡薄，经济头脑越来越发达，艺术家的创造性被淡化。为了早日成为名画家，他们乐于在一些公共场合频频露面、彰显自己。热衷于一个接着一个的笔会、雅集和研讨会，热衷于参加各种社会活动，已然成为社会活动家而非画家，哪里还有心思静下心来创作呢？即便有一些所谓的"创作"，也不过是手上那点表演功夫罢了，何谈个性化的创造和"天人合一"的艺术高度？搞艺术有时还真的需要有"遇鬼"的期盼。

只学会"可以学会"的还不是画家

　　这个标题好长，读起来好像也拗口，但思考了很长时间，改来改去，结果还是用回这个题目，因为还是觉得它一目了然。近些年来，每逢有中国画的展览就会有一些不同的看法，甚至争议。焦点吧，主要集中在工笔画和写意画哪个更应该入选的问题，而这个问题好像是永远也扯不清楚。关于这个方面的小文我也写过好几篇，当然也总感到没有完全写清楚。

　　最近又当了一回大展评委，这次评审从一开始主办方就有要求，希望对写意画方面有所倾斜，评委们也很想这么做，但事与愿违，结果入选者仍然是工笔画居多数。我想这一次的写意画家们真的再不能怪评委不公或者看不懂画了。从送稿的整体质量看，写意画确实缺少可圈可点的作品，小写意和工兼写的作品也是差强人意，工笔画仍占主流。

　　看来要画好写意画并不是件容易的事。在很多人眼里，似乎写意画就是逸笔草草、寥寥数笔的作品，殊不知，根本就不是那回事，写意画也有很工的，而工笔画也有很写意的，只是绘画的形式和内涵不同。写意是中国画的近代形式，要求造型高度提炼、生动，杰出的代表有陈淳、徐渭、八大山人、齐白石等。他们之所以能把物象提炼得如此简洁明快而又真实生动，除了他们精湛的笔墨技巧，更主要的是来自于他们对生活的细致观察以及画家的天性——老师教不了、而一

白莲宝塔
2017 年
纸本设色

般画家想学又学不来的东西。

　　明清之后这一画风颇为流行，加之文人士大夫们"玩味"的出现，使得这一画风刮得颇为猛烈。于是想"抄近路"的画家热火起来了，个个都想画写意画。然而由于思想、修养、出发点等等方面的差异，从根本上与写意相去十万八千里之遥。看到人家寥寥数笔，画出一幅画来，既快又好，便认为这种"神来之笔"是很容易学来的，于是一头钻进笔墨里去，只有造型，而无生活，枯燥乏味。

　　钻研笔墨本也无错，只是真正的写意画除了笔墨的基本功夫，更重要的是笔墨之外的"天份"。基本功是可以通过学习和训练养成的，但"天份"是画家自身的修炼，不是简单的学习和训练就能得到。之所以百几十年才会出现一个写意的大画家，就是难有"天份"的画家出现。只学会那些可以学会的东西远远不能成为一个真正的画家！

其实绘画技法经过一定时间训练都是可以学会的，仅掌握那些可以学会的东西当然也能画画，但却不一定能成为画家。当下院校教授的主要就是技法方面的东西，所以经过几年下来，学生可以画画，但一般很难画出极富内涵的作品，还不能称之为画家，毕竟学生的阅历、知识量和知识结构都有一定限制。笔者曾见过，有学生想拍下老师的作品，大概是准备拍回去临摹或者研究，但老师不让拍，原因不得而知。想研究老师的技法，还是老师担心版权问题，依笔者看来都不重要，因为即使可以临摹，这种可以轻易学到的东西，对提高画画的层次起不了多少作用，相反在知其一不知其二的情况下容易步入艺术的歧途。齐白石老先生说："学我者生，似我者死"，说的大概也是这个意思，希望画画的要有自己的独创性。

当下有一种追求"单打一招牌式"的"画家"，就是画家只训练画某一种花或某一种动物，诸如牡丹花、菊花，或是猫猫狗狗的，然后称某某王，或者某某后，不停奢场，甚至自比齐白石、徐悲鸿，一副江湖作派，以期出人头地。说穿了，画得再好也是行画而已。他们看到齐白石的虾、徐悲鸿的马，以为这是一条通向艺术高峰的轻便道路，殊不知在虾和马的背后凝聚了画家多少对艺术的追求。

只能学到可以学到手的功夫永远都成不了画家，艺术追求不要学名于一时，要能站得住，要站几百年不朽才行。若徒慕虚名，功夫一点没有，虚名几十年云烟也就过去了。

成年人学国画

随着生活水平的提高和个人精神上的追求，学习画中国画的人越来越多，尤其是一些事业有成而时间又比较充裕的中青年人似乎对画画呈现出强烈的兴趣，但往往苦于没有摸到门道而缺乏信心。因此，时常有人在问，到底应该如何学习才能入门？

前些日子，广州美术学院有个研修班学生作品的展览，学生就都是成年人，大多数都有职业，其中相当一部分人入学前对画画来说都是"零"基础。我看到教育系工笔花鸟画班的三个同学的作品，简直不敢相信这是零基础同学所画的作品。据后来了解，她们都是该系陈少珊老师经过一年调教出来的学生。看到这，或许有些读者会明白笔者所要表达的意思了。是的，学画到底是难是易，真的很是纠结。

其实说难不难，说容易也不容易。齐白石先生说："夫画道者，本寂寞之道。其人要心境清逸，不慕名利，方可从事于画。见古今人之所长，摹而肖之能不夸；师法有所短，舍之而不诽；然后，再观天地之造化，如此腕底自有鬼神。"

老先生大意是说，绘画是很清苦的工作，是辛勤地长期劳动。画画的目的不是为名利，而是要把自己的情感通过画笔表达出来。用老人自己的话说，是让"自己忧愤之气能从笔端涌出矣"，所以想学习画画首先应该安于寂寞，热爱艺术。

对于每一个想来学习画画之人而言，其心态静躁不同。安于寂寞，首先当然指的就是能静下心来认真学习。有了这个先决条件，再想去学习画画，应该也就不会太难了。

接下来便是学习的方法了，首先学画应该从临摹入手，尤其是临摹古人的作品，仔细地临摹下来，而且要尽量临摹得很像，要尽量地悟透原作，能与古人"对话"，这是向传统技法学习的唯一途径。在学习时应该多请老师指导，看老师怎样用笔用墨，怎样吸取和运用传统的技法，又怎样发展古人的技法，我们应该一边分析一边学习，千万不要只盲目追求皮毛。当下有很多学习班和培训学校，他们的教学方法大多是老师画一笔学生模仿一笔，这样表面上也是一种临摹，但教学效果并不理想。

当临摹到一定程度，能基本上掌握传统笔墨技巧之后，就要走向大自然去体验生活——写生。画画能否走得远，关键看你对素材的积累，因此，经常出去写生至关重要。只有掌握了笔墨技巧和经过对天地万物的写生，然后再创作，才能得心应手，画什么像什么，笔底才能操控自如，似有鬼神相助，画起画来自然能得心应手了。

最后成年人学画画还要注意以下关系：

一是国画与西画的关系。这是两个相互影响又各自独立的画种，概念和方法一定要分清。

二是书法与国画的关系。可以说，书法是国画的前提，但不是说非要当书法家才能画画，写书法最重要是要寻找用笔用墨的感觉，犹如开车时驾驶员对四个轮子位置判断的感觉。

三是勾勒与皴擦点染的关系。皴擦点染是围绕勾勒进行的，是对勾勒的补充。本来单凭勾勒就可以作画，因为勾勒表现的是线，而线是国画的命脉。

四是工笔与写意的关系。这只是表现方法不同，中国画可分为工笔与写意两种，工笔注重形体的表现，写意注重情感的传达；工笔画需要精雕细琢，写意画恣意挥洒；工笔画悦人耳目，写意画震撼心灵；工笔画劳神，大写意难把握。

五是局部与整体的关系。初学者容易出现作画时过于强调具象，而

金庆飘落半堂红
2016 年
纸本设色

忽视了表现的方法或者在处理某一部分时忽视了这一部分与其他方面的联系，容易造成画面割裂。

六是学习与创作的关系。画画到一定阶段，应该是在学习中创作，在创作中学习，跳跃式进步，不断提高，多画小画，少画大画。

每个人的起点不同、经历不同，所以在学习中遇到的问题也就不尽相同。但只要长期坚持，不懈努力，什么问题都能在学习的过程中得到很好解决。

成年人经历丰富，理解能力强，学习会进步较快。但主要还是要保持心境清逸，不慕名利，根据自己的实际情况，选择轻松愉快的学习方法。

崇高艺术必须是"唯一"

中国画对于大多数中国人来说并不陌生，但能真正欣赏中国画的却为数不多，加之当下"江湖画"的流行，更加扰乱了大众的审美视线。笔者在"如何欣赏中国画讲座"中反复强调崇高的艺术必须是"唯一"的特性，并得到听众的普遍认可。

艺术创作源于生活而高于生活，从中国画创作的核心原则上讲，"外师造化，中得心源"就要求画家在创作过程中要以大自然为师，作品题材要求来自生活，并经过画家心灵的熔铸陶冶。一个画家在同一题材画出不同的作品，画家一定会从不同角度来观察对象，虽是同一题材，但会表现出不同的主题，而不是用同一形式简单地重复，否则，雷同的作品也就不能称之为艺术了。

中国画不象西方绘画只须直接描述对象的形，而必须是具有生动的气韵，是画家抒写胸臆的一种形式。既有诗词的韵味，又有造型艺术的美感，是天人合一的一种艺术境界。笔者多次提到，绘画创作虽然包含有众多的技法，但从构图上其实与文学创作并无两样。写文章需要先确定中心思想，拟定写作方式，然后分层次表述并形成一篇完整的文章，让读者读懂文章的意思以及其中的哲理、感情等等。

假若一个作者用同一篇文章改换一个标题后重新发表，或者对同一文章的文字稍许修改，那么读者的反应会是如何呢？我相信一定是十分乏味的。画家用同一主题同一表现手法，作品雷同，其作品必定也索然乏味，这些肯定都不能列入艺术的范畴，因为艺术的特性决定了艺术只能是唯一的。

当然画家选择同一题材进行创作，如果表达的主题不一样，而且所用技法不同，那么其艺术效果和情感趣味也会不一样，视觉反应自然也不一样，这样仍然是艺术。

优秀的中国画作品是画家通过客观物象，再经过画家"心源"的提炼，以艺术的表现手法进行个性化的创作，而不是单纯的模仿或简单的重复，每一幅作品都应包含有唯一的故事。

清代画家郑板桥曾说："未画之先，不立一格；既画之后，不留一格。"石涛也说："一知其法，即功于化。""我自用我法。"古人的这些表述都强调了艺术作品的唯一性。

我自己有一方常用的闲章"无套路"，目的也是时刻提醒自己创作过程不要落入俗套。如果作品雷同，观来索然无味，看多了麻木，更不要说与作者产生共鸣了，这样的画作有违艺术的创作初衷。

据史料介绍，东晋时期的王羲之书写《兰亭集序》，是在众多文人饮酒雅集之后，在丝毫没有创作准备的情况下，乘着酒兴诗兴未艾而临场挥写而成。次日王羲之酒醒，他又想把原文重抄工整，可是写了很多遍，众人却认为没有原创来得自然、流畅。由此可见，艺术的创作是受到时间、空间以及个人情绪所约束，当时的创作冲动、创作灵感以及创作环境是无法再现的，经典艺术就是这样而来。酒的味道可以追求，同一味道的酒可以酿造，可是艺术的创作则一定要奉行"只可有一，不得有二"的原则。

当然，对于比较工细的绘画创作，有时需要事先经过"粉本"的创作，而且需要进行反复的修改，通常称之为"九朽一罢"，然后再依粉本进行正式创作。这样往往会出现两三幅，甚至更多的相同画作，但其中一幅定为正式作品，而其余粉本只能作为草稿论之。也就是说，中国画艺术的创作只能恪守"只可有一，不可有二"的原则，哪怕是经典作品也不能例外，只要是重复的作品就不能定为艺术，就象两篇一样或相近的文章同样不能定为文学作品。真正的艺术作品是在特定

源清流亦清
2014 年
纸本设色

的环境、对象、时间、空间等等条件限制之下产生的。

时过境迁，重复也就再难体现作者的真情实感了，而流水线大量炮制作画跟艺术品就更加不着边际了。

唐《题怀素上人草书》说："志在新奇无定则，古瘦漓䍥半无墨。醉来信手两三行，醒后却书书不得。"因此，笔者认为，真正的艺术家，其作品给人的感受应该是"人人欲问此中妙，怀素自言初不知"。唯一，是崇高艺术的必要条件。

怎样谈艺术的"唯一性"才有意义

　　最近连续做了几个关于中国画欣赏的普及型讲座，之后主办单位都有做一些链接进行宣传，而且大多都把我讲座提到的鉴别中国画的简单方法归纳为"唯一"。其实，这应该在每次讲座前面都有相关铺垫，才会有"唯一"的导出。崇高的艺术必须是"唯一"，这只是一个最基本的条件，它必须是建立在具有艺术价值的基础上，还要能通过艺术的形式把画面的"美"传达给观赏者，而客观上的美对于中国画来说只是一个方面，它还要有精神上的追求。也就是说画家在创作中不仅要表现客观物象的美，还要有追求中华文化特有的空灵和虚实，以及诗意的审美特征，乃至于具有哲学的意味，体现天人合一的宇宙观。换言之，中国画讲究的是气韵、格调，是要创造一种超然的精神氛围，因而它比单纯的造型艺术多了形而上的精神追求和文化内涵。画家石鲁说："画山就是画人、画人格、画精神、画自己。"也只有具有这些艺术特征的作品再谈"唯一"才有意义。

　　中国画不仅仅是焦点透视的问题，而是中国画中有"我"的存在，有精神上的寄托，创作的过程就是画家在与自然对话，如同一次心灵的漫步。中国画在客观上表现自己，特别是自宋代的文人介入绘画之后，中国画也便多了一个名字——文人画。文人们将自己追求的诗性需求融入笔墨之中，注重意趣自然，追寻高古清幽、离尘绝俗，表达人与自然和谐共处、天人合一的愿望，强调文人的诗意情怀，处处体

春江水暖
2017 年
纸本设色

现出"士大夫之气"。画中虽无人影,但"境"中一定有人在,正是诗词中"不著一字,尽得风流"的表现。然而绘画要想达到士大夫之气实则不易,需要画家长期的修养和自律。士大夫之气既要有传统的笔墨,又要有渊博的学问。今之画者其粗狂难近,面对丰厚的市场效益大都坐不住了,何以师古、何能读书,又何来士大夫之气?

中国画讲究"古意",是因为它重"意境",它所追寻的意象和美感是超现实的,与我们现实的日常生活有着一定的审美距离,有着一种与现实生活的喧嚣躁动、急功近利所不一样的静寂、旷远与超尘。所以古意盎然，格调出俗，也因此有着丰富的意象和再创作的空间，令欣赏者可以尽情地驰骋自己的想象力，也能给欣赏者以超然的感觉，而不只是享受它的客观美所带来的感官享受。

"距离"产生美，是人人都明白的道理，但用于诗词、绘画创作也一样产生意想不到的美感，然而这一点却是许多人追求一生或许也不明白的道理。

至于修养与读书则是画家必须具有的特质，当代画家陆抑非曾提出纵通、横通、内通的"三通论"。他说："纵通就是继承传统，依据谢赫的'六法论'，就可以做为规范。没有纵通的继承，就没有根基，就是无源之水，无本之木，这怎么可能有继承和发展呢？横通则是借鉴更多的艺术，以利于画家自身的创作，进一步丰富创作的必要手段。内通则是讲究艺术的内涵，要做到纵通和横通，内通功夫要扎实，要多读书、多见闻、多体会、多比较、多实践、多反思，用这六个多，换取真正的内通。肚子里有墨水，头脑就灵巧，思路自然敏捷，出手必不凡。""悟以往之未悟，实迷途其未远。"有此三通，必为高手。有此三通，可谈"唯一"也。

峨眉写生话"笔墨"

　　谈论中国画必然离不开笔墨，笔墨是中国画艺术的先决条件，是最基本的绘画语言，离开了笔墨也就谈不上绘画。五代时期的画家荆浩说："吴道子有笔而无墨，项容有墨而无笔。"难道这样说来还有没有笔或没有墨的绘画吗？古人所说的笔墨，并不仅指作为绘画工具的笔与墨，也不仅指作为绘画语言的笔与墨，准确地说应该是工具与语言兼而有之的技法和涵养的问题。

　　清画家王概认为："但有轮廓而无皴法谓之无笔，有皴法而无轻重向背，云影明晦谓之无墨。"在山水画中所谓笔是指山石的轮廓线，而墨则是指山石皴法的墨色轻重向背。当然更深一层去理解笔墨的问题，不是只有皴法才具墨法，也不是只有轮廓线才是笔法。线条运用不得法，质量不高，变化不精妙，虽有轮廓线与皴法，但仍谓之无笔、无墨。

　　简单的说，笔的概念，除作为工具解外，主要是指画中所有笔触及其运用方法；墨则除作材料解外，主要是指画中所有笔触及画面整体上墨（包括色）的浓淡干湿，自然润化效果及运用方法。至于笔的屋漏痕、锥划沙、折钗股、山堕石，和笔势的轻、重、提、按、抑、扬、顿、挫、纵、横、使转，迂迟缓急的变化，以及墨的浓、淡、干、湿、积、焦、宿等等运用，这些专业的知识，对于欣赏者也都必需有所了解，才能真正看懂中国画的妙处。

移塘泊水湖
2014 年
纸本设色

最近在峨眉山写生，峨眉山的天气瞬息万变，好好的一个天瞬间乌云笼罩，哗啦啦的雨就下来了，之后由于受山地自然条件影响，烟岚缭绕，胜似仙境，初到这里写生，面对如此胜境，画画的激情满满。然而按常规提笔，却无从下手，不停地对照所学的笔墨技法，不知如何勾轮廓线，也不知应该对应哪一种皴法，大有螃蟹吃田螺无从下手的感觉。

如果仅仅从简单的用笔技法上说，根本表达不了对象。其实，笔和墨可以归纳为力与致两个要素。力主气，为笔之本，无力则弱；致主变，乃用笔之神，无神则枯。达此两要素，则笔墨甚佳，亦无所谓轮廓线与皴法了。倪云林对王蒙用笔的评价为："王侯笔力能扛鼎，五百年来无此君。"由此可见，力与致对于国画作品用笔之重要，用笔的状态无论是点、线、面都要给人以力和致的享受，使气机运行起伏回环，开合张驰有规律，产生一种笔致，而后再从笔致中的节奏感中演绎出气韵。用笔有力，始能得势，气势在则有力，气随势走，势依气生，力与致应，气与韵合，如此方为善用笔之妙。

那么墨的主要功能，则是黑白浅淡的润滑效果，其与用笔虽功用不同，却也是紧紧围绕气韵二字来发挥功效。而且用墨之妙全在于水，固有墨的浓、淡、干、湿、积、焦、宿之分，更有泼、破墨对水的妙用。水墨交融，墨借助水的润化形成五彩，使墨经过自然润化产生气韵生动的效果。所谓"元气淋漓嶂犹湿"，就是说通过水墨的润化，保存水的生命感觉，使人感到元气淋漓，延续墨的气机动势。积墨使画面层层加深，焦墨、宿墨提点精神；泼墨取势润化自然，破墨松灵，变化万千；淡墨水渍，隐约滋润，别具意致。墨色变化的韵律美感，其趣无穷，是为用墨之道。

笔和墨终究还是属于技的层面，能把笔墨用到极致才有可能进入道的层面，这是个学养问题。唐宋以后一千多年，能留下画名者不过百余，而真正能代表各个时代者更是少之又少，每百年也不外三五个人。之所以大家如此难以产生，皆因大家非有学富五车，渊博学养不可。

技是小道，只要方法得当，从传统中取法，数年间必可掌握。能成为大家者，其技必定经过严格训练，且扎实过关的。但气韵、格调，则取决于画家的学识与修养，是先天与后天的完美结合。学养的厚薄，决定了画家的成功与否，这个学养就是画家精神层面上的高度和深度。它包括个人的胸怀、阅历、见识、性情等等。画家有否读书，也可以从作品的气息中反映出来。技法对于有学养的人来说只是一种手段，对于他们来说，其专业与人生目标往往不仅在此，他们的作品格调高古，文雅不俗，画家的学养背景才是体现作品高度的支撑点。

写生无套路

　　我有一方自用闲章叫"无套路"，也是我画画的座佑铭，我在写生的时候就更"无套路"可循了。每次写生归来始终有说不完的新感觉，但就不能归纳出套路来。中国画向来重视对生活的体察，早已形成悠久的现实主义传统。"外师造化，中得心源"是唐代画家张璪对绘画总结归纳出来的名言，它导引出艺术的本源，一语道破中国画创作的基本规律，这八个字已经成为历代中国画家遵循的至理。

　　中国画着重强调对自然、对生活的细密观察与体验。无论人物、花鸟、山水，都要求以造化为师，体察入微，不能蜻蜓点水、浮光掠影。"师造化"是"得心源"的前提，缺乏对客观世界的深入细致观察的基础，主观感应就没有依据，"心源"也无从"中得"。清代邹一桂的《小山画谱》指出："绘画有两字诀，曰活曰脱。"活者生动也，用意用笔用色皆生动，亦谓之写生；脱者是指笔笔醒透，要求"花能语、鸟如飞、石有崚、树必挺"。无论"活"还是"脱"都离不开写生，离不开"师造化"。当然仅依靠写生要做到"活"和"脱"这两个字并不容易，中国画笔墨的形式美是中国画艺术性的根本体现，除了对画者的笔墨要求外，形式感美也是很需要的。

　　一幅画看起来很复杂，其实仔细分析又很简单，一个画面就是黑、白、灰的关系。一个画家一生所要追求的是尽精微、致广大。广大及至整个宇宙，精微及至一墨点、一根线。

节节高
2016 年
纸本设色

　　画面中黑、白、灰的对比贯穿整体，也贯穿到每个局部，在统一中求变化。画家创作每一幅作品包括用笔、用墨、用色、写形、构图、修养，这要靠毕生的修炼。但写生作画时，本来很有激情，若等你去考虑用笔、用墨、穿插，那股激情早就化为乌有了。因此更多时候的写生，促使画家的绘画灵感主要还是来自于画家主观的感觉。尤其是写生要有感而发！写生不是简单地勾出对象的轮廓，而是要进行艺术的提炼，发现创作灵感，找到最佳表现的艺术语言，否则就相当于只有素材积累而已。林丰俗老师说过："画中要它下雨就可以下雨，要出太阳就可以出太阳。造化在我手里，不为万物所驱使……心中有个神仙境界，就可以画出一个神仙境界。"黎雄才先生也说："写生一方面是加深对自然的认识，另一方面是培养自己的表现力，即按各种对象去寻求不同的表现方法，这也是一个创造的过程。"

当然如果没有扎实的基础训练，所画的对象就不能有神韵。国画艺术首先是造型艺术，作画时下笔即有所指，处处形体，处处笔墨。形在前，笔墨在后，超出象外，以神写形。

有了形和笔墨能力做基础，画的就是一种感觉，感觉到了，笔墨有了，画的味道自然就出来了。意到笔不到，宁简勿繁。作画时先乱而后理，这种乱中求理，绝无套路可循，但却能给人一种不一般的视觉享受；如果处处按套路，则画无意趣矣。

写生画最忌平铺直入，图解式的把对象叠加，或把写生当成制作路线图，这不是画，更不是艺术的表现。写意国画毋需追求画面过分干净，有时宁脏勿净、宁缺勿整。脏不是邋遢，而是一种斑驳美。太干整不值得回味，所谓画神不画形。用笔、用墨都要以意做先导，神韵才是追求的目的。

完整画面的功夫靠悟、靠经验。看多了、画多了，厚积薄发。一幅画完成了，即使有一些不到之处或欠缺，只要整体没有什么问题，也没必要去添补。太工整则无画，水至清则无鱼。关键是要用心来画画，每一笔触都应富有感情，或老辣、或飘逸、或刚劲、或灵秀。用真体会收尽精微，放致广大乃至宇宙生机方为写生。

画画重要的是内涵！以适当的技巧来表达真情实感，但不要哗众取宠，哗众取宠虽吸引一时眼球，但让人读之如过眼烟云。"画是无声的音乐"，好的画是一笔一墨就象一个个动人的音符，组成了美妙的乐曲。气是对所描绘客观对象"真"的追求，神形兼备；韵是通过客观物象以特有的内涵来表达主观的精神，即能传神写意。中国画要求主观和客观的统一，"外师造化，中得心源"是中国画毕生追求的崇高境地，更是写生追求的宗旨。

不同才是艺术

写生的问题可以百谈不厌，因为仁者见仁，智者见智，各家有各法。比如我的写生，往往都是凭一种感觉，从来就没有一套教条的东西，按我自已的说法叫做"无套路"。

写生不是为了追求一张完整的画，而是在于对物象结构的理解，之后画出胸中的画、自我的画，但并不违背物理，是一种艺术的表现。物象的物理特征、规律，同样可以在画中得到体现、夸张、强化。

新中国成立之后，中国画的写生大致可以分为两个体系。一个是以中央美术学院徐悲鸿为代表的融贯中西的写实路线，另一个则是以中国美术学院潘天寿倡导的写意教学路线。但从中国画的创作理念上看，我认为潘先生的写生更符合中国画的写生观，依靠观察默记，了解对象结构以后，画出胸中逸气。

从潘天寿先生写生作品的画面上看，可以发现很有"张力"和"冲击力"，这既是潘先生对传统美学观念的一种叛逆，也是他把传统在继承的基础上演进、变革、创作的突破，体现出他在艺术上的霸气和强悍。他的审美追求就是要追求不同，不与古人同，也不与今人同，追求真我。他的画语录里有句名言："不同才是艺术。" 他甚至刻有一方闲章叫《一味霸悍》，他认为艺术贵在执着，贵在积累，这个创作观念是他突破了传统意义理论上的一个贡献。

写生作品不是简单的速写，也不是把速写简单地作为创作的参考素材，加以改造、强化或放大变成创作。速写实际上是作为认识对象的手段，只是比现实的对象夸张了很多，速写的目的是为了了解对象的结构特点，一旦创作就会把画的速写丢到一边，完全是画胸中的山水。简单的把速写转换为水墨并非艺术，"外师造化，中得心源"，是画家通过写生对大自然的感悟和强烈感受，并把自己的性情、品格，用画笔表达出来。

中国画强调线条，强调"骨法用笔"，艺术反对雕琢，提倡轻松自然，是"无为而治"，没有负担，这样的线条才有线条的味道，用笔才有用笔的意义，追求一种轻松随意不雕琢的"原生态"，追求"自由自在"。

艺术要求起点高、眼光高，不迎合世俗的要求，按照自己既定的创作理念不断演变、推进。我们学习传统、借鉴别人，不是为了重复，一切重复等于零。

现在大家都提倡写生，但不理解写生的真实意义，中国画要由记忆去写生。潘天寿先生说："用记忆来写生，必须对物象或临摹的画有纯熟默写的能力，才能同样地抓住对象与临本上的形神动态气势等等，在创作笔墨时就能随心所欲地创作出来。这是中国画学习的重要一关。"这一观点很重要，每一个人对自然都会有自己的感受。在写生时，首先解决怎样把现实中的对象用线条概括出来，并转化成中国画的线条；其次是章法布局，观察过程中要有取舍组织，要想到前人画过的画是用怎样的线条去概括对象，画面的疏密关系、点线面关系去处理画面，然后尝试用前人的眼光去消化对象、寻找笔墨语言，这是一个与前人对话的过程；再之是将自己的感受融入进去，形成自己的造型和笔墨语言，这样的写生才有价值，而不是简单的把物象堆积或拍些照片回家对着画。

写生为画家提供灵感和思路，不仅是现场坐着对景画，还必须在山山水水中转悠着看，观察体会自然山川之气象，用笔记下山川的脉络轮廓、花草树木的细节。潘天寿认为：对景写生，要懂得"神"、"形"，亦要能懂得"情"字。神与情，画中之灵魂也，得之活矣。

写生既是素材的积累，但其最终目的还是为了创作，中国画的"写意精神"，是传神、载道、写心、写意。我们看到的山石、人物、花鸟等宇宙万物，经过艺术加工概括成笔墨形式时，是用来抒发情感的。中国画这种独有的写意精神，在黑白笔墨形式中不仅能够把对象的形神和生命力等融入其中，而且能够将个体对自然的态度、修养、境界等恰当地融入到个性的笔墨中，这样的写生才是体现中国艺术的传神和畅神的核心价值。

垂钓去
2014 年
纸本设色

潘天寿的艺术精神在于中和之美

今年是潘天寿先生诞辰 120 周年，他作为一个新时代的艺术家，既敏锐地感觉到了时代赋予的使命，又坚定地走传统艺术的道路。虽然，他也和同时代的美术家一样，呼唤艺术的精神；他一生孤寂，但思想深邃，目光超前；他大胆地把传统文化放在一个开放的世界中，却又能牢牢地把握其根本命脉。

20 世纪中国绘画发展史中，多数人往往被群体性的社会政治浪潮所裹挟，难以自持，只有极少数性情刚毅、思想独立，保持着清醒的头脑。在这个时代，潘天寿先生从未动摇过学术之心，他总是为民族艺术发展鼓与呼，他始终以践行的姿态投身到民族艺术事业，不逐名利，不计得失。今天回顾潘天寿先生，更让人深感其人格和艺术之伟大。

潘天寿艺术的可贵之处，在于他在坚持传统的前提下具有大胆的创新精神。他常说，"荒山乱石，幽草闲花，虽无特殊平凡之同，慧心妙手者得之尽成极品。"在二十世纪中西绘画交汇的特定时刻，潘天寿先生矢志站在民族绘画上加以捍卫和开拓，做出了划时代的贡献。

画事须有高尚之品德，厚重渊博之学问，广阔深入之生活，然后始能登峰造极。潘天寿认为"文人相轻，自古而然。……究其源，全由少读书、浅研究，偏见渐生，而私心自有矣。"学术之路径，千头万绪；学术之路途，深远无限。学术追求，终身许之，也未必能探求出所以然。艺术绝非一眼可以看尽，也不可能无所不会。故知之为知之，不知为不知，方不失为学者风度。

潘天寿是学者画家，更是士人画家，他同时融合了学者和士人的两种优秀品质，既现代又古典。中国画以意境、气韵、格调为最高境地。潘天寿的画有两点最为突出：一是"强其骨"，二是"险绝为奇"。他对艺术极境的表述："画事之笔墨意趣，能老辣稚拙，似有能，似无能，即是极境。"作画时，收得住心，则静；沉得住气，则练。静如老僧补衲，练如春蚕吐丝，自然能得骨趣神韵于笔墨之外。艺术必须具有独特风格，但独特风格的形成，是一件不简单的事，一要不同于西方绘画而具有民族风格，二要不同于前人面目而有创新，三要经得起社会的评判而非一时哗众取宠。

作为一个美术史论家，潘天寿以史家的思维和眼光提出了"混交论"。他说："历史上最光荣的时代，是混交时代。文化的生命，互为复杂、成长的条件，倘若有了外来的营养与刺激，文化生命的长成，毫不迟疑的向上生长。"他还说："民族精神，是国民艺术的血肉，外来思想，是国民艺术的滋补品。"他提出"互相作微妙的结合"的观点，无疑是尊重中国画吸收学习西洋画的主张。

但潘天寿作为一位伟大的画家，他又强调："中西绘画，要拉开距离。"中国画要发展自己的独特成就，要以特长取胜。"这里，他反对"混交"，强调"拉开距离"。佛家有个说法："识不过师，不堪为徒。"潘天寿先生的艺术成就，是建立在他的"高峰意识"上的。这个高峰意识建立在民族自信和对民族文化精神的理解上，潘先生的作品、言论、志趣，实实在在，正是有一种"中和之美"的艺术和谐观。结合当时的社会背景、个人思想意识和美术界状况分析，潘天寿走这一捷径，迅速地达到了他自己选择的标准，他成功了。

尊重民族传统绘画又自我意识极强的潘天寿，把继续发展中国绘画作为自己的使命，又将民族精神和对生活的感受融入他的绘画，同时还能在表达形式上展示他独特的个性。先生不以形似为准则，总以气质与格调为先导，塑造着理想中的物象来构成他完美的画面，并找到了自己的独特风格，寻找到自身存在的价值，这是时代发展的需要，这种开拓创新的精神值得我们后人深思。

香中别有韵
2013 年
纸本设色

中国传统文化引人向善

　　上周末，"南沙周末文艺花会"在广州文艺市民空间展示，广大市民饱赏了一场具有传统文化艺术形式的周末"文化大餐"。市民参与度踊跃，每天还没"开埠"，市民就已经早早在门外等候，这让南沙的艺术家们感动万分。此次活动全方位展示南沙本土艺术家在传统文化方面的教育和传承硕果，旨在吸引更多人聚焦文化，关注南沙。社会各界和媒体关注度极高，活动影响力超出预期。

　　作为这次活动的主要策划人，在深感欣慰之余，思考此次活动火爆的原因，我认为主要还是活动抓住了中华优秀传统文化这个根本。近年来，南沙区文联扎根基层，传承传统文化，扶植培育本土人才的这个举措击中了市民的"软肋"，引起了共鸣。

　　科学技术可以引进，但民族精神不可能在引进中生成。中华民族的伟大复兴，离不开民族精神的引领。体现民族精神的优秀传统文化，是沉淀在民族的思想意识里，是民族发展的组成部分，制约和影响着人们的现实生活。

　　任何一个社会，一个族群，文化认同是个体人的民族文化身份特征的基本定位，是精神信仰的归宿。中国传统文化集中反映在中国传统文化经典中，而这些经典正需要我们去传承、去弘扬。也正因为这些经典孕育着中华民族的"文化认同"，其中蕴含着人生理想、历史教训、审美情趣等，是人生教育的典籍，也是中华民族的核心价值观念，一直到今天还活生生地扎根在老百姓心中，一直为中华民族的延续与复兴起着积极的作用。所以，与中国传统文化项目的相关活动当然也能引起广大市民的关心。

中国传统文化教育具有强烈的"引人向善"的功能，中国传统文化可以陶冶人的性情，治疗人的心理疾病。文化自信，是民族发展的基础，传承传统文化，是构筑文化自信的重要手段，坚持文化自信，我们才能从中国传统文化中汲取营养；传承传统文化，形成文化认同，从而走向文化自信，让中国传统文化在文化自信中熠熠生辉。

浮躁社会尤其需要对传统文化的坚守。中华优秀传统文化是我们民族的"根"和"魂"，是我们坚定优秀文化的价值所在。呼唤优秀传统文化的回归，相比物质文明而言是一个缓慢且相对滞后的过程，急躁不得。"为往圣继绝学"，传统文化的教育和传承要尊重和研究教育规律，用孩子们喜闻乐见的形式激发兴趣，才能产生极佳的熏陶效果。只有孩子愿意写、愿意学，我们的传统文化才有希望，这次活动的互动环节极大地迎合了孩子们在教育学上的心里需求。

孔子说，一个人的修养应该从学"诗"开始，以激发情感和意志；进而学"礼"，以约束其言行；再学"乐"，以形成其性格，完善其品德。这就是他所说的"兴于诗、立于礼、成于乐。"从细微处施以"润物细无声"的教化，这不是一种外力强加的方式，而是真正自觉的文化自我教育。这也是我们平时开展传统文化教育所想构建和谐、文明、向善的宗旨。

中国传统教育是博雅教育，传统文化对于我们每一位青少年的成长是非常重要的，中国的汉字本身承载了巨大的文化密码，一字一乾坤，一笔一画皆生命，也是中国人之所以是中国人的基本特征之一。通过传统文化的教育，将传统的民族文化和民族精神扎根在心灵深处，构建自己的精神家园，增强文化自信。

"不忘初心，继续前进。"文化自信不是一个简单的文化口号。我们要在文化自信的基础上，建设文化大国、文化强国，这需要有传统文化的继承，也赋予我们作为文化工作者和艺术家的责任。传统文

化是文化自信的基础，因为传统文化是民族存亡的核心。之所以文化
更自信，是因为文化具有极强的渗透性和持久性；之所以文化自信更
深厚，是因为时间对文化认同可以贯穿于个体、社会到国家层面，价
值理念一经认同也便产生巨大的精神力量并根植于人们的骨髓而产生
民族文化的 DNA，从而才有中国人之中国梦。

瑶王府
2013 年
纸本设色

感悟书法

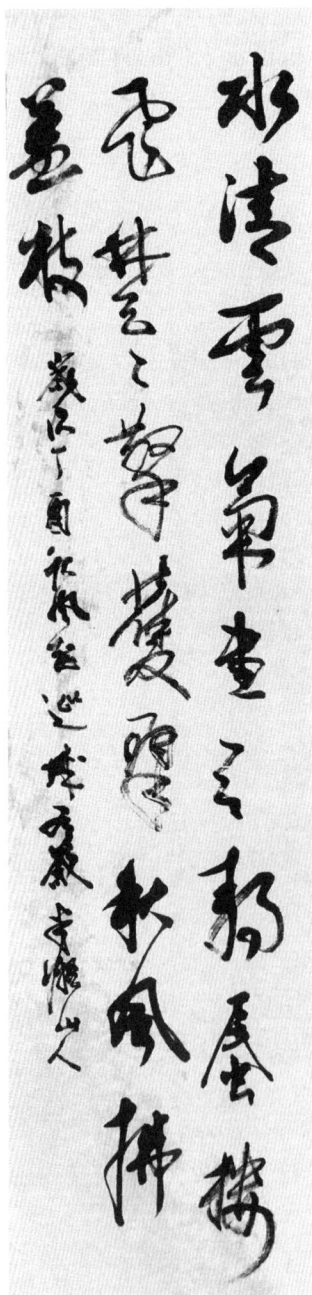

书法
2017 年

书法艺术复兴，可期

位于广州市最南端的南沙区塘坑村，日前传来了一条颇为令人欣慰的消息，该村成立了全国首家村级书法培训基地。这对影响社会对书法的普遍关注、提高书法的社会地位、推动中华民族最宝贵的文化遗产的传承与发展具有里程碑式的意义。

一千多年前，王羲之凝神端坐在书案前郑重其事地写《题卫夫人笔阵图》，细细分析书法之美，谆谆叮嘱子孙要把书法的秘诀："可藏之石室，勿传非其人也"。当其时，他肯定没想到，千年后，自己不舍外传的书法艺术竟在急剧变幻的时代大潮中几度浮沉，传承乏力。

书法，历史悠久，是凝聚中国最高艺术精神的艺术门类之一，它能为人所用。最初，仓颉造字，因物构思，观彼鸟迹，遂成书契。其后，随着时代的进步，书体逐渐演变为篆、隶、真、行、草等多种类别，书艺在文化中所占的地位也越来越重要，中国古代儒家要求学生掌握的六种基本技能"礼、乐、射、御、书、数"，书是最显眼、直接的技艺之一；古代文人精英要求"琴棋书画"皆通，书是入门级标尺之一。这样看来，书法艺术对人生和社会的影响不可小觑，大有"乡邑以此较能，朝廷以此科吏，博士以此讲试，四科以此求备，征聘问此意，考绩课此字"的蓬勃势头。

这个肇于自然的最初之体，就注定书法除了纪纲万事的实用性外，还具有丰富的审美意蕴，能为人所赏。昔日，秦名相李斯见周穆王书，

"七日兴叹，患其无骨"；尚书蔡邕入鸿都观碣石，"十旬不返，嗟其出群"，可见对书法的艺术审美，早已有之。到了魏晋，世人爱书之美益甚，逐渐形成系统性的审美体系，筋骨体势、分匀布白，各有所爱；能书之人名，编而成册；善书者之墨宝，可索酒、可换钱，洛阳纸贵。在白纸黑字之间，人们看到蔚若烟霞，看到万岁枯藤，看到列兵成阵，满纸璀璨，让人对美的享受达到巅峰，极大拓展着人们的审美视野。

美的认识达到一定深度，会进入到哲学的层面，书法也不例外。它渗入人的气质，俗语云："见字如见人"，因人写字，总要先散怀抱，任情恣性，意在笔先，故早在西汉，学者扬雄提出："书，心画也"，将书法与书法家思想情感、德行品操联系起来，认为书法风格直接反映了书家的性情品行，字如其人，立品为先。说来有趣，南朝书画家袁昂在《古今书评》中就以人品字，说王羲之字"如谢家子弟，纵复不端正者，爽爽有一种风气"，"羊欣书如大家婢为夫人，虽处其位，而举止羞涩，终不似真"，读来兴味洋溢，又令人心服口服，纵不观其真迹，亦能想象其体态。因此，笔墨调和之间，实在是人之精神的心灵颐养和情操陶冶。

时代迁移，昔日为古代精英所掌握的书法艺术，曾如王谢堂前燕，深入平常百姓家，达到发展的顶峰；沧海桑田，如此精妙成熟的艺术，也曾在"文革"等运动中，被视为"反动学术""封建残余"，备受责毁。时过境迁，书法又重新立在中国文化的艺术殿堂，一直几度起落，但被一波一波的新科技冲击，早已退出学生的基础教育体系，终难续前代繁华。

书法艺术从显赫的中心慢慢走向灯火阑珊的边缘，最大的主导因素是：它的书写记载的实用性被计算机取代。

可喜者，随着社会步入小康，人们在满足实际需求的基础上，开始寻求审美体验。书法的实用性日渐淡化，它带给人的审美体验、带给精神心灵的熏陶日趋重要，复兴国粹、传承古典，写中国字，做中国人，成为越来越多国人的共识，书法的新一轮发展变成炎黄子孙的使命。

所谓使命，当然不是一两个群体能够担当，它需要人牵头，更需要人响应，才能产生巨大的影响力。书法虽一技，须得天然，至积学所及，终不过其分。今日塘坑村之举，使书法艺术这一奇葩得以传承、复兴，实在可喜、可期。

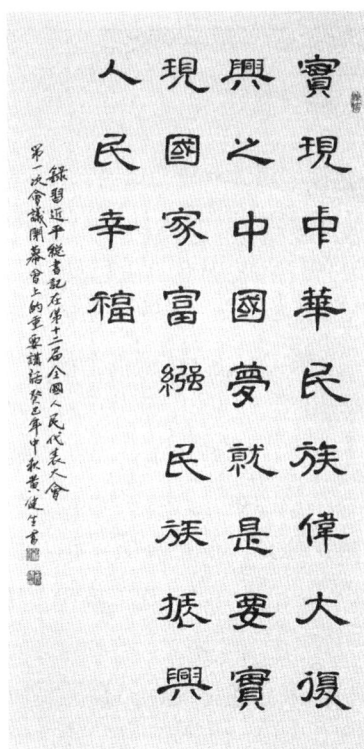

书法
2012 年

没有规矩不成方圆

书法不同于其他艺术，其本体是文字书写，是语言的记录，然后才是艺术欣赏。所以书法要讲规矩，让人认得。

晋穆帝永和九年（353年）三月初三上巳日，身为会稽内史的王羲之，邀请文人名士谢安、孙绰等四十一人雅集于会稽山阴（浙江绍兴）之兰亭，曲水流觞，饮酒赋诗。之后，王羲之为此而写就了一篇诗作，留下了"天下第一行书"《兰亭序》。

王羲之被尊为"书圣"，是我国书法一代宗师。唐张怀瓘《书断》评王羲之云："尤善书，草、隶、八分、飞白、章、行，备精诸体，自成一家，千变万化，得之传神，自非造化分灵，岂能登峰造极。"欧阳询在《用笔论》中也说："尽妙穷神，作范垂代，腾芳飞誉，冠绝古今，唯右军逸少一人而已。"

评价王羲之书法，前人之述备矣，但我仍要加上一句：王羲之书法我能认得！

事隔一千六百六十年后的上巳日，兰亭又传来佳话，第四届中国书法兰亭奖在兰亭故里隆重举行。是日，书法圣地生机勃勃，好不热闹，来自全国各地书法界人士汇聚于此，共话书法。兰亭奖成为绍兴的一张文化名片，充分表明传统书法艺术迎来了广阔的发展空间和难得的发展机遇。中国书法艺术必将能从这里迈向新的艺术里程。

这次获奖作品琳琅满目，水准甚高，可惜也有受到争议之作，原因

雾锁乌江
2014 年
纸本设色

是作品内容读不懂！不知道是作者对社会、对读者缺乏认识，还是社会和读者对作者用意缺乏思考？

例如其中对一幅草书王羲之论书句中堂，评价颇高：某某先生习书以来师法"二王"、米芾及唐诸家法帖，作品形式借鉴"二王"手扎，草法出入晋宋，遒媚率意，直抒胸臆，并在曲直、浓淡、燥润、正攲、收放等矛盾的对立统一中臻入自在之境。但笔者才疏学浅，却完全不认同，笑。

另一则是隶书黄庭坚念奴娇中堂的评价也不简单：某某先生精研隶书 20 余年，以汉碑入道、涉猎秦汉篆书，详识隶书本体及其渊源，作品苍浑高古、意趣纵横，篆隶通会之处，展现作者内心方圆。云云。可笔者认为这些都是套话而已，悲催啊。

从形式感上，这两帧作品可能也属上品，但读来却让人有一种故弄玄虚的味道。当然，我的孤陋寡闻不能代表什么，也许专家能读懂。可书法是写给众人看的，而不是仅仅给予专家欣赏的啊。

写出来不被认识，写的意义又何在？启功先生对此曾经举过一个例子：我在门口贴个条子，请别人干什么事情或者说我出门了，请他改天来，可我留的字条对方读不懂，这字条就白留了。这个例子，用意在于，字必须让人看懂，字形的构造应该尊重习惯。书法应该先是发挥其本体固有功能，即文字是语言的符号！

《兰亭序》我读懂了，然后才是欣赏其格调与美感。

很多时候，书法的创作问题，在于继承与表现形式上的脱节。为追求形式上的美而标新立异，对书法的本体意义不管不顾，故弄玄虚，写出来的作品如同"鬼画符"。自我陶醉也就罢了，居然还会得到一些人的附和与吹捧，生怕不说好会被认为没有水平，典型的"皇帝新衣"故事新编。

文字本是一种语言的符号，写成书面语言而组成的文章，其作用是表达语言。即使上升到艺术，也需要写字的方法和规范的结体。最脱离标准写法的时候，还有一个遵守习惯范围的写法，不管写草书、行书皆如此。无规矩不成方圆！草书有草书的规则，有个《草字汇》，还有《草韵辨体》，编草书的许多好书，你看合乎那个大家公认的标准的写法，那就是公认的好东西。书法的实用性就是纪纲万事，写出来要让别人认得。一幅好字首先要自己认得，大家认得，加上格调好，这才叫做书法。

书法艺术与汉字的时代危机

看到这个标题似乎有些危人耸听吧。

日前，在京城举行首届中国汉字书写与传承高峰论坛，主题是"信息化时代汉字的书写和传承"。表面上看，信息化与汉字的书写和传承似乎"牛头不对马嘴"，居然还需要在国家的政治文化中心举行这样一个论坛。其实不然，历经数千年而不衰的汉字正在遭遇前所未有的冲击，一场汉字危机正在悄悄地来临。

信息化时代的到来，微博日渐代替了手写日记，电邮几乎取代了书信……以键盘输入代替汉字书写已成为人们日常生活方式。传承了数千年的汉字文化，也陷入了一种尴尬的局面。对于书法而言，更是有一种生死存亡的危机。

汉字作为传播中华文化的重要载体，其蕴藏的丰富内涵与智慧，使中华文化绵延千年而不断，极大地促进了中华民族的认同感，成为维护国家民族团结的重要纽带。而当前随着日新月异的信息化时代发展，汉字，尤其是汉字的书写，已明显受到强有力的冲击，特别是来自电脑键盘输入方式的冲击，这对文字书写可以说是致命的。

当然，信息时代的到来，电脑与网络的普及，在某种程度上也起到对汉字的传播作用。但其负面影响，则催生出提笔忘字、书写不规范等信息时代的"书写失忆症"。当今多数年轻人，别说以毛笔书写汉字，就是钢笔的书写方法，至少过半是不规范的，甚为可悲也。

玉兰飘香溢浦东
2011 年
纸本设色

　　汉字充分体现着中华民族的智慧。在构造上，汉字有着构思之美，近取之身、远取之物，这是世界其他语言文字无法比拟的。在形式上，汉字有着韵律之美，书写汉字可通过轻重的变化，以改变书写韵律。这种美构成了汉字的意识，从而形成了一种独特的艺术语言，而这种艺术语言正是中国土生土长的艺术形式——书法。

　　书法是在中国特有的阳光雨露哺育下而成长的艺术形式，表现了中国的文化精神，传达了中国文化的韵致。凡是熟悉、了解中华文化的人，都会对中国书法表现出程度不一的好感和兴趣。

　　早在公元三世纪，中国书法便已传到朝鲜半岛，大约七世纪就流传到日本，八世纪以后，王羲之、欧阳询、颜真卿等大家的书法开始在日本风行，此后，书法在日本蓬勃发展，迅速普及。近年来，中国书法被越来越多欧美艺术家所认识和欣赏。中国书法遵循艺术规律，有严谨的法度，同时又具有无限的自由创造空间，即追求形体的美感，保持其"见形思义"的特点，又不断挑战创作者抽象思维的水平。中外艺术史学家称中国书法是"艺术的极致"。

书法不但是一种人格修养的方式，在创作方法上还是"多元"的，既有含蓄典雅的士大夫式的，也有一些人崇仰的"艺术家"派式的，而放纵程度则不亚于某些现代主义大师的表现。

书法的中国民族性是书法艺术及国家的立身之本，它天然地拥有世界艺术一份子的合理身份。应该说，一个民族的艺术要保持旺盛的生命力，必须根据时代、社会生活的发展需求，不断吐故纳新，克服其"片面性"和"狭隘性"，使一个民族的艺术不断吸收新时代的精神内蕴。

谈到书法的时代性，就不能不提到"书法传统"。书法的艺术传统是什么？笔者认为至少必须以古为本，秉持以古求新的书写创作观。书法发展至今历数千年，历代帝王都十分重视书法艺术，尤其发展至清朝，无论皇帝还是皇室成员，几乎都擅长书法。清初内务府尚且开办"如意馆"，以培养书画人才，书法艺术也就成为皇室成员的家传。数百年来，已形成了清逸典雅、雍容华贵的独特艺术门类。

时至今日，书法艺术的传承似有日渐式微的趋势。而汉字的使用与中华文化的传承，确实出现了不容忽视的问题，更为严重的说法是对汉字的普遍藐视，可能会淡化国人的文化认同和民族认同。作为书法表现对象的汉字，也是书法通往文化世界的桥梁，则在信息时代的冲击下遭遇到困局，是否应该通过着力提高全民的母语文字意识，增强全国人民对汉字及其书写的敬畏之心呢？

感悟书法：且写且珍爱

习字是我每天的必修课，近些时日写得多些，便有一些感悟。书法是中华文化的一个特有现象，因为在这个世界上只有汉字的书写才具有既承担语言的交流，又兼有艺术的功能。因而书法家是特指那些具有平和泰然、专心致志的气质，以毛笔为工具书写汉文字，抒胸臆，散逸气的书法艺术家。

写汉字，大部分的中国人都会，但能称之为书法家者则还是有限的。书法，则要求字皆有法、有体、有出处、有来路。清中期扬州八怪中金农的漆书是自己创造出来的，但他厚实的汉隶功底才是他艺术创造的根基，才能写出那样均匀的结体；黄慎题国画的狂草，其字形结构皆有依据，亦非乱舞一通；郑板桥自称字是"六分半书"，他把北碑笔意融入黄庭坚的长撇大捺，顿显舒逸潇洒，又不失稳重。

中国书法流露一种自然的节奏感，表达出深一层的艺术构思，是一种具有生命力的艺术，是为中华文化核心的核心。千百年来，中国书法一直承载着中国文人精英深厚的历史担当和优良的思想品德。诸如王羲之、柳公权、颜真卿、欧阳询、赵孟頫等耳熟能详的书法家都是历代文人士子学习的典范，是中国书法界的"神"和"圣"。

当下书法家能否寄誉名副其实的"家"呢？我看就未必了，尤其是带"官帽"出身的书家，大多只能叫"尚书者"。能称为书法家，其书法技艺自当过人，且书法家称谓重在"家"字。这个"家"，首先必须在于高尚的人格修养，以及学富五车的知识涵养。

青山有约独凭栏
2014 年
纸本设色

古代有名的书法家作品能够传承下来，首要原因是他们具有良好的道德修养和人格魅力。南宋大奸相秦桧，其书法可谓技艺精湛，甚至还独创"秦体"，但他丑行劣迹、陷害忠良，为世人所不齿。明朝也出了个奸相书家严嵩，书法虽了得，然而他是千古罪人，在书法史上亦无一席之地。

书法家本质上应该是一个文化人。同样，体现文化人的特征也在于他的人格。以古为师，让"书如其人"归于正道，"腹有诗书气自华"，没有不会诗文创作的书法家，没有无学识的书法家。古代称得上书法家的大都同时是思想家、政治家、文学家，诗人、画家、音乐家等等。如按性情取向，或慷慨、或淡然、或雅逸；或家国、或别离、或兴亡，都是书者的心中块垒，不抒难泄，完全是内心的感情流露或宣泄，无需掩饰，此乃"书者、如也"之真义。

岳飞手书"还我山河"的豪迈，尽显将军气魄；毛泽东手书的《沁园春·雪》无需过多笔墨即能明了伟人境界，一代风流人物尽跃毫端。而颜真卿的《祭侄文稿》在字里行间也可看出那种悲愤而又欲书不能的感慨；魏晋《与山巨源绝交书》更是一篇对世俗礼法鄙视的檄文名篇。性高品洁逸兴自陈，不雕不饰者有如王羲之、黄庭坚；家国崩乱，舍生取义如文天祥、岳飞；曲高和寡，独辟蹊径，痛快淋漓则如傅山、郑板桥。还有改天换地，雄才大略的李世民、毛泽东。总之能称上书法家的总有各自性情、各自学问、各自面目，绝非偶然。

诚然，能上升到艺术层面上的艺术都必须是经历"台上一分钟，台下十年功"的磨砺，需要有良好意志的道德修养和坚韧不拔、持之以恒的吃苦精神。穷尽一生的努力，达到滴水穿石，绳踞木断的品质。现实中，有很多人想学书法，然而经历短暂的学习之后，许多人都没能坚持下来。他们以为只要学习三、五个月，甚至更短的时间即可写好书法。其实不然，学习书法还真就是个一辈子都需要坚持的活儿，绝不是一劳永逸的差事。挥毫泼墨，看似潇洒，实则是一件很累人的事，仅基本功的训练就绝非易事，无论间架结构，章法排布，运笔行笔，无一不需要思考。隋朝书法家智永和尚出家永欣寺三十年，秃笔装满五箩筐，之后深埋地下称之为"退笔冢"；唐代大书法家怀素，家庭贫困买不起纸张，自制木盘练字，天长日久竟致将木盘磨穿，最终得以在书法史上留下一座"狂来轻世界，醉里得真如"的书法丰碑。历史上的大家都是这样炼成的。

优美的书法形式是书法家综合素质的体现。古有秦风汉韵、唐法宋意之说。"后之视今，亦由今之视昔"，今时今日百花齐放，不知能否留下怎样的风韵以延续历史。但愿中国书法艺术不会因社会发展而颓废，但愿有更多能忍受世俗偏见而孤独的忍者修行得道。写字经年，略有感悟：且写且珍爱。

且把书画当余事

最近有两则书画展讯：一则是原国家领导人李岚清在广东美术馆举办的名人肖像画及篆刻书法展；另一则是在北京荣宝斋大厦举办一位将军级人物"叶选宁习字展"。看了这两则展讯，第一反应就是"官这么大"的展览，不会有什么看头。然而错了，这两个展览不仅有看头，而且还很有看头。

李岚清的展览展出数百件作品，是作者从"小众欣赏"到"大众艺术"的展示，尤其令观众觉得有看头的是李岚清为120多位已故著名文学家、戏剧家、作曲家、美术家、书法家所造的人物肖像，同时配以他为这些文艺界大师篆刻的印章和创作的诗句，除了表达作者对文艺大师们的深情敬仰，也体现作者博大精深的文化情怀。叶选宁将军书法展，则从黄永玉先生序文中即可以品味出很有看头的味道来，他说："叶选宁几十年来，像钟表匠那么精确严格修炼他的书法。"又说，"但看他的书法，心境却肃然起来，变成一个正经的人。他精研书法的严谨，像个潜心修行的和尚"。可见叶选宁的书法功底是几十年潜心修炼出来的。事实上，叶选宁书法作品确实很有沉厚气息，笔力劲健而又畅逸，结字章法穿插处理得甚是巧妙，其羊毫长锋书写的隶书古味十足，格局严谨，有多少"专业的书法家"恐怕也只能望其项背耳。然他仅以"习字展"亮相。

以当下书画界"艺术家"的泛滥程度，能书会画几笔的人动辄以

"大师"自居。如按"潜规则"，李岚清、叶选宁当上某个层面的书协、美协主席，我想应该是不成问题的。然而，在这两人的简历上并没有出现类似"头衔"。对李岚清的艺术评价也仅以离开中央领导岗位后，以浓厚的兴趣耕耘于文化艺术领域，并以满腔的热情致力于文化艺术的普及推广，自始至终并无声明对艺术有多么高深追求。

叶选宁的书法虽然了得，学习书法刻苦的程度远胜于他人，是以数十年如一日地研习，其造诣已非一般书法家可言，但在书法界上也没有看到有关他的介绍，哪怕是某级书协会员也没有，反而只是介绍他不间断地读了很多古今好书，不停地弄他的书法。

也许李岚清、叶选宁从来就没把书画当正业，书画于他们而言也就是搂草打兔子——捎带脚的事儿。而事实上，自古以来，能成为大家者，都是把书画当余事，反而所谓的专业书画家（古时称为宫廷书画家）把毕生精力、才情都投入到书画上面，其后果多为书匠画匠，能成大家者则极为罕见。真正的大师头脑会更加清晰，他们更加信奉道德文章，修炼个人的器宇胸怀。齐白石是绝对的书画大师，而他自己则评价说诗词第一，而后才是书画。唐代宰相阎立本，位极人臣，却也因为同僚称其为"画师"而愤恨不已。由此而言，书画是以怡情为主，而修为则需下功夫钻研学问。优秀的作品是靠精神力量去打动人心，而非是靠在圈子中的地位。在过去，儒学精神才是书画创作和欣赏的主导美学思想，而当下传统文化的失落使得书画创作出现一种庸俗化倾向和堕落在为了沽名钓誉的狂怪乱现象中。书画可以陪伴终身，至于是否需要走进各种圈子，我想多数也是为了混饭吃而已。

李、叶的书画展览相较于许多所谓"圈内人"的作品展，或许要来得有看头些，盖因他们不是职业者，作品更加可以恣肆发挥，又由于他们都具有良好的传统文化修养，使得作品更具宽容气度、严谨节操、淡泊情趣和高雅的气度。字里画里不期然流露出娴雅自适的文雅气息，有学人的书卷清馨，有诗人的不落时畦，佼佼不群，胸襟阔大。学书画者最紧要的是胸中有道义，达则兼济天下，穷则独善其身，孤傲自守。虽世殊事异，于他们而言，写书作画也就是陪伴他们的精神伴侣，并没有各种名利的羁绊。他们的展览并无以特殊身份示人，而是以其全面修养的独特境界融入自己的情性和求知欲，来作为展示的支撑点。这两个展览，我看过之后很是回味。

霞飞沧海远
2014 年
纸本设色

浅谈书画艺术之本真

"画者从于心"，只有灵魂里镌刻着艺术的人，才能握紧艺术的真正灵魂。书画艺术最重要的不是其表面的形式，也不是临摹的技巧，而是一种精神境界。

韩愈在《送高闲上人序》里说："张旭善草书，不治他技，喜怒窘穷，忧悲愉佚，怨恨思慕，酣醉，无聊，不平，有动于心，必于草书焉发之。观于物，见山水崖谷，鸟兽虫鱼，草木之花实，日月列星，风雨水火，雷霆霹雳，歌舞战斗，天地事物之变，可喜可愕，一寓于书，故旭之书变动犹鬼神，不可端倪，以此终其身而名后世。"这话是说张旭的书法不但表现出自然界各种变动的形象，还抒写出自己的情感，通过对形象的概括来寄托自己的情感。

有生命的躯体是由骨、肉、筋、血构成。中国古代的书画家为了使作品表现出生命力，成为反映生命的艺术，他们在作品里极力表现出一个生命体的骨、筋、肉、血的感觉来。中国书画的发展，通过疏密的关系、行笔的缓急，抒发自己的情感。用强弱、高低的节奏有规则的变化来表现自然界和作者内心的世界。石涛《画语录》说："太古无法，太朴不散，太朴一散，而法立矣。法于何立？立于一画。一画者众有之本，万象之根。……信手一挥，山川、人物、鸟兽、草木、池榭、楼台，取形用势，写生揣意，不见其画之成画，不违其心之用心，盖自太朴散而一画之法立矣。一画之法立而万物著矣。"

万象之美，就是内心之美。美是从"人"流出来的，又是万物形象里节奏的体现。石涛又说："夫画者从于心者也。山川人物之秀错，鸟兽草木之性情，池榭楼台之矩度，未能深入其理，曲尽其态，终未得一画之洪规也。行远登高，悉起肤寸，此一画收尽鸿蒙之外，即亿万万笔墨，未有不始于此而终于此，惟听人之握取之耳！"所以中国人这支毛笔，开始于一画，划破了虚空，既流出人心之美，也流出万象之美。

中国历来不乏有才情的艺术家，遗憾的是这种才情往往不能持久。画家走到艺术家的很少，大部分是画匠，为了名利，忙于生存，大多不做学问。而大家就是体现在思想上、感情上。而中国文化更重视思想，把技术看得更轻，只有技术好传不下去，思想、境界才有说服力。

当下整个社会都浮躁，与其说是文化繁荣，不如说是书画家为争饭碗而标新立异，哗众取宠，与有感而发之朴素心灵相去远矣。石涛谓无法之法乃为至法，明确反对以古人笔墨程式束缚了艺术。石鲁主张把山水"当做人来画"，山水即人的思想，是人与天地精神往来的思想沟通，也是"天人合一"哲学思想的体现。石鲁和石涛关于山川与艺术观点一脉相承，艺术需要情感。

石鲁在"文革"忧愤积郁中仿佛突然发现了花鸟画便于抒写情意，遂纵情恣肆，并以内在的冲动爆发狂放的笔墨，成为他后期艺术的重要组成部分。他的内涵、他的思维、他的笔墨，成就了他的独特性，体现出天、地、人合一的哲学思想。

画画要能在平凡的生活中捕捉和提炼出美。画山水不是画地理图解，而是要在客观物象中通过主观的感受构成一幅画。照相镜头是可以入画的，但毕竟只是照片。绘画要摆脱自然的束缚，不能只靠速写。速写是一种手段，真正画的时候必须把速写收起来，要动脑子，不要把作品画成速写的放大，这个没有生命力。作品布白，因点画连贯穿插而成，点画的空白处也是整体的组成部分，虚实相生，才完成一个艺术品。邓石如曾说"计白当黑"，无笔墨处也是妙境呀！而这无笔墨处正是艺术感情的自然流露。

一个人必须穷尽毕生精力，最终才有可能在艺术上获得大的成就。黄宾虹曾说："急于求名求利，实画之害。非惟求名与利为画之害，而既得名与利，其为害于画者尤甚。"他一生历尽坎坷、颠沛流离，明知"世人不识吾画"，却对人生的态度始终保持孩童般的初心。艺术就是一个追逐梦想的过程，为何很多画家成名之后，却越画越差！原因就在于对艺术没有投入真感情。

纵观晚年的黄宾虹、齐白石、李可染，笔墨愈显娴熟老辣，情感更加单纯本真，真是无一笔不生动，无一笔不鲜活，俨然已入化境般随心所欲，是为艺术之本真。

几回落叶又抽枝
2014 年
纸本设色

艺术的无奈

　　过年了，家家户户都会进行一番装饰，而更多的是在客厅、书房挂上一幅赏心悦目的画作。随着生活水平的不断提高，越来越多的人更加注重家庭的文化品味，然而由于对艺术的不了解，时常有人以行画充当艺术品，令人产生诸多无奈和遗憾。比如今年春节前夕就有友人发来他家新挂的画作，问我说怎么样。说实话还真是典型的行画之流的东西。为了不伤其自尊，我也只好含糊其辞地说，"物合主人意，只要你喜欢就好"。颇为无奈，因为三言两语是无法解释得清楚的啊。

　　什么是行画呢？简单地说，行画就是一种程式化的制作，具有明显的模式化或模仿的特点，看上去好像很美，而且似曾相识。

　　行画主要问题就是俗，严格地讲，挂行画充其量也就是起到一个墙上补丁的作用，根本起不到美的作用，甚至适得其反，令人感到俗气、反感。而行画都画得貌似"好看"，乍一看丰富多彩、艳丽，但稍为用心观察则会发现其基本雷同、庸俗，但由于社会民众的审美水平不高，特别是对绘画作品的鉴赏能力有限，如果是从行画市场购买的还好，至少价格不致被骗。可是有些人被江湖人士所坑，这些连基本的笔墨技能都没有的作品，完全靠忽悠，价格很高，买了这样的行画那才是真的冤大头了。行画不是艺术品！

　　艺术品重在品味，其最大的特征就是作品的唯一性，绝对不会有两幅内容和风格相同或相近的作品。那怕是同一个画家画同一题材的

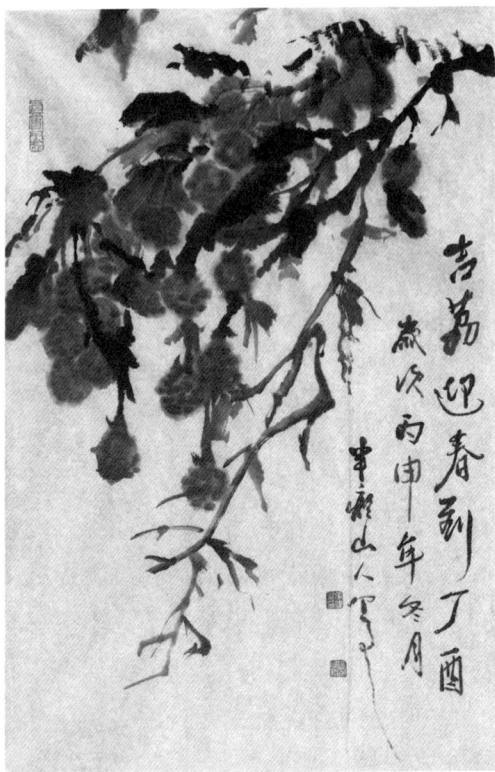

吉荔迎春到
2016 年
纸本设色

作品也不会类同，否则也就是个人行画而已。如果是抄袭而来的文章肯定也不能称之为一篇文章，绘画创作是基于大众的审美而又高于大众，来源于生活又高于生活，是一种审美创造与提升的艺术表达。艺术品在构图上别有韵味，笔墨、色彩运用巧妙、恰到好处，山水画意境幽远，花鸟画生动活泼，人物画有神灵之气，艺术的审美视角独特，画作不重复前人，也不会重复自己，既继承传统、吸收传统，又有自己的绘画语言，每一幅作品一定是原创，但又有自己的风格。

气质是艺术家的一面镜子，直接反映到作品上去便是艺术家宽阔的胸怀、高尚的品德，不为名利所动，加以对事物的敏感性和独到见解，以及笔有韵味的书卷气都会体现在作品上面，这才可以称之为艺术。

近几年，文人画出现的频率越来越高，无论画得好不好、雅不雅，都先自称文人画，这让初涉收藏者很迷惑。南北朝时期，宗炳提出了"澄怀观道"，意指画家的意识和大自然融合，天人合一。画家的"意"要和大自然相合，和大自然的规律相合，这才能说是文人画。现在画家不少，但真能静下心来好好读书、画画的却越来越少，不知道你有没有留意到，身边的"大师"却似乎越来越多，"虾王""猫王"、"牡丹王"处处皆是，到处以大师自居，挥毫时抢摊占位、口若悬河、夸夸其谈，其笔头功夫却不敢恭维，留下的除了行画，也没有多少有价值的东西了。画家太早成名，不一定是好事。应酬多了，妨碍基本功的锻炼，也没有功夫去写字读书。或许正是这功利心令艺术产生了无奈。

看一幅画，首先要看它的构图气象是否高华，健壮而不粗犷，细密而不纤弱；其次是看它的笔墨风格，既不同于古人，又有自己的个人风格，既能摒去成规旧套，又能自创新貌；然后看其气息和韵味。一幅有艺术魅力的作品，能锁住人的眼球，这就是有气韵的存在。有气韵的作品令人看过之后印入脑海，看了还想看。

我同意这种观点，假如现在拿一张工笔画和一张写意画让老百姓挑选，绝大多数人选的还是工笔画。因为对于超越技术层面的形而上的精神追求，总是不容易被广泛理解和接受。

能称得上艺术家的画家，在其身上会散发出一种书卷气，就是一种饱读诗书之后形成的高雅气质，是一种君子之气。腹有诗书气自华，画家有书卷气，其画所透出之美当有一种沟壑万丈的书卷之气。观人品画，俱有诗韵书香、淳厚溢远。一幅经典，半杯香茗，足以富可敌国、贵比王侯。

书法教育关系到文化发展和文化自信

学好汉字、写好汉字，已成为关系到中华优秀文化传承、民族凝聚力提升甚至国家文化安全的大事。当下书法教育这个关键词出现的频率越来越高，书法受到人们的广泛重视，应该说这是中华民族文化自信的体现。书法教育不是单纯的书写问题，它牵涉到认字、解字，也关系到文化发展和文化自信的问题。汉字最能体现中华文化的本质，重视书法，是弘扬中华传统文化大题目下的一个具体措施。我们不要把汉字的教育只落在写上，应该落实到认识、理解和对传统文化的自信上，使年轻人更深一步地理解我们的民族文化，更好地同世界交流。

"我"是中国人，书法给我们一个文化上的身份证。这个身份证烙在我们情感和意识的深处，无论走到世界的哪一个角落，都不会丢失。老祖宗留下几千年的传统文化是一种让心灵深处充满营养的精神力量和共同的回声。"问渠哪得清如许，为有源头活水来"，这才是我们文化自信立身处世之根本。

书法的境界是散和淡。散是散怀抱，淡是自然而然，这也是以涵养和学问作为基础的。书法是个人表现，这个个人表现要综合地分析，不是大笔一挥的个人表现，字写得好，一定是技巧与气质、风度、学识多方面的结合。一个人有学问，字里面就表现学问；一个人老老实实，在字里面就表现得老实，这是一个精神状态的反映。一个人如果喝了酒后、性格豪爽那么适合写草书，写正书就不一定行，反之，一个慢性子、脾气缓的人写正书就会很到位。书法作品中"散"到什么程度、"淡"到什么程度，表现的个人修养和境界就到达什么程度。魏晋风度以潇洒、直率为主，唐代以严谨、规矩为主，因此书法风格不同，达到的境界也不相同。有文字就必然要写，"写"能让思想通过文字得到体现。春秋时期郑国有个风俗，谁有什么意见就用大字写出来，挂到城墙上去，叫"悬书"，每天郑国人都去看悬书，了解新鲜事；过去要找工作，首先要填一个履历，考察人员一看字写得不行，就搁一边，写得好的就收下。对一个人来说，字是脸面、是饭碗，字写不好，没人要，也就没饭碗了。

社会在发展，印刷比手抄快，电脑更了不起。可是电脑也好，印刷也好，上面的字其实还是手写文字的应用，没有第一步的书写，电脑不管用。其实写字比电脑更方便，更得心应手，随时随地都可以写、可以表达。

南怀瑾先生有一句话："最可怕的是一个国家和民族自己的根本文化亡掉了，这就会沦为万劫不复，永远不能翻身。"宋代的思想家张载说："为天地立心，为生民立命，为往圣继绝学，为万世开太平。"这个内容可以看做是那个时代的集体文化理想；费孝通先生晚年的时候，还不断有新思想提出。他最后提出的一个思想很难得，即"各美其美，美人之美，美美与共，世界大同"。他是说，世界上的各种文化，各有各的长处，既要看到自己的长处，也要看到别人的长处。作为中华文化的传承者，我们当然喜欢自己的文化，但是你也必须看到其他文化的长处，大家共识共赏，"美美与共"，形成和谐健全的世界。中国书法是真正的带有恒定性的文化精神价值，是稳定的、永久的，是不会轻易受到其他文化所影响。

书法之外，传统文化的根扎得深，国学在年青一代心中种下精神的根、文化的根就深。我们不能总是功利地问"国学到底能带来什么"，而是应该反思"丢了国学，我们将失去什么"。

对国学的概念，上世纪的国学大师马一浮先生提出，国学应该是"六艺之学"，就是《诗》《书》《礼》《易》《乐》《春秋》"六经"，"乐"经没有传下来，现有"五经"。"六经"的文字经过孔子删订，汉代重新整理，形成可靠的定本。这个定本在中国两千年以来，一直是公私学校教学的基本教材。

中国历来的教育，都非常重视价值教育。韩愈的《师说》："师者，所以传道授业解惑也。"他把传道放在第一位。但是近百年以来现代教育体制形成以后，没有了传道的内容，教师也是只教书，不育人。过去中国的教育系统很独特，不仅学校、书院传道，家庭这个系统也是传道的渠道。另外所有的官员都负有"教民"和"传道"的职责。有的官员到一个比较后进的地区，会带来新的知识，就像苏东坡到海南，带去很多种植和饮食的知识一样，但我们现代教育在这一方面反而有缺失了。

经过长期熏陶，包括诚信在内的这些"六经"的基本价值伦理，能够成为中华儿女的文化识别符号。教育强调的就是躬身实践，就是知行合一，要求把所学的内化为自己的思想和行为准则，非常注意学生生活经验的积累。现在的中学语文教育，似乎并不是一种人文教育，死的东西太多，活的东西太少，甚至把古文中许多美好的东西变成死记硬背的东西，这其实是一种悲哀。语文教育是一种人文教育，教学生什么是善，什么是人性。需要培养人本情怀、统整能力、民主素养、乡土与国际意识以及能进行终身学习的健全国民，体现中华文化的精髓。

过去的私塾教育，除了能让学生熟练掌握文言文外，它的核心教育理念就是对学生进行人格陶冶，这正是我们目前教育体系所缺乏的。儒家文化的基本就是修身，学问的目的是学习做人。儒家教义，主要在教人如何为人。亦可说儒教乃是一种人道教，或说是一种人文教，只要是一个人，都该受此教。不论男女老幼，不能例外。国学的"核心价值"，即"正直、诚信、勤奋、朴实、包容"；这些观念，构成了我们教育的核心价值。这个"核心价值"来自于中国传统文化中的"仁、义、礼、智、信、忠、孝、廉、勤"，也正是源自于传统文化教育的结果，是中华民族的文化自信。

文化自信是事关民族精神独立性的大问题，以文化的自信建立民族精神，坚持不忘本来、吸收外来、面向未来，大力弘扬中华优秀传统文化，积极推动文明交流互鉴，着力推进文化创新，弘扬真善美、传播正能量。堂堂一国之文字，中华民族的五千年文明之根，我们每一个中国人的精神之根，文化之根。它唤起的是我们潜意识深处对自己国家民族文化的认同感。故说："经师易得，人师难求。"若要一人来传授一部经书，其人易得。若要一人来指导为人之道，其人难求。因其人必先自己懂得实践了为人之道，乃能来指导人。必先自己能尽性成德，乃能教人尽性成德，《中庸》上说："尽己之性，乃能尽人之性。"孔子被称为"至圣先师"，因其人格高，乃能胜任为人师之道，教人亦能各自尽性成德，提高其各自之人品人格。孔子说："三人行，必有吾师。"子贡亦说："夫子焉不学，而亦何常师之有。"可见人人可以为人师，而且亦可为圣人师。中国人之重师道，其实同时即是重人道。孟子说："圣人，百世之师也，伯夷、柳下惠是也。"伯夷、柳下惠并不从事教育工作，但百世之下闻其风而兴起，故说为百世师。又说："君子之德，风。小人之德，草。草，尚之风，必偃。"所以儒家教义论教育，脱略了形式化。只要是一君子，同时即是一师。社会上只要有一君子，他人即望风而起。又说："君子之教，如时雨化之。"只要一阵雨，万物皆以生以化。人同样是一人，人之德性相同，人皆有向上之心。只要一人向上，他人皆跟着向上。中国古人因对人性具此信仰，因此遂发展出一套传统的教育理想和教育精神，此乃文化自信也。

一字一世界，一笔一精神。希望国人紧握汉字书写之笔，重兴汉字书写之风，以汉字之美、汉字之兴弘扬中华优秀传统文化，增强文化自信，提升国家文化软实力，以"写好中国字，做好中国人"为中华民族的伟大复兴提供更强有力的精神支撑！

书法
2014 年

滥用 PPT 对书法传承的影响

PPT 实际上就是幻灯片展示的一种电脑上常用的文件格式。PPT 在课堂上应用方便，制作好后在教学中可以反复使用，省去了在黑板上重复板书的麻烦和吃粉笔灰的辛苦，颇受教师们的欢迎。

随着电脑的普及，PPT 应用越来越广泛，这是科技发展的必然。如果在教学中利用 PPT 对一些诸如图形、数据、表格等内容的使用，既方便、准确又节省时间，无可厚非。但如果是传统文化学科的讲授、讲座则不适宜提倡，因为这带来很大的弊端，特别是对书法传承的影响。

韩愈《师说》云："师者，所以传道、授业、解惑也！"为师者当然必须运用本身所掌握的知识来传道和解惑，而不是对着事先准备好的课件照本宣科，过滥使用 PPT，而省去板书的过程。本来板书这个过程既是课堂上学生对知识消化理解一个必不可少的环节，也是教师书写展示、学生学习汉字的极好机会。如果忽略板书的环节，汉字也就丢失了一个重要传播途径。当然，网络流行并非坏事，作为传道之人，应该抱着取其精华、为我所用的心态而不能受其牵制。

在今年的全国政协会议上，有委员呼吁设立"中国汉字书写日"，倡导开展形式多样的"中华汉字文化周"活动，并逐步形成"中华汉字文化节"。闻悉此消息，吾则喜忧兼有。喜的是这些建议说明中华汉字的书写和中华传统文化得以重视，如能设立"汉字日""汉字节"对推动汉字文化的书写和传承肯定能起到积极作用；忧的是之所以有

乌江月影
2014 年
纸本设色

设立"书写日"的提案，当然是由于现在社会书写的缺失和"衰退"，而且有愈来愈严重的趋势。因此，委员们才会忧心，才会提议案以期引起全社会关注。

记得上世纪八十年代初，笔者刚离家从戎，最盼望的就是寄自故乡的家书。父亲是个中学校长，字写得很工整、漂亮。每次从收发员手中接过家信，望着字迹隽秀的信封，读着文笔优美的词句，且不说父亲谆谆的叮咛嘱咐，展读本身就是一种美的享受，以致于过去了将近四十年，我至今仍珍藏着父亲的每一封来信。时不时拿出来看一看、读一读，心情总有一种莫名的愉悦和慰藉，见着父亲的笔迹如见父亲的慈容。

随着社会的发展，当今网络的影响一天比一天重要，任何领域都无可回避，书写也不能例外。时过境迁，不知不觉地大家也都不再写信了，不知今人能给后人留下什么手迹？

据联合国教科文组织考证，汉字是迄今为止世界上连续使用时间最长的文字，也是一部展示中华文明的发展史。无论科学的发展如何影响和改变我们的生活，也无论多元价值观对人们的选择如何理解，汉字文化的传承和发展都应该得到很好的保护。

在网络时代很多事物一不经意就会被社会的发展淘汰。那么书写汉字这种纯手工的传统文化如何才能避开网络发展的"威胁"呢？笔者认为仅靠设立"汉字日"这种形式上的重视是不足以解决的，必须从根本上发展和传承才是硬道理，包括日常上的重视和普及，犹如中国人拿筷子吃饭一样自然。

随着手机、电脑的普及应用，传统的书信交往基本上被信息、邮件取代，而书法教育却越来越弱，学校老师在黑板上板书也越来越少，课堂上配备的电脑，教师做一个 PPT 课件就可以使用一年甚至更长时间。至于高年级教学和大学教学，使用 PPT 就更加普遍了，这一时代的革新，看似现代科技解决了教师吃粉笔灰的苦恼，然而却在最好传播书写的渠道上，把书写汉字的教育给切断了，造成学生从小就写不好字，甚至怕动笔写字。这个后遗症不仅影响学生写字，也严重地影响学生认字和驾驭文字的能力，从而影响中华汉字的传承和发展。教育强调的就是躬耕实践，就是知行合一。因此，笔者建议在教育系统，尤其是中小学教学中除了必要的图片和数据表格外，应尽量少用 PPT，让黑板的功能发挥好应有的作用，既促使教师写好字，也让学生在书写上受到熏陶，养成时刻拿起笔来就能写字，写好字，这才是书法教育传承和发展的可行途径。

文章千古事　得失寸心知

中秋之夜，坐在自家小阳台，捧一书于桌前，沏一壶清茶，点一柱早些年西藏买回来的藏香，心无旁骛，神无杂念，守着时隐时现的月娘，让时光悄悄地流去，其意其趣，夫复何求？其实，读书这种事，是灵魂的清修，精神的享受，智慧的开启，知识的积淀，是人生漫漫旅途中最惬意的享受。

黄山谷有句形象的话："士大夫三日不读书，面目可憎。"不曾想，于山谷来说，读书还可以美容？这里当然说的是美化心灵。黄山谷为宋朝四家之一，是宋书尚意的重要人物。其书法韵味贵雅，别有一番书卷气。其书风持重，写来疏朗有致，如朗月清风，书韵自高，他与苏轼一起将宋代书法的人文气推向高潮，堪称书法史上一代大家。

黄山谷书法成就了得。他把读书与人的面目、灵魂联系到一起，自然把读书与写字上升了一个高度。而事实上，同列宋四家的米芾也有类似说法："一日不读书，便觉思涩，想古人未尝片刻废书也。"看来前人确实是把读书与写字联系在一起，而且密切相关。元、明之后的书家书写唐宋诗词，必凭记忆来默写，而当今书者则抄写也错漏百出，皆因不好好读书之故。

历来论书无不言气韵。技进乎道，书法艺术表现难在"道"的层面上。古时书法大家，其作品气韵生动，或显高贵典雅，或有庙堂之气，或具林下之风。被称为东方黑格尔的清代文学家刘熙载说："贤哲之书温醇，骏雄之书沈毅，畸士之书历落，才子之书秀颖。"体现的就是作品本身所传达的一种信息，是书者生存状态与精神状态的自然表露。俗话说"书如其人"是也。这种表现有时也只可感觉，却难以言传。

由此说来，书法要有贵气雅韵，而忌火气与俗气。能去除火气与俗气者，唯读书耳。苏东坡说："退笔如山未足珍，读书万卷始通神。"清代邵梅臣也说："昔人论作书作画，以脱火气为上乘。夫人处世，绚烂之极，归于平淡。"即是说脱火气非学问不能。若把学习书法喻之为艺术之旅，则读书养性便是学习过程中赖以提高的动力补给。

今日书坛漠视读书却已是风气，这种风气令书坛浮躁不安，如同今天的教授、官员、画家都不读书，学历教育缔造了读书无用论。书法家的作品与读书严重疏离，更有甚者的书家等同于卖艺者。卖艺者有一整套行头。我们的书者也有，长披肩或留小辫子的头发，穿一身极不合体的服装。处处体现哗众取宠，与杂耍卖艺无异。究其原因，这些人大多胸无半点墨，纯粹江湖混混，然却玷污了书家称谓。真正用心做学问，能静心读书者则更显朴实，其作品中也能读出书卷之气。

从当下现象看，书者普遍缺少两方面的修炼，一是缺少文化修养的提高；二是笔墨方面的自身修炼。而前者更显重要。解决这个问题，唯有读书。

《傅雷家书》其实就是一部很好的谈艺录，对儿子傅聪在成长的道路上可以说是一盏照亮人生道路前行的指路明灯！从中也可以看出作为父亲的傅雷对儿子倾注的心血。这部书同样的泽润着广大读者贫瘠的心灵。书中告诉我们："艺术光有爱还不够，还要有赤子之心。真诚是艺术的第一把钥匙，有了真诚，才会有虚心，才肯丢开自己去了解别人。艺术家一定要比别人更真诚、更敏感、更虚心、更坚韧。"傅雷的这段话，当然也包含书法艺术家。书圣王羲之的《兰亭集序》、颜真卿的《祭侄文稿》、嵇叔夜的《与山巨源绝交书》都是书家心灵的真情流淌。这些作品之所以能光照千秋，就是因为其笔墨与情感的交融才会魅力永恒。正所谓：文章千古事，得失寸心知。

现在有相当的书法爱好者，片面地认为书法与读书没有必然的联

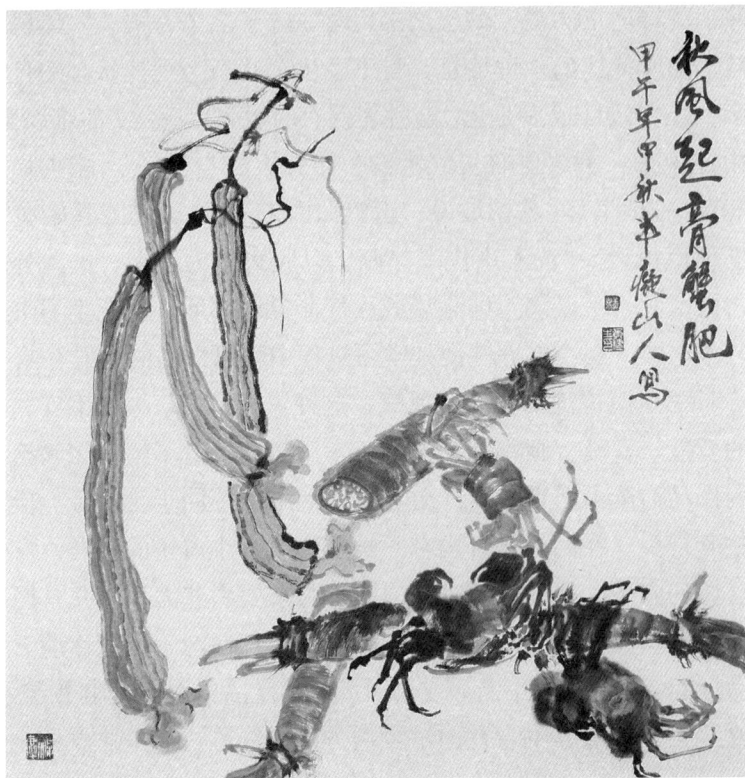

秋风起膏蟹肥
2014 年
纸本设色

系，只强调形式和书写技巧的重要，殊不知在整个传统文化的背影下，显得很苍白，显得很浅薄。当你尝试读读书、写写字并坚持下去，你就会觉得读书越多越感觉到自己的浅薄无知，就会进一步激发你读书的欲望。

浩瀚烟海的书籍，我们要先读懂自己最重要的东西，大到历史书、哲学书，小到书法史、美术史、文学史都是必读之书，书到用时方恨少！把读书当成为书写的相伴，时时滋养心田，无疑会潜移默化地影响书写时的审美及思想情绪，久而久之，书写中当有书卷气，辅之以纯熟的技法，作品自然有高度和深度，乃至于流芳传世。

写字就是写字

现在社会上自称书法家的人越来越多，但到底写到什么水平才能叫书法家呢？有位领导说"有人连楷书都没写好，直奔行草，还敢裱了送人"。这个现象真的存在，很是耐人寻味。

近日，笔者发现南沙有个叫梁添胜的养鱼村民，那书法有板有眼，简直可以作字帖了。可他绝对不认为自己是个书法家。我们有缘相识，于是把这一发现奉献出来，就以"砚·塘边"为主题为他办一个书法展，让大家一起看看这个不是书法家的书法，顺便也说说自己的一些个感想。

砚和塘本来是两个完全风牛马不相及的概念。把一个书画艺术的概念和崇尚生活的农耕生计联系起来似乎有点玄妙，有点蹊跷。显然与当前社会现象有些"格格不入"了。

梁添胜正是把墨砚和鱼塘相联系起来的人，他既耕塘，亦耕砚。一年三百六十天，始终围着塘和砚打转，他不富裕，耕塘基本上能维持一家生计；他不是什么书法家，耕砚完全能令他过着快乐的日子。

添胜是南沙区本地村民，爱好书法缘于小时候作文写得特别好，常被老师当范文在课堂上展读，而老师在读完添胜作文之后，常会加一句话："可惜字写得太差了。"这句话给梁添胜留下深深烙印，于是他发愤要练好字，高中毕业后，梁添胜辗转找到了廖蕴玉老师，并在廖老师指导下开始学习颜真卿，数年后改习褚遂良。三十几年如一日，"躲"在他的鱼塘边，一边养他的鱼，一边研墨挥毫，把别人打麻将的时间全用在了写字，终于形成今日小巧而丰满，内涵雄伟、隽秀、横画劲瘦、撇捺粗壮、笔饱墨酣，既有古意又有个人特点的风格。

添胜说这样的日子过得很快乐，写字真的很享受！在鱼塘边的窝棚不分暑夏寒冬，过着风月无边的悠闲日子。与他一起跟廖老师学习书法的师兄弟大都在书法界颇有名气，唯独添胜尚不知道世上有"书法家协会"的存在。

其实，"字写好就对了，成书法家就错了"。孔子说："志于道，据于德，依于仁，游于艺。"艺乃小道排在末尾，写毛笔字则更是平常事，书法是每个中国人都应该会的，也就是说当一个中国人，就应该写好汉字！不然一旦都成为书法家，对于整个时代来说就问题多多了。

去年广州艺术博物院有个台湾同胞叫溥心畲的书法展览，他是溥仪的弟弟，一生以书画为业，但却以书画家为耻，他反复对学生讲：与其称我为书法家，不如称我为诗人；与其称我为诗人，不如称我为学者。表示自己是有学问的人。过去的文人字写得都很好，但对书画总是嗤之以鼻，认为是雕虫小技，并不以书画家自居。现在的大书法家也不一定有他们的水平。可是，尽管古人不愿做专业的书法家，但是字写不好也是相当丢人的。

书法在任何一个时代对国家的贡献都是很小的，确实是"小道"。但书法艺术在当代就是体现一个国家、一个民族的精神面貌。如果一个时代没有几个大艺术家的话，这个时代也是非常寂寞的。庄子讲"无用之用，是为至用"。空气不需要付钱，但是人没有空气就活不了。一个人家里不挂字画也可以过日子，但是挂上了字画就体现了价值。唐代兴盛伟大，那么唐代的书法就不会差。

其实专业书法家都有个思想包袱，都想写出自己的面貌和风格，这样反而写得不自然。甚至还想着争名夺利，那就肯定写不好字了。更有甚者是那些个仅会拿毛笔乱舞乱涂而自称为书法家之人以及一些表面过热、实则务虚的书法现象简直是玷污了我们中国的书法艺术。

梁添胜则自始至终都没有这些杂七杂八的负担，因此能写出如此扎实的中国字。他虽然是个普通农耕之人，但由于长期练习书法，整个人就显得工稳。写字就是写字，梁添胜是个写书法的范例，他诠释了中国人就应该写好中国字这一传统"绝活"的理念，写出中国字的自信。

茂兰秋韵
2013 年
纸本设色

体现书法价值须得先有书法传承

拙文《写字就是写字》发表之后，有书友专门约我商榷，主要议题是"写字就是写字"并不能真正体现书法的价值。对此，我并不否认书法有诸多离开写字以外的价值。该文笔者也仅讨论"写字"的本义，并未延伸到"书法"众多的价值，所以有必要再说说关于书法的价值问题。

无论是写字也好，书法也好，其内在的价值我仍然认为是它的文字功能价值。书法是中国文字独有的一种书写形式，而中国文字当然是中华民族用于记载和交流的工具，书写工具笔、墨、纸、砚是其他国家和民族文字所没有的。经过几千年的积累和演变，通过这种独特的工具和形式表达出来的文字更具艺术性和观赏性。其实用价值以外的众多附加价值虽层出不穷，但最根本的价值仍然是记载和交流的实用价值。

由于书写的特殊性，书法的实用价值还包括陶冶性情、修身养性。写字同时也是一种心智运动，与打太极和练气功有异曲同工之妙。笔者曾经在大冬天为村民写对联，从穿棉衣写到穿单衣。写字如能全身心投入，则还可以起到调整心态、缓解压力，抒胸臆、养天年的妙用。

在实用层面上，书法价值还有很多。如装饰、牌匾、楹联、庙堂、居家甚至收藏投资等等。可以说，书法的实用价值无处不在。虽然，随着智能化、信息化的迅猛发展，汉字书写也面临严重危机，可书法的实用价值仍然不会削弱，人们的生活依然离不开写字，小的如签名、记事，大的如交流、品赏等等，书法仍将无处不在。

如果把写字的实用价值提升到书法艺术的层面上，那么首先应该是书法的文化价值。

书法艺术是中国传统文化的重要组成部分，是中华民族的文化图腾和民族自信。书法艺术既体现一种书法文化，也是一种文化书法的表现。其多重的文化价值至少还涵盖了人文、艺术、教育和学术等多个方面。

书法是书写者内心世界的一种反映。清代文艺理论家和语言学家刘熙载，曾任职广东学政，大概相当于当今的教育厅长，他在《艺概·书概》中说："书者，如也，如其字，如其才，如其志，总之曰如其人而已。"可见，书法与人之性情性格是息息相关的。西汉扬雄在《法言》中也提及："言，心声也；书，心画也。"书法的特性与独特的文化审美情趣决定了书法的文化价值取向，写字能否走到书法的高度则可能取决于生命境界的高度，单纯的技巧不可能深入中华文化深处，而书法恰恰是需要文化的修养，一旦缺少文化犹如树之缺少根茎，永远都不可能长成大树。因此，能称之为书法的，其作品都会有一股浓郁的书卷气息。毛泽东、朱德、郭沫若等虽无意当书法家，但其书法之所以是佼佼者，正是因为他们本身的博雅之气、文人之气，他们的书法处处体现出笔墨情趣和人文情怀。

从艺术价值上讲，书法是用毛笔对线条的组合，其技法和韵味几乎涵盖了音乐的节奏、舞蹈的婀娜、武术的刚柔等艺术形式以及儒家的道德约束、道家的平淡率真和禅宗的洗心安静……书法可以说是文化领域中独一无二的艺术形式。社会上那些故弄玄虚、夸张变形之流则不在此列。

书法的艺术价值必须追求古人的气韵，注重传承传统理念，对不同时期的书风研究透彻。书法不同于其他艺术，创新可以有，但：不要把跑调当创新！

书法有很多很多的价值，但最根本的还是：书法要让人看懂读懂！

唐诗意图
2013 年
纸本设色

丰子恺先生说过："中国人都应该写书法，我们且不可贪图钢笔、铅笔的方便（现在要加上电脑的方便）而废弃原有的毛笔。须知中国人的民族精神，寄托在这支毛笔里。"因此，为了中国书法的传承、民族的自信，中国人都要学会用毛笔写书法，中小学生尤甚。当今书法教育断档严重，书法教育任重道远，书法价值又如何能得以全面体现。无书法教育的传承，一切价值均为空谈。

习字，路漫漫兮······

　　无论电脑多么发达，印刷技术多么先进，书写汉字仍然是每一个中国人必须具备的基本生活技能。至于书写是否规范、字形是否优美，则要看每一个书写者的不同认识和追求。

　　美女可以养眼，但如果一个普通的女人一旦能写得一手漂亮的文字，那就不仅是养眼，而是养心了。此时的女人犹如一块吸满了水分的海绵，表现出沉甸甸的秋色才情，心灵显得十分丰盈，自然是既养眼、又养心了。

　　习字好处，笔者曾有多篇小文议之。只是究竟要怎样才能把字写好，倒还是个有人常常提出的问题。

　　近段时间，笔者乐于抄写《心经》，时不时还晒于微信圈中，但求自娱。然而一纸引发圈中浪，除了点赞和竖大拇指外，也有微友提出了诸多的问题。有人问：以前不见你写楷书，怎地一下子就写得那么好？也有人问到底怎样才能写好字。

　　大概问我"字怎么一下子就写得那么好"的人，大都是想学写书法的人。而且他们可能认为写书法应该会有一条便捷的路子吧，只是被我找到了，而他们还没能找到。这恐怕是一个永远也无法解开的误会，因为我自己也没找着这条便捷的路径，只记得从我记事起就一直拿毛笔酥水在红砖地板上写"颜真卿"。

　　事实上，学习书法的路径无他。唯有十年面壁，终生耕耘，情专意笃，持之以恒，方能渐入佳境。受到传统文化的影响，想习字者日多，这是好现象。然而，相当一些人总想一蹴而就，难有真正静心细研。有时刚写上一阵子就忘乎所以，炫夸其耀。这很要不得，殊不知习字最忌急躁，俗话说：欲速则不达。

汉字自发明创造之始便具有实用性和观赏性的二维功能。实用性自不必说，如果从观赏性的角度看，那就需要把书法提高到艺术的层面上来书写了。

所谓书法，当然需要有规范书写的方法和法度，包括笔法、字体间架结构、章法等等。这些法规、法度都必须从传统中继承，用较为直接的说法就是要从临摹中来。学习中国书法，自古以来都是从临摹开始。临摹不仅是技法的学习，同时也有助于习字过程的悟道和修养。所谓"爱其书兼取其为人""学其书兼学其为人"。书品即人品，当我们一遍又一遍地临摹古人的书法，则不仅可以学到他们的笔法、结体和章法，同时也必然可以潜移默化、有意无意地为他们的风韵或道德所感染。临摹古人的书法，从中陶冶自己的气度。

临摹过程特别要注重对临本的读和悟，初学者往往只注意学习的方法，而缺乏对临本的研读，当然也就谈不上悟了。

好的字帖如同一曲悠扬悦耳的音乐，不仅可以给人带来美的享受，还能激发出书写的兴趣。认真读帖是学习书法的重要方法，也是通向书法艺术传统的必由之路。读帖要认真对照，揣摩笔意、研究结体、分析章法，领悟帖中的技巧和神韵。熟记之后方可提笔书写，时时记住书法老祖宗王羲之"意在笔先"的教诲。否则，不得书法要旨，心神无主，必定是始乱终弃、无果而终。

历史上的书法名家，如董其昌、赵孟頫，乃至近代的于右任、吴昌硕等等，无不在临摹前人的传统中铁砚磨穿、退笔成冢，而后得以破门而出，自成一家。

书法家既是文人，也是匠人。既要有文人的妙悟，又要兼有匠人的巧手。妙悟来自于文化的修养和灵性，巧手出自对匠心的模仿和苦练，两者都是决定于对时间的积累和沉淀。唐代徐浩在《论书》中说道："书无百日功，盖悠悠之事也，岂可百日乎。"说的正是习字之人需有终生耕耘的意志，且有综合的知识修养。

　　笔者抄写《心经》，既练字又练心，也许是一种习字之捷径。习字决无一朝一刻便能写好字的本事，时至今日，习字数十年，也未能真正悟道。若问怎样才能写好字，我想不妨有时间也抄抄《经书》，把生活节奏先放慢下来，然后下决心选定一种字帖，好好读之、细细临之，终有一日能写出一手好字来。习字之路，漫漫兮任重道远。

长忆文昌阁

2014 年

纸本设色

普及教育是书法传承的根本

　　民国时期，书写汉字的毛笔被硬笔所取代；随着电脑和手机的普及，硬笔书写也将面临被取代的危险。"无纸革命"的兴起，改变了汉字的书写和传播方式。过去凡读书之人皆用毛笔，使得汉字既有实用价值，也有观赏价值。但现在中国书法的实用价值正被逐步削弱，观赏价值作为艺术门类则趋向明晰。无论如何，书法是中华民族优秀的传统文化、蕴含了中国数千年文脉的精髓，我们作为中华民族的子孙有责任把它发扬光大并传承下去。

　　书法本应具有全民普及的性质，可是今天的社会失落了毛笔，书法变得仅为少数人所从事。专业化、职业化成为趋势，书法的存在环境发生了变化！虽说历史的情结依然存在，但距离全民普及的时代已渐行渐远。据报道，当下日本国每五六个人就有一个练习书法的，在很多正式场合都要求用毛笔书写和签名，普及程度之高已经超过我们。汉字是中华文化的根，历史悠久，是世界上唯一使用至今的表意文字。要使中华民族的这朵传统文化奇葩得以传承并发扬光大，非全民普及不可！

　　可当下书法且不说普及，"提笔忘字"现象都快成为常态了。所以，普及书法教育已是迫在眉睫之事，唯有把书法教育普及起来，唤起民族自豪感和对民族文化的热爱，才是真正书法传承的根本。

　　想要写得一手漂亮的毛笔字，最好能从小练起，小学作为孩子最早接触汉字系统教育的地方，孩子们良好的书写习惯就应该在小学阶段养成，也必须在这一时期为孩子打下一个好的基础，因此，在小学设立书法课程很有必要，把书法与认字结合起来，能更好地培养孩子良好的书写习惯。

去年初，教育部颁布了《完善中华优秀文化教育指导纲要》，其中对各个阶段的学生学习书法提出了具体的实施意见：小学低年级初步认识常用汉字，感受汉字书写之美；小学高年级熟练书写楷书，学会理解汉字的文化含义，体会汉字优美的结构艺术；初中阶段能临摹名家书法，对书法的美感与意境有一定的认识；高中阶段，能阅读篇幅较长的传统文化经典作品；大学阶段，以提高学生对中华优秀传统文化的自主学习和探究能力为重点，培养学生的文化自主学习意识，增强学生传承弘扬中华优秀传统文化的责任担当。

这个纲要作为顶层设计很切合实际，值得施行。可是当下很多学校由于诸多方面的原因，尤其是师资力量的不足，造成无法按这个教育大纲开设书法课程，大纲形同虚设。假如当前学校能按照这个指导纲要落实到位，则普及书法教育可期，书法的传承和弘扬同样可期。学校本来在这里要扮演一个重要的角色，可是目前好多学校似乎并没有把书法教育真正搬入课堂！笔者近年来对于推进书法进学校，在学校普及书法教育做了一些尝试。虽然取得一些成果，但感到很费力。解决这个问题非得动员全社会力量介入不可。只有在全社会形成一种学习书法、普及书法的氛围，在条件许可的地方，力争做到"家家挂书法、户户有书台、人人懂写字"的目标，为孩子们营造一个环境，增加学生在日常生活中写字的机会，促成书法普及的可能。

书法进校园，关键在于如何有效保证书法教育课的运行，主要包括师资不足和时间保证的问题。笔者在南沙区大稳小学合作办班已经有两年，由学校负责组织学生和提供上课时间的保证，师资由区文联每周两次派书法文艺志愿者进校园支教。目前大稳小学书法教育已在三年级以上班级全面铺开，并取得一定成效。但毕竟这仅是在一两所学校开展，师资力量仍是杯水车薪，明显不足，而且依靠志愿者的支

浮岚吐秀
2014 年
纸本设色

教也不是长久之计，解决这个问题是书法能否真正走进校园的主要瓶颈。至于尚未开展书法教育的学校这些问题就更加难以解决，看来书法要成为孩子们日常课程，还有很长很长的路要走；让书法普及教育成为现实恐怕还只是梦想。为了让书法能得以传承和发扬光大，但愿普及教育这个梦想能在全社会关注之下得以早日实现。如是既是书法传承发扬的福音，更是中华民族子孙后代的福音。

构建没有围墙的书法培训班

　　书法培训如果有场地、有人员组织其实也不是太难。只要有师资，在学校搞个培训班更是易事，但要进行普及式的培训则要困难得多。近年来笔者通过文化广场的平台觉得进行书法普及的培训很有前景。

　　在很多地方都有属于广大市民的文化广场，集休闲、运动、娱乐，甚至商业于一体，是当下城乡社区群众一个必不可少的活动场所。

　　文化广场，顾名思义，当然是具有文化元素的广场。当前很多地方的文化广场活动都开展得很好。如健身舞、大小球场等等，是村（居）民晚饭后的一个重要活动场所。现在的文化广场条件也都不错，时不时在文化广场也有各种主题、各种不同文艺形式的免费文化大餐。人们扶老携幼、呼朋引伴赶往文化广场，或看文艺节目、或参与各类文化活动。虽然这类活动也属文化活动的范畴，但总觉得还是缺少一些可持续不断、并且更具文化内涵的东西。

　　近两年，笔者在基层文化广场中了解到，文化广场的活动，老人与孩子是主要人群，但除了一些广场舞之外，老人、孩子可以参与的活动并不多，具有文化含量的项目就更加少了。记得儿时粤东老家的文化广场经常见到有猜灯谜、写书法、写对联的活动，至今仍留下深刻的印象。今天我们在南沙东涌镇、鱼窝头、黄阁等地的文化广场开设了"让书法走进千家万户"的活动，旨在把书法普及变成一个没有围墙的培训场所，更想把书法的普及真正送进千家万户。这个活动开展一年多来不仅深受群众欢迎，取得的效果也大大超出我们的预期。

我们在每一个片区每个月固定时间举行两场书法活动。由区文联组织一些优秀的书法艺术志愿者以及当地的书法爱好者牵头参与活动，市民爱好者自愿加入进来。现场挥毫，互相探讨交流、互相学习，把书写好的作品任由市民免费索取，目的就是让书法走进每家每户，希望每个家庭都能挂上书法作品，接受书法艺术的熏陶。

周末的夜晚，常有家长带孩子到文化广场活动，针对这个情况，我们在周末的书法活动中，把大稳小学书法培训班的学生也带到广场参与活动，现场挥毫，令在场的家长和孩子在惊叹之余也受到启示，令他们也渴望让自己的孩子也能有机会拿起毛笔写书法，这种示范起到了很好的熏陶作用，吸引更多的孩子加入书法的学习，把文化广场扎扎实实办成一个没有围墙的书法培训平台。

经过一年多的努力，南沙地区的这几个文化广场"让书法走进千家万户"主题活动越办越红火，受益对象遍及广场周边村（居）民，已经成为南沙区文联的一个服务体系，也是一张文化名片，这个书法普及活动源于东涌镇的一群书法爱好者的自发行为，被区文联发现后加以引导和扶持，在该镇文体中心的大力配合下形成一套联动机制，并逐步推广到其他镇区广场，组成书法艺术家联盟，普及推广，最终衍生出"让书法走进千家万户"的常态性活动。活动以区、镇、社区文艺志愿者为主要团队，充分发挥书法爱好者的书写热情，以学校书法培训班的学生为活动亮点，条件许可的情况下还邀请省、市书法名家到场挥毫、现场指导，把整个活动办成一个制度化、常态化的文化活动，现正逐步向有条件的镇、街文化广场拓展。利用这样一个开放式的平台，把这个活动建设成为没有围墙的书法培训学校，让书法走进千家万户，力争做到"家家挂书法、户户有书台、人人懂写字"，在三 – 五年间办成一个"中国书法之乡"；把中华优秀传统文化普及起来、传承起来，没有围墙的书法培训是一条可以探索走下去的路子。

蕉门河冬日
2012 年
纸本设色

从《局事帖》说到书法之美

在 2016 中国嘉德春拍"大观——中国书画珍品之夜"拍卖专场上，宋代曾巩传世孤本《局事帖》以 2.07 亿元成交。这是曾巩 62 岁那年写给同乡故人的一封信。算上落款、日期，该帖共 124 字，按成交价格计算，每个字达到了 167 万元……真正的一字百万金。

惊叹之余，很多人都在问，如此不足一平尺的百字信札因何就能值这么多钱？其实除了炒作的成份外，一件具有价值的收藏品是有其多方面的自身优势存在的。

首先是历史价值。经书画鉴定大家徐邦达考证，《局事帖》为熙宁十年（1077 年）之前，曾巩在通判越时任上书写的信牍，而且流转脉络清楚。历史上，该帖曾被多位名人收藏，并经徐邦达考证著录于《古书画过眼要录：津隋唐五代宋书法》。

其次是该帖的稀有性。据资料考证，曾巩不仅仅是"唐宋八大家"之一，他还是北宋时期重要的散文家、史学家和政治家。更主要的是《局事帖》是曾巩留下的孤品，为他编写《年谱》的朱熹，距曾巩年代尚且不远，竟也穷尽心血，五十年间才得一见其真迹手墨，其稀少可想而知。该帖累经名家递藏，装潢得法，历尽劫波而纸墨如新，可谓千年奇珍、人间孤本，价值自然不言而喻了。

再之就是作品自身的艺术价值。该帖虽说是一封信札，但纸短意长，内容丰富，不仅记录了北宋晚期的历史风云，也牵涉着作者晚年命运的最重大转折，行文一波三折、畅达流利，字迹简严静重、爽垲峻洁，令人回味无穷。从书法的角度看，字形修长、笔画劲挺，明显带有欧阳询以及钟绍京小楷的格局和笔意，其书法自身品味很高。

除此之外，曾巩生前已是名重海内，妇孺皆知，但受党争所累，身后遗墨渺然。这也是《局事帖》受到市场高度关注的原因。当然，还有其他诸多市场炒作的因素则另当别论。

但无论理由有多充分，世人还是会对以2.07亿元成交的《局事帖》有诸多的不理解，倘若曾巩老先生泉下有知，自己的作品拍出如此高价，又会作何感想呢？

其实除了《局事帖》以外，中国书画拍卖价格超过它的还有黄庭坚《砥柱铭》成交额：4.368亿；王羲之草书《平安帖》成交额：3.08亿。只是字数比《局事帖》多，平均字价相对低，这两个作品也是散落民间的最重要的书法瑰宝，它们都具有"历史性、稀有性和艺术性"的共同特点。

纵观这些个超亿元的作品也是可以从中看出这些书法之美的共通性。唐代孙过庭书谱里说："羲之写《乐毅》则情多怫郁，书画赞则意涉瑰奇，《黄庭经》则怡怿虚无，《太师箴》则纵横争折，暨乎《兰亭》兴集，思逸神超，私门诫誓，情拘志惨，所谓涉乐方笑，言哀已叹。"这种内心情感在书法里表现出来，象在诗歌音乐里那样。中国书法的这种特点是别的民族所没能达到的境界。

韩愈在他的《送高闲上人序》里说："张旭善草书，不治他技，喜怒窘穷，忧悲愉佚，怨恨思慕，酣醉，无聊，不平，有动于心，必于草书焉发之。观于物，见山水崖谷，鸟兽虫鱼，草木之花实，日月列星，风雨水火，雷霆霹雳，歌舞战斗，天地事物之变，可喜可愕，一寓于书，故旭之书变动犹鬼神，不可端倪，以此终其身而名后世。"张旭的书法不但抒写自己的情感，也表出自然界各种变动的形象。这些形象在他的书法里不是事物的刻画，而是情景交融的"意境"，象中国画，象音乐，象舞蹈，这是个生气勃勃的自然界的形象。这种"因情生文，因文见情"的字就升华到艺术境界，具有艺术价值而成为美学的对象，因此具有流传的价值，《局事帖》亦然。

好字要经久耐看，越看越好看，我国著名美学家邓以蛰先生提出："无形自不能成字，无意则不能成书。"这句话提出了书法艺术的灵魂。看看那《局事帖》《平安帖》《砥柱铭》，活生生的线条，妙趣无穷的字体，虚实相生的布局，五彩缤纷的墨色，达情性益心灵的风神，处处表现出一种美的"书味"，当能流芳千古。

大七孔天生桥
2013 年
纸本设色

弘扬书法重在应用

　　炎炎夏日，历经十二年寒窗的学子，心里更加火辣辣的，为的就是等待一页《高考录取通知书》。近日，陆续有人晒了出来。陕西师范大学老教授手写的新生录取通知书被称为"最值得珍藏的录取通知书"，封面为陕西师范大学长安校区图书馆，封底为雁塔校区图书馆，内页则是老教授手写的新生录取信息，凸显出书香师大浓浓的情怀。这则新闻在网上被传得颇为热闹。而事实上，陕西师范大学用毛笔为新生书写录取通知书已坚持了十年，与其说是新闻，倒不如说是人们对书法的认识有了一个实质性的提高。

　　一方面是陕师大这种手写录取通知书已坚持了十年，成为了常态化的传统举措。这一做法，实在已不属于新闻；另一方面，对于中国人来说，用手写录取通知书，就象中国人用筷子吃饭一样普通得不能再普通的一件事儿，当然也算不上新闻了。之所以这么一件本来很平常的事情会变成新闻的噱头，折射出来的问题倒是值得反思。

　　汉字，承载着文明的曙光，从远古走来，它穿越了一个又一个朝代，走到了我们面前。汉字，在当今世界，独树一帜，是华夏文明的原始基因。书法，作为一种艺术，不仅传达着个人的才情气质，也承载着时代的精神气象。被后人广泛推崇的书法家，莫过于王羲之。其书法形质坚毅，神采俊朗，洒脱飘逸，行云流水，骨气与逸气并生，法度与风度共存，就是坦腹的气质也能坐上东床，笑笑。

其实，这是王羲之个人的学养与书法造诣使然，当然，也与那个时代相关。因为那是一个文化自觉的时代。魏晋时期政治动荡专制，士人不再倾心仕途，反而有意疏离权力，寄情山水，追求不拘礼节的闲适与放达，清高脱俗，"竹林七贤"的出现就是典型代表！

书法，貌似写字，但也不仅仅是写字。西汉学者杨雄说："言心声也，书心画也。"书法是心迹，也是时代精神气象的载体。如果说书法是汉字的舞姿，那么，这舞姿摇曳的正是书法家的心性，也是时代的精神气象。梁启超认为："中国书法的美是线的美、力的美和表现个性的美"，他说，"美术的一种要素是发挥个性，而发挥个性，最真确的莫如写字。如果说能够表现个性就是最高的美术，那么各种美术，以写字为最高。"卫恒《四体书势》说："昔在黄帝，创制造物。有沮诵、仓颉者，始作书契，以代结绳，盖睹鸟迹以兴思也。因而遂滋，则谓之字。"汉字六义：曰指事，曰象形，曰形声，曰会意，曰转注，曰假借。汉字的发展和无穷组合，造就了中国文化的辉煌灿烂，造就了五千年的中华文明。一部中国书法史，是一部汉字的发展史，也是一部中国文化史。博大精深的中国书法，就是中国文化的基础和缩影。

黄庭坚的书法若没在"苏氏集团"中的悠游，没有他对道禅哲的领会，没有他顿悟江中的撑舟荡桨，他书法风格的独特面貌也不会出现。书法当观"韵"，韵不是形式感的问题，还是内在情性的东西。"意在笔先""书在写意"才是中国艺术的本质，这也是体现中国书法艺术的特征。

我们的国宝大熊猫，因稀有而加以保护。书法是我们中华民族之国魂，是我们文明进化史的符号，是先人智慧的结晶，在各个时期都发挥着它无可替代的作用！作为文字符号，书法是人类史上的奇葩，它的魅力无限：优雅，又或雄浑，也或刚直、豪放、严谨……，让人畅游其中，灵魂跟随其跳动，美不胜收……

中国书法之所以成为中国艺术最典型的表现形式，正因为它是"写意的"中国艺术最典型的表达，表现的不仅在于它的线条，而且在于它更加注重情性。"手写录取通知书"受到青睐的原因正是融入老教

东濠涌颂
2012 年
纸本设色

授们的情性而引发新闻的追捧，而日常生活应该融入更多的具有情性的书法应用，尤如中国人吃饭用筷子一样普及。在应用中传承书法、弘扬书法，陕西师大的"手写录取通知书"做到了，我想这是对手写录取通知书成为新闻所应该的深思。

以文载道

曼珠沙华
2017 年
纸本设色

真学问是坚持出来的

上周末笔者跑了一场五公里的迷你马拉松，由于不常参加运动，一出发就明显感到两小腿开始有痛感，跑出了一公里左右小腿就开始不听使唤，刚好比赛路线经过家门口，此时真的很想停下来放弃比赛，不过这个想法也只是一念而已，看着整个跑马拉松的队伍不断向前，我硬是坚持跑下来，当然到达终点那一刻的兴奋足以抵消腿部的疼痛。

回家后两腿疼得更加厉害，于是躺在凳子上想着比赛的过程、比赛的乐趣以及参赛伙伴们热情四射的激情。由此也想到跑马拉松全程选手的艰难，想着想着，也就想到了人生，想到了艺术。

想想人生走一回，不也是像跑一场马拉松，从起点出发，一路小跑、加速、疲劳、坚持、到达终点的过程。而在这一过程中其实最重要的就是遇到任何艰难困苦的情况下都能坚持下来，一步一步走完自己的人生。再往艺术方面去想，艺术不是就事论事，而是通过艺术之道探索人生，艺道方长，艺术之路同样也是一场马拉松，谁能有毅力坚持攀登，也便有机会达到艺术的高峰。

艺贵坚持，真学问是坚持出来的。怀素在木板上练字，把木板写穿了，可见苦练的程度，正因为有这样的坚持，才有千百年不倒的怀素书法；智永和尚写字废掉的毛笔成堆，日积月累竟然要为他的秃笔造一座笔塚，个中艰辛，只有他自己知道，但艺术造诣却能留芳千古。

王羲之的书法艺术成就更大，而他长期勤奋好学的故事更是人人

家在乌江小龚滩
2014 年
纸本设色

皆知，17 岁那年，他把父亲秘藏的前代书法论著偷来阅读，看熟了就练着写，每天坐在池边练字，送走黄昏，迎来黎明，写完了不知多少墨水，写烂了不知多少的笔头，每天练完字就在池水里洗笔，天长日久竟将一池水洗成了墨色。所以说真学问是坚持长期苦练出来的，不是信手可以拈来，更是做不得假。

当下各色各样的文化快餐和流行艺术不断消蚀着传统文化的存在，追求浅薄的审美趣味和急功近利的观念毫无节制地成长起来。可悲的是，很多画家、评论家却津津乐道，叙说着当前中国画的"辉煌"。不少画家已远离了艺术作为表达个人对宇宙、人生、社会的独特感受的本质，脱离中国画的艺术精神，忘却真正的艺术追求。

中国传统美学追求的至高境界是天、地、人相契合的生命精神所在。艺术家需要长期对宇宙自然的体悟，体悟自然的神圣与美妙之境，进而通过笔墨语言表达出艺术精神，慢慢积累并穿透表面形象，直达内心深处，以生命传达艺术意境。对画家来说，艺术已经不仅是一种体力的劳作，而是生命个体对宇宙大自然感应后的情感抒发。

寂寞本是人生一种孤独与落寞之间的思绪，这对于普通人来说是应该避而远之的，但对于艺术家来说，寂寞应该成为一种独特的心境。因为真正的艺术创作需要慎独、清静、冥思、深悟。要想成为名副其实的画家，就必须在自己身上找到自我，回到自己的内心深处，找回自己与生俱来的真性情，这时候要的就是坚持。

齐白石说："夫画道者，本寂寞之道。其人要心境清逸，不逐名利，方可从事于画。"有思想的艺术家，甘于一生的寂寞，方能成就离尘脱俗的画作，没有耐得住寂寞的毅力无从谈艺术。

有人问，艺术不就是随意涂涂抹抹，有那么孤独？我想只要你拿起毛笔，扎扎实实地或写、或画上十天半个月，你就不会这么问了。艺术，是一段孤独的探索旅途，或许跑上一趟马拉松就会有所悟。

人书俱老，是艺术家的终极追求。文徵八十高寿仍坚持小楷、黄宾虹衰年变法等等，莫不在寂寞与坚持中度过。而他们的艺术成就无不在这细品滋滋有味当中、几十年如一日的积淀！

有毅力坚持下来的艺术家才有可能获取真学问，其人格魅力是无限的，或博学多才，或谦虚忍让，或宽大胸怀。与真正的艺术家交往，是怡悦情性的，而艺术家自己的一生则是充满着痛并快乐，大概跟跑马拉松的感觉应该是一致的。人生也好、艺术也好，都像是跑一场马拉松，慢慢来。

美术馆是放飞心情的好去处

　　一个人的情怀，闲来无事对镜贴花黄，在于花花草草，穿衣打扮。行走于青山绿水间，看远山粉黛、流水潺潺，苍松翠柏、蜂飞蝶舞，在人生各自的世界里，天地共存，山水相依。却不知何时喜欢上"采菊东篱下，悠然见南山"的意境，寻一处幽静，守一分悠然，独享一份惬意：偶尔有氤氲环绕，时常有鸟鸣，一花一世界，一树一菩提，对一个凡人来说，这也算是一种心灵的皈依吧！

　　然而对于生活在都市的人来说，要想过"采菊东篱下，悠然见南山"的生活却是一件不容易的事情。闲来不妨走进美术馆，寻找艺术的空间，抑或是个不错的主意。

　　艺术即使不是整个时代的写照，也是一个民族超越功利的精神风骨，是浮华烟云散去后的真我，在喧嚣的回声中，为安顿自己的灵魂留下一块理想之地。

　　在越来越强调素质教育的今天，除了传统的专业培训，美术馆不仅是成年人的心灵庇护所，更应该是儿童开发美学教育的最好课堂，当下有些美术馆开办的公共美学教育项目更是受到越来越多的家长和孩子的青睐，所能学到的知识涵盖面广，收效大。

　　广州艺术博物院今年就开展了系列的公共美学互动教育，有陶艺、有小小讲解员培训和实操讲解、有艺术坊、有小手工、还有绘画临摹、书法夏令营等等。让孩子们在参观欣赏和玩的同时学到很多课本里没有的东西，还能有机会接触到艺术名家大家，深得家长和孩子的喜爱。这是美术馆进行艺术美学教育一个有益的开端，我们何妨也走近看看。

美术最大的优点就是培养人们的审美能力和丰富的想象力，美术馆大量的美术作品展览是启迪孩子们丰富想象力的最天然资源。以水墨艺术为例，从作品构图看，每个朝代每个作者都有鲜明的特点，开始的作品只有景没有人，后来是景小人大，再后来变成人小景大；接着讲究什么山搭配什么水，颜色也不一样，到后来以黑白灰为主调的过程都有明显的时代印迹。还有笔法的变化，随着时代的变化也有不同的发展，这就是一部完整有序的山水画发展史。

如果再仔细观赏，则作品中的题跋、印章等的鉴赏也有很多学问，更有意思的是每一幅好的作品还有耐人寻味的故事，有作者的感受，也可能有爱情、有友情，或者作者特别的情怀。从作品的题跋中或许就是作者留下创作那段时光的痕迹。所以在美术馆看展不仅是对绘画的欣赏，也是心境的陶冶，更是对艺术史和社科史的了解。

清代画僧龚贤在《辛亥山水册》的自题中指出："此有真境，不得自楮墨间。"寒林寂寥，乱石点点，苔痕斑驳，云水苍茫，这超越笔墨的，是以画家生命所呈现的精神体验和唯美意义上的真境。中国美学是一种生命安顿之学，咫尺山水，在中国绘画中表达的不仅仅是对大自然的依恋和热爱，更多时候，是一种精神上的呈现和归隐，是生命的慰藉和升华，是心灵的自由放飞，是探寻生命意义的皈依。

中国哲学是一种生命哲学，它将宇宙和人生视为生命，对这个生命的超越是中国哲学的核心，由此而产生的美学具有突出的重视生命体验和超越的特性。中国美学不以认识外在美的知识为重心，而强调返朴归真，由知识的沉淀，进而体验万物，连接天地，把自我和万物融为一体，从而获得灵魂的归宿。

看画，就是玩啊，来美术馆就是玩，以玩的心态才能真正热爱，在热爱中学知识。看画展是一件很有意思的事情，不体会你不会懂。心中自有真境界，天地之大美，心包太虚，体察万物，才是真正的大气象。我们惟有在艺术中看见万物的天然真相，每当用全新的眼光来创作艺术、欣赏艺术的时候，我们的心境豁然开朗，自由自在，天真烂漫。好比连续加班工作之后遇到一个长假日，这时候才感到自己的自由。鉴赏艺术，可得自由与天真的乐趣，找时间走进美术馆体验一下吧。

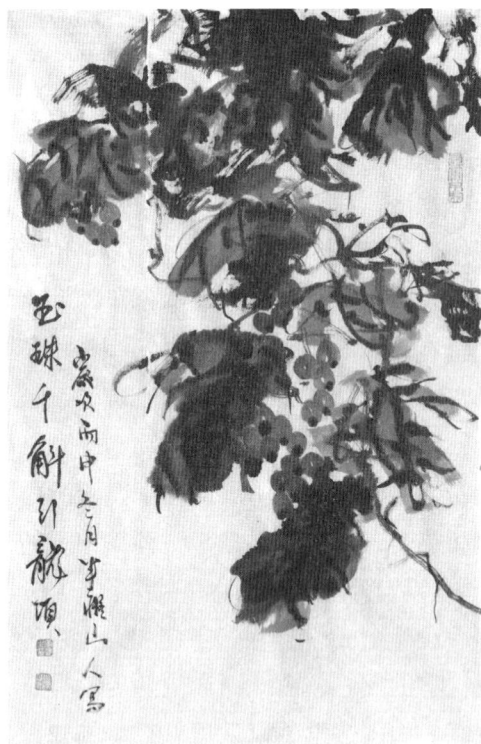

玉珠千斛引龙顷
2016 年
纸本设色

以文载道　以文化人

　　这两天文艺界刷屏最多的当数全国第十次文代会和第九次作代会的召开了。习近平总书记的讲话强调"高擎民族伟大复兴火炬，吹响时代号角；筑就中华民族复兴时代文艺高峰"的主旨，把文艺提高到"文运与国运相牵，文脉与国脉相连"的高度，这对于文艺界和文艺工作者来说是非常鼓舞人心的大事，是文艺家的福音，也是人民的福音！

　　习总书记再次把实现中华民族复兴的中国梦作为文艺工作的首要任务，强调文艺工作的不可替代，文艺工作者大有可为；文艺要反映好人民的心声，就要坚持为人民服务这个根本方向；人民是创作的源头活水，随着生活水平的提高和生活方式的转变，不仅文艺创作要多元化，服务的方式也要适应人民的需求。

　　深入生活，扎根人民。指的不仅是文艺创作要"深入生活"，关键还在于文艺服务要"扎根人民"。只有坚持创作的深入生活和文艺服务扎根于人民相结合，才有可能促进文艺的繁荣。而"深入生活、扎根人民"，归根结底就是要求文艺工作"接地气"，把文艺服务于人民落到实处。

　　从供给侧改革的角度上来看，文艺的繁荣不仅在创作方面要出高峰，表现在文艺服务大众方面也要接地气。要让老百姓真心感受到文艺的服务就在身边，人们在文化活动中获得需求上的满足，在精神上有幸福感存在。

海珠湖春晓
2012 年
纸本设色

　　文艺是民族精神的火炬，是时代前进的号角。可以说，文艺存在的根本价值就体现在于人民的需求。随着经济建设的快速发展，人们精神文化需求日益增长，文艺发展的动力和空间越来越大。笔者认为，在作好文艺创作的同时，很重要的还是要把文艺更好地面向基层、服务百姓，把文艺服务的重心下移。

　　中华民族文化传统自古有"以文载道、以文化人"的重要作用。由于意识形态的复杂性，文艺作为一种导向性标杆显得越来越突出。要赋予文艺健康的内容，让老百姓从文艺中明白什么是肯定的赞扬，什么是否定的批判，从艺术中感知是非曲直，使文艺起到"文以载道、文以化人"的作用。

　　笔者长期从事农村基层文化工作，对于"文以载道、文以化人"的内涵颇有体会。农村对于文艺的渴求是十分迫切的，当下乡村文化设施的硬件建设总体上已有所改善，软件上主要是以亲民近民的活动，举办群众喜闻乐见的特色文化项目，吸引百姓走出家门，参与到我们提供的文化活动和服务中来，达到真正惠民利民的目的。粤剧是广东的地方戏种，深受珠三角地区以及粤西一带的粤语地区民众喜爱，逢年过节更是把看大戏当做年例的习俗，他们把看戏视为幸福指数的一部分。有一次，村民为了看戏，把原本争论得很激烈的征地问题竟然搁在一边，说是看一场省城来的大戏不容易，征地的事第二天还可以再谈。据说，第二天的谈判的火气消了许多。至于闻知有大戏而赶上十里八乡的更不在少数，有时遇上刮风下雨，打着雨伞看戏更是深深打动台上演职员。可见民众是多么渴望文艺的精神粮食啊。

再有就是组织书画家服务于大众。我们开展书法广场，影响面非常广泛，一个书法广场惠及面可达一两万人口。这样的文化活动村民喜闻乐见、非常欢迎，更乐于参与，尤其是带动了很多在校学生参与书法学习。我们对此提出："家家挂书法、户户有书台、人人会写字"的目标，促进书法氛围的形成。通过开展这些文艺活动，实现文以载道、文以化人，使得村落、社区形成良好的文化生态环境，增进人与人之间的融洽相处，让浮燥喧嚣的环境变得安宁和谐，让人们心灵得到抚慰和安放。

文艺家扎根人民，从人民中汲取养分，创作出反映生活、讴歌人民的作品，而后回馈给生活，其最终目的就是"接地气"，回到人民当中，为人民服务。只有把创作和服务结合在一体，促进文艺繁荣才能落到实处，文艺家把复兴的宗旨贯穿于日常工作和生活当中，坚持做到胸中有大义、心里有人民、肩头有责任、笔下有乾坤，才能真正的担负实现中华民族复兴中国梦的重任，才能不辜负总书记的殷殷期望。

把诗性激活

新年伊始，中央电视台热播的《中国诗词大会》引发了社会的广泛关注，中国诗词以及中国传统文化成为大众谈资。要说中国的传统文化，首先是中国传统文化中的精神和理想。中华民族筚路蓝缕，历经五千年，正是得益于这种传统文化精神和理想的丰厚滋养。

中国传统文化非常独特，历经五千年，积淀了很多共同的文化认知，赋予了对事物相同的感受，根植于中国的地理环境、民族传统、日常生活和价值追求之中。从世界文化来看，一种传统文化如果能够绵延几千年，并长期保持活力和自我"造血"的能力，这种文化哺育的民族必然有期望、有发展。在修身、治国、平天下的基本思想理念形成之后，中国传统文化主张"中和崇德、道法自然、以人为本"，并通过诗词表达出来。今人品读古诗句时，往往通过一个简单的物象，便能感受到诗里丰富、浓烈的感情和意境。

中国文学四大名著以历史的兴衰，社会的炎凉，事件的传奇；人物的悲欢等等故事或撼动人心、或怡人耳目、或消人愁闷，其所蕴含着的人生哲理，更是给人以警醒和启迪。而在各自开篇诗词中，更是蕴含着作者对世事人生的感悟，荟萃着一些精彩的醒世真言，可以"正得失，动天地，感鬼神"，读来颇有兴味，这不能不说是诗词魅力所在，是诗性激活了故事。诗，让我们的心灵不死！

读古诗可以让人内心平静。记得有老师说过：篆体"诗"字的右半边上面的"之"好像是"一只脚在走路"。在"之"字下面画一个"心"："当人们想起家乡的亲人，想起家乡的小河，就是你的心在走路。如果用语言把你的心所走过的路说出来，这就是诗啊。"这是对诗最本真的认识。

诗是感情的凝聚："离别时写你的悲哀，欢聚时写你的快乐。"读伟大诗人的优秀作品有莫大的好处，会让人在不知不觉中提升自己。在这喧嚣的当下，诗可以让人内心平静。

读诗的时候，诗人是你的朋友，李白、杜甫、白居易尽在眼前，李贺、陆游、陶渊明也在眼前……"假如把生活中的忧伤用诗来表达的时候，你的忧伤就会变成了一个美的客体，就可以借诗消解了……"

吟诵是实现与诗人心灵交流和感应最好的方式，中国古典诗词的生命，就是伴随着吟诵而成长起来。古典诗词中美的特质，与吟诵密切结合在一起，在吟诵中"感受诗人的心魂"，是诗性被激活了的表现。

诗词文化是民族的血脉和精神家园，是中华文化独一无二的理念、智慧、神韵和气度，她源远流长、光辉灿烂。把诗性激活，是体现中华民族 5000 年文明发展中孕育、积淀着的最深沉的精神追求，也是体现具有中国特色、中国风格、中国气派的文化，更是一种文化自觉和文化自信的表现。

中国人的诗心一直存在，但需要被激活。《中国诗词大会》在国人中引起了一股诗词热，诗性被激活了，这正说明古典诗词确实是中国一张最引人注目的文化名片。中国人喜欢诗，这种喜欢已经深入到骨髓里去了。古典诗词随着国学热的兴起与对传统文化的大力提倡，又逐渐占领人们的阅读领域，回归人们的生活视野。

国人的诗心不灭，中国诗词的文化精神在国人的心中真正扎下根来，在古人诗词中照出今人的精神缺失。浮躁的社会中，太需要一股诗意的"清流"来涤荡，诗词一直活着，而且正在点燃中国人的诗心，重拾传统文化之美。把诗性激活，能提高国人自觉地规范使用国家通用语言文字的意识和自觉传承弘扬中华优秀文化的意识。

"月上柳梢头，人约黄昏后"。《中国诗词大会》让大家再次回眸传统文学的精深、博大，让我们从忙碌的现代生活中停下来享受这春暖花开。"我有一壶酒，足以慰风尘"。回到本真，凝眸诗意的初心。

南沙体育馆
2010 年
纸本设色

看画展不是赶“嘉年华”

国庆节前夕，北京故宫博物馆传出了重磅消息，阔别十年的国宝——北宋年间画家张择端的《清明上河图》将再次在故宫武英殿全卷展开展出。一时间，企盼一睹国宝芳容的来自全国各地乃至世界各个角落的粉丝蜂拥而至，武英殿展区人龙见首不见尾。据说要排上六七个小时才能有机会与国宝见上一面，展柜前更是人山人海，参观者也就只能匆匆一瞥。是喜？是忧？

喜的是国人对传统文化及历史文物的兴趣度和关注度明显提升；忧的是本来一个好好的艺术展览一不小心变成了一个民间“嘉年华”了。

看艺术展览本来是应该有一个很好的心情，在一个很好的环境下慢慢欣赏、尽情享受。可经历了数小时的排队、拥挤和等待，不知道还有多少心情再去欣赏心中的国宝，更何况在展品前也就只能停留不超过一分钟，人挤着人，后面推着前面走，前面一个劲往前挪移，未及看清国宝容颜已经被挤出局，好不容易来一趟京城也只能是凑个热闹，看国宝变成了赶集“嘉年华”。

笔者原本也想利用国庆节长假前往观摩这次国宝展示，奈何节前看到这个报道之后，还是被吓退了奢侈的梦想。

观画展，尤其观看这种具有历史价值的展览绝对不能随大流、盲目跟从赶集，更不能象“嘉年华”一样前呼后拥，只为看一眼、赶潮流，而忽视看展览的真正意义。观赏类似的展览一定要提前做足功课，是来感受历史气息呢，还是来接受艺术熏陶？至少要有个目的，对展品的历史背景、艺术特点有个初步的了解。当然，艺术欣赏能力的提高需要有一个过程，公众对这样一个展览开始感兴趣是一个好的开端，很有正能量的作用，只是相关部门在做这种好事的时候应尽量做得更加尽善尽美一些。

其实，即使一般性的展览也都存在同样问题，尤其是开幕式往往也是赶集式"嘉年华"。主办方希望来的人越多越好，级别越高越显气派，这个想法对于主人翁来说是可以理解的。如果你是被邀请之列的嘉宾前往捧场当然也是应该去的，无可厚非。但假如你确是为了观赏展览，那么笔者还是劝你在不热闹的时候再去参观，那样才是真正的捧场和观赏的人。开幕式上的热闹大多都是为了应酬，与新老朋友见见面、露露脸、打打招呼，说白了就是个社交场合刷个存在感而已。那个环境之下，有心看展之人不来也罢。

当然，这样的开幕式"嘉年华"与故宫看国宝的拥挤在意义上还是不一样的，毕竟看国宝还带有一种历史情结所在。对于这么难得的观赏国宝机会，无论是展品的艺术价值还是历史价值，不说千载难逢，但至少也是十年一遇。大家慕名而来、趋之若鹜，以致"踏烂"故宫门槛，把展览办成"嘉年华"恐怕也是主办方所始料不及的。

对于书画家和书画收藏家而言，看古代作品真迹是一门必修课，那种与古人面晤、对话的机会令人神往。能有条件看到原作绝不放弃，更何况是十年才有可能展出一回的国宝，试想人生又有几个十年啊？

现场的观众大多是为了"朝觐"十年一展的《清明上河图》。然而，对于一般观众而言，除了感受展品的历史气息外，如果不是为了研究，其实大可不必去凑热闹。以现代科技的发达程度，完全可以在电脑上看到高清大图，效果更加清晰、细节更加清楚，欣赏效果远比身临其境好得多。

而事实上，这次故宫的展览还有很多展品被观众忽视，《石渠宝笈》中的诸多宝贝也在同期展出，如隋代展子虔的《游春图》、唐代韩滉的《五牛图》、以及三希堂里东晋时期王珣的《伯远帖》、顾恺之的《洛神赋图》等等，都是难得一见的珍品。可是参观者大多只是匆匆而过，有的甚至未及一瞥，甚为遗憾。皆因参观者只为附会"嘉年华"而已，并未对展览认真做足功课，也没能真正发现《石渠宝笈》在中国久远的著录长河里沉淀下来的独特之处，把展览的真正意义给弱化了。

话说回来，这个展览如有条件，我也还是渴望见上一见。

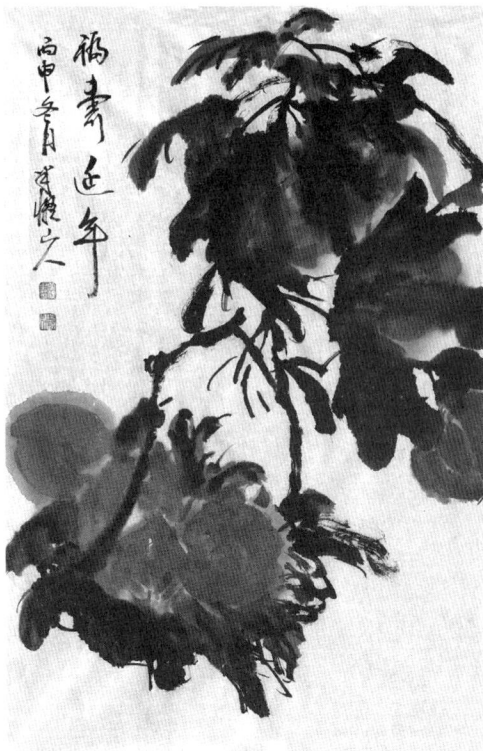

福寿延年
2016 年
纸本设色

文化气质是社会正能量的助推器

随着快速的城市化进程，城市的高楼大厦、桥梁交通正飞速发展，而城市本应更加注重的城市气质培养却似乎并未得到足够的重视，甚至于有官员认为那些是锦上添花的事情。

前些日子，欣闻广州市的领导到市文联调研，感叹其"寒酸"，且有点"藏在深闺人不识"。同时，他还认真听取广州市文联主席乔平的诉说：缺乏活动场地是长期以来困扰市文联的一个难题，现在开会、排练、表演、创作、展览都要租用外面的场地，成本不菲。对此，这位领导当场表态，可以考虑在规划中的岭南大观园内建设"广州市文艺家之家"，作为市文联配套活动场地。

领导的表态，虽说只是"考虑"，但作为艺术家，我已深深为之雀跃。文艺界幸甚！

文联是政府联系艺术家的桥梁，而艺术家为人民群众服务，也是体现政府联系人民群众的桥梁作用。给艺术家一个创作、表演和展现的"家"似乎就是构建这座桥梁的桥基。领导走群众路线，有眼光。

当前，全国正在为实现"中国梦"、建设"美丽中国"而努力，推动文化发展更上一个台阶正合时宜。提高城市文化气质培养，实际上所涉及的内涵主要包括历史传统、民风民俗以及各类有形和无形的文化遗产。文艺界作为社会主义精神文明重要表现，是推动社会整体进步和提高人的精神风貌的一种社会正能量。文艺界繁荣与否，理当是衡量一个城市文化气质的重要指数。

近年来，国家发生重大灾害时，上第一线抢险救灾的是子弟兵，而在后方募捐拯灾第一线的一定是艺术家。演员义演、书画家作品义卖……文联与艺术家的桥梁作用凸现。

房地产商、汽车商捐的是物资、钱财，是他们产品的变现，而艺术家捐的是作品，同样也是他们劳动产品的变现，当然都是爱的奉献。

文化艺术还是社会和谐的一服"安定剂"。中医学《黄帝内经》在《素问·四气调神大论》中提出："是圣人不治已病治未病，不治已乱治未乱，此之谓也。夫病已成而后药之，乱已成而后治之，譬犹渴而穿井，斗而铸锥，不亦晚乎。"笔者曾经组织一次粤剧下乡演出，观众热情自不必细说。竟然有邻村村民停下正在进行的征地洽谈跑来看戏，他们说：征地补偿虽然涉及个人利益，但错过今晚看戏就不知待到何时？所以要先看戏。令笔者真心感到：在维护和谐社会中，有时候艺术家所起的作用并不比警察逊色，以文化艺术维稳正是社会稳定"治未病"的高明之处。

文化发展水平和繁荣程度是一个民族思维能力、精神状态和文明素质的重要体现，也是国家软实力、综合国力和国际竞争力的重要标志。改革开放三十多年来，我们的经济建设取得了巨大成就，但在发展过程中却出现了一条腿长一条腿短的畸形发展。文化软实力不行，其整体实力肯定也不行。为此，加强社会文化和道德的建设，促进文化繁荣发展，是加强软实力建设的重要一环。

艺术家自觉地、有激情地进行文艺创作，是一种负责任的态度。虽然说亭子间可以出作家、咖啡厅可以出作家、流放地也可以出作家，但如果条件许可，能为艺术家提供一个好环境，我相信一定更能出作家、出画家、出音乐家、出舞蹈家，而且也很需要有一个场所给这些"家"用以表现他们的才华和作品。"中国梦"不是一句口号，艺术家的艺术成果是实现"中国梦"的精神支柱和动力源泉，提高文化气质是社会正能量的助推器。落实和开拓这一动力需要政府的支持和统筹。从当前文化建设的软、硬件，包括思想认识、体制机制、队伍建设以至场馆设置都远远不能令人满意。所以，很有加大建设力度的必要，为实现"中国梦"和中华民族文艺的复兴迈出扎实的一步。

乔平主席向上级领导反映艺术家的心声，领导善解人意，明白艺术家诉求的重要性和必要性，当场提出解决办法，这就是在走群众路线，实现"中国梦"可期。

水乡夕韵
2010 年
纸本设色

文艺批评的高贵姿态

著名艺术家黄永玉老先生自述："沈从文的严苛批评激励了我一生。"说的是上世纪 60 年代，黄为完成某报刊编辑部的约稿而刻一幅木刻插图，发表后，自己也感觉太仓促，不是很满意。看到这幅插图，表叔沈从文特地来到家中，狠狠地把他批了一顿，大意是："你看看这像什么，怎么能够浪费生命，你已经三十岁了，不仅没有艺术的味道，也没有技巧，看不到工作的严肃性，准备就这样下去吗……"

几句话说完，沈掉头走人，留下铿锵声音的回荡，令黄永玉感到羞耻："这给我打击很大，至今想起都觉提心吊胆，但这句话影响了我一生，也激励了我一生。"在受到严重的打击后，黄永玉从摔倒的地方爬起来，又往前走，没有耽误事，也没有停下来哀叹，而是把这种打击，作为对自己的激励，从而造就了一代大师。

当今，文艺的批评，就是缺乏像沈从文批评黄永玉这样既中肯而又善意的话语。所以，也很难有起到激励的作用。有的批评家动辄以法官的角色自居，而有些则在各种私利的驱动下，完全撇开艺术的本身，只讲好话。这样的批评，实为"擦鞋"，败坏了艺坛的风气。

时下办展览，几乎必有研讨会，而请来的专家，级别高低，则意味着展览的分量。专家来了，出场的潜规则是有的，来了只讲好话，对毛病的描述，则轻描淡说，甚至不说。没有对艺术家中肯的"打击"，又哪来激励呢？更有一些批评，显然设置了程式化套路，也不是真刀真枪地提出个人观点和评论，而是像舞台中的打斗场面，事先进行排练、对白。这种批评读来乏味，对艺术的发展也无任何的帮助。

艺术的批评本来应该是独立的、有尊严的艺术创造。虽然批评没有绝对的客观标准，而只是批评家自身人格的完善。批评家与艺术家是一种彼此平等互相尊重的关系，批评首先是鉴赏作品和完善人格，要对艺术家及其作品进行解读，是以鉴赏的目光来谈体会，是对艺术进行客观评价，而又不存在绝对的权威。既不粗暴地对待，也不过分地夸大。批评家与艺术家应该建立一种互相信任和互相尊重，批评需要细心发现对象的优点和艺术风格，对有悖于艺术规律的东西以必要的严厉批评。既要以一种宽容的心态保护艺术家的理想和热情，也要做好不同观点的勾通，让真诚成为批评的典范。

宽容、独立、平等是文艺批评的准则，一篇好的评论文章本身就是一篇精致的美文，潇洒、从容的随笔文体和细腻、华美的鉴赏文字令人读来回味无穷，尤其是独特的艺术思维和话语都有充分的感悟，描述出艺术的内在生命。批评套路灵活、随意，侃侃而谈，引导读者和观众一同欣赏艺术品的内涵、感悟艺术的生命力。高水准的批评家会以抒情的、诗化的语言烘托出作品的意境和美感，进而使读者和观众产生共鸣。

当然，批评家自身修养以及博学是其能否准确评论的重要保证。最近读了著名评论家陈传席老师点评黄君璧的一篇小文，他说："黄君璧传统功力不深难成大师。"听来似声炸雷。黄乃"渡海三家"之一，曾亲炙宋美玲学习绘画。张大千、溥心畬去世后，黄更独执台湾画坛牛耳，成为唯一领袖人物。而陈老师竟称其难成大师。然其文客观详细总结分析黄一生绘画历程，令人信服。

在古代，"人"这个本体，需要深厚的"工夫"来修成：通过诵读四书五经获得见闻之知，此为后天工夫；通过对何者为人的自省获得德性之知，此为先天工夫。古人重德性而轻见闻，虽令许多人吃尽苦果，然而以这两种功夫修炼人性却是值得继承和弘扬。《论语》说："博学于文""行己有耻"。前者教人要获得谋生和发展的实际本领，后者教人懂得做错了事要有羞耻感。能够做到这两条，就算有了做人的资格，再进一步，方有可能有文艺批评的高贵姿态。

山月
2010 年
纸本设色

艺术教育需要反思

当今画坛，常见的评论或自叙，多有"幼承庭训"，或"从小爱好习画"云云。对于此等评价，羡煞笔者。能有条件"幼承庭训"自是出自不凡的家庭；"从小爱好习画"是想表达有画画的天分。这本无可厚非，非的是当今有的家长为追求此种"幼承庭训"逼迫孩子进行"从小爱好"。

其实，真正能成为大家的也未必就都是"幼承庭训"和"从小爱好习画"，需要的是"天分"和勤奋。

元四大家中最孚众望的大画家黄公望，学画生涯起步就较晚，然而由于生活坎坷，寒暖自知，所绘山水，必亲临体察，画千丘万壑，奇诡深妙，至晚年画就旷世名作《富春山居图》长卷。

当代大画家齐白石二十岁时还是木匠，因偶然借得一套《芥子园画谱》，才成为他学习山水画的启蒙教材。对于他来说，一个没有钱、没有地位的乡村木匠，而有后来的成就，与其天分和勤奋是分不开的。

渡海三家之张大千，可以说是幼承庭训，先天条件不错，但他为实践石涛"搜尽奇峰打草稿"的格言，27岁开始遨游天下名山大川，吸取大自然灵气，为他后半生的艺术创作打下腹稿。40岁时，张大千远赴敦煌研究壁画，历时30多个月，临摹200多幅壁画，使得艺术上的升华。这种天分与勤奋对于后来的艺术成就起到了决定性作用。

今时今日，无论起点的幼儿教育，还是大学院校教学都纷纷膨胀，各种培训班、兴趣班缤纷扰攘，风起云涌，此等艺术教育完全脱离艺术学习的本质。各类院校纷纷成立美术专业，大量招收艺考生，而专业美术学院也不断扩招，把原来一个国画班从十几个学生变成五六十个学生，而老师还是那么几个，出去写生的队伍浩浩荡荡。

究其原因是现在的艺术教育已经向产业化发展，多种艺术机构都在觊觎"艺教"这块蛋糕。千方百计抢夺生源，至于培养出来的学生是否有能力从事美术专业则只有天知道。对于家长与学生来说，根本就不存在"自幼爱好"的想法，只不过认为"艺考"的文化课容易过关而已，这种认识恰恰是当前艺术教育的悲哀！本来从事艺术的人必须是具有深厚文化素养，对于中国画来说，中国文学，古今诗词歌赋都应该了然于心，方能画出抒写胸臆的作品。

中国画不仅要知道笔墨功夫，还要有生活。既要"师造化"，也要"阅人生"，阅人生就包含着读万卷书，行万里路，培养全面的文化素质和人格精神。当今画家，笔者不敢说一代不如一代，然而未涉猎"文史哲"、中国画论、艺术概论以及艺术史论等确有存在；读不懂《史记》，看不懂《汉赋》者则更多；书画家临碑、临帖而读不懂碑文、帖文也随处有之。

学习艺术没有学识的深厚积累，没有个人思考，必定不会有个性，更不可能成为大家，无论是否"幼承庭训"还是"从小爱好"，那不过是自欺欺人罢了。

笔者出生于"读书无用"的年代，记得小时候，父亲是一位中学校长，他要求我在家中红砖地板用毛笔蘸水写字，然后讲解一节《论语》，或者讲一段《三国》《水浒》之类的文学作品，之后要求写一篇小短文，有时也会要求熟读甚至背诵一篇古文，课本中的古文则是必背作业，这段经历使我受益终身，至今，尚能背下诸多古文，有些甚至倒背如流。这些积累对我在后来的艺术生涯中起到很大的作用，尤其在营造意境上，忽然间就会冒出一些古文古诗的句子，指导我的创作。虽然我在画画的道路上刚刚起步，但由于有原来的阅历和积累，倒也起步得顺畅。所以，笔者认为虽然学业有先后、术业有专攻，但

钟山风雨亦多娇
2011 年
纸本设色

也未必学艺者都需要"幼承庭训"或是"从小爱好",关键还在于长期的积累和个人的勤奋。

一年一度的艺考又将临近,拼搏的孩子夜以继日地对着那些个石膏像画啊画。媒体报道广东今年艺考生的人数达到 5.6 万人,比去年又增加了近十个百分点,不知是喜?是忧?

红豆要飘香

刚刚看完广州粤剧团成立 60 周年的晚会，欣赏到广州粤剧三代艺术家的同台表演，再一次被粤剧各艺术流派的精髓所震撼，以白腔、南派、马腔、风腔、红腔、萍腔以及 B 腔展示的传统和现代剧目，令人对粤剧经典的流连和感叹粤剧曾经的"威水史"。

粤剧既是世界非物质文化遗产，更是广府文化的重要文化品牌。记得在三十年前，那时我刚从军校毕业分配来到广州工作，无论单位大院，或是行走在大街小巷，时常能听到广府人家里传出粤剧那种愉悦的声音，虽说粤语我尚不能听懂，但那种中国戏曲特有的节奏却能给人带来一种平淡而安宁的感觉。耳闻目睹，慢慢地我也喜欢上粤剧。白驹荣、薛觉生、马师曾、红线女、卢秋萍、陈笑风、倪惠英、黎骏声等，这些粤剧界大佬倌和名伶也都逐渐有所认识。

事过境迁，别说高楼大厦中，即使是今时今日的大街小巷，也难看到广府阿伯阿婶怀揣收音机听粤剧的情景了。显然粤剧的拥趸（戏迷）日益流失。

诚然，不可否认当今粤剧观众的流失与时代的发展有关。风起云涌的网络游戏、铺天盖地的竞艺选秀乃至整个文化市场的观众争夺，对粤剧群体有着很大的影响，日益消减。以年轻人组成的新观众，多以白领为主，但他们紧张的工作节奏非常的"压力山大"，令他们无心思在粤剧这种慢节奏中寻找缓解，更多的是在"迪斯科"和足球比赛的呐喊声中释放压力。而那些坚守着粤剧艺术的"老戏骨"也有"军心动摇"的趋势。因此，从观众群体上来说，剩下的就只能是乡村的那部分，所以，开拓与服务乡村观众这个大市场应该是粤剧坚守的阵地。

笔者今年组织的五场粤剧送戏下乡，除两场在剧场受场地限制，观众未到千人，但走道同样挤满席地而坐的观众外，其余三场在露天演出，观众均超过两千人，最多的达到三千多人，可谓人山人海。乡村群众对粤剧的喜爱热情还是很高涨的，关键是如何去扶植这个观众群体，守住这块阵地。

至于造成"老戏骨""军心动摇"，其重要的根源恐怕与粤剧缺少创新、舞台上节目变化不多也有关系。

60年来，虽然在新中国粤剧艺术史册上，剧目繁多，但大多数都是早年的作品，那个时代的文化娱乐少，生活节奏相对较慢，老百姓娱乐的选择有限，与当今"泛娱乐"的局面相比较，是难以相提并论的。广州粤剧团在经过60年来的发展，每一步也都留有鲜明的印记，有不少脍炙人口的剧目也给观众留下深刻烙印，诸如《三脱状元袍》《搜书院》《三帅困崤山》等等，近年也有随时代新编的剧目《碉楼》、《刑场上的婚礼》《花月影》让观众眼前一亮，尤其是《花月影》的成功无论是剧情、唱腔及舞美设计都能征服观众。其中《花落流红》中的新曲，前半段融合传统的"禅院钟声"，而后半段的"乙反中板"，可以说结合得天衣无缝，快慢节奏分明，从悔恨－情深－怀念的变化一气呵成，令听者动容，几乎有"何处安置我魂灵？"的憾动。这样精彩的戏，不可能没有市场，但毕竟是少数。因此，我有个大胆的想法，不论剧团体制如何改，编剧还是要养起来的。只有让他们没有三餐的后顾之忧，才有可能创作出好剧本，之后可能才有好演出。

当今，在市场经济大潮汹涌，文艺创作环境被淡化的情况下，养一些创编人员确实难得，养一些文艺院团就更难了。政府以纳税人的钱反哺文艺院团以造福社会，承担着让生活"慢下来"的使命，追求崇高的道德修养，宏扬民族文化品牌，崇尚广府人的道德素质和文明程度，确保持续的创作和全情投入的表演，才具有让观众走进剧场的

问天
2009 年
纸本设色

向心力，粤剧才可能有出路，浮躁的社会也才可以借粤剧洗魂灵。

　　要承认一个事实，现实中让剧团走进市场是一个尚不成熟的做法。作为广府文化重要品牌的粤剧，让她在市场中沉浮，显然是难为了这个品牌。仅靠振兴粤剧基金会以及一些社会力量来扶持粤剧的发展显然力不从心，也难以使粤剧这颗红豆飘香起来。

再说红豆飘香

　　12月8日的《信息时报》《墨耕人生》专栏刊登拙文《红豆要飘香》。当晚却传来了被周恩来总理誉为"南国红豆"的粤剧名伶红线女辞世的消息，令粤人与粤剧界深陷悲痛之中，毕竟相隔十天之前，还与女姐同场观赏广州粤剧团六十周年庆典演出，并目睹她神采奕奕地登台唱曲。

　　笔者虽长期从事文化工作，与文艺界多有接触，也甚热爱粤剧这个岭南的文化品牌，但主要专业却是中国绘画，也时常写些绘画书法的心得体会之类的文章。忽然想为振兴粤剧说几句话，未尝想冥冥中却原来是"南国红豆"要凋谢，不禁悲从中来。

　　马鼎盛先生（红线女儿子）说："红线女一生就是为粤剧而生。"这几天报刊媒体除刊载悼念女姐的文章外，也触发粤剧界谁人可担责的感慨。粤剧是广府文化的品牌，红线女是粤剧的一面旗帜。这面旗帜不能倒！广府文化的品牌也不能倒！粤剧这面旗帜谁来扛，如何保证这面大旗不倒，首先应由政府来承担护旗大任。

　　一个国家要真正的强盛，最重要的标志是国民的人格独立和内在尊严的树立；一个地区要有特殊的魅力，就需要加强本土文化传统的重构与发展。

　　文化是一个国家一个民族或者是一个地区的精神支柱。中华民族的伟大复兴是文化的复兴与文明的崛起，也是民族实现跨越式发展的一个重要方面。随着经济发展，建设中国特色文化正受到越来越多的关注，以文化论输赢，以精神论成败将可能逐渐取代 GDP 的地位。如果能提早主动调整不合理发展格局，提升文化精神品质，发展和巩固地区文化品牌，将可能会较快增强地区创造力和竞争力。

任何一个民族要在现代化进程中实现复兴，没有文化的整体复兴不行，没有文化的深度活力进行反哺也是难以为继的。广府文化这颗"南国红豆"的品牌就更应借势予以擦亮，让她唱响岭南，唱响全球。

笔者曾经作为广州文化交流团成员参加广州－温哥华结为姐妹城二十五周年庆典活动，目睹当代粤剧表演艺术家倪惠英为当地华人演出的场面。席间，倪惠英登台唱了一曲，顿时满场雷鸣般的掌声。那热情的场面令倪惠英欲罢不能，连唱三曲。一时间觉得歌声令整个温哥华的华人沸腾。这种民族文化的自觉源自于粤剧本身的文化自信。粤剧这种生存状态对广府文化品牌自己的文化和思想有了"自知之明"，并能将广府文化和思想融入于异国的文化体系。在世界文化体系中找到相应的坐标，在多元的文化中发扬传统、树立品牌。在链接世界文明中宣传了粤剧，也宣传了广府人。

今时今日，综合国力在增强，大国意识在觉醒，广州经济建设已经走在全国前列，已经走上富裕之路，当应改变"一切向钱看"的思维陋习，必须清楚财富的增长以及体面的衣着、奢华的生活并不能够培养出"贵族"的气质，相反却常常与"暴发户""铜臭味""小市民"相关联。我们的社会应当吸收世界文明的精髓，同时也要维护和继承具有自己民族文化特色的传统要义。但愿不要看到有些地方宁愿把钱花在修"断头路"而不把钱用于文化建设上。说真的，文化投入有时还真的不需要修一条"断头路"造价的一个零头就可以创造出非同一般的精神产品。而这仅仅是一个观念的问题。国家要强盛，民族要复兴，发展文化才是硬道理。

红线女，斯人已逝，精神永驻。她的告别仪式上自愿参加仪式的群众人山人海，可见粤剧的根很深。但愿红线女所追求的事业在各界人士的关心和支持下能踏踏实实得到重视，能有实质性的发展，令南国红豆飘香起来，告慰女姐在天堂能安心唱曲，而不需要再为粤剧的生存和发展而担忧。

　　谨以此文深切怀念红线女老师。

东莞绿道
2013 年
纸本设色

读不懂的陈永锵

"我或许算不上是酷爱艺术的人，我酷爱的更多是我现实生活中感悟到美的启迪。可以说，我不是一个'为艺术而艺术'的人，而是'为人生而艺术'的人，我审美的对象主要是大自然和现实的人生思考。"这段话是月初的时候，在广州艺博院举办"晴秋·澄秋：陈永锵60后作品展"，锵哥面对媒体采访时所说的一段话。

其实，锵哥恰恰就是最最酷爱艺术的人，只是他不盲目追随时流，杜绝功利和时弊，继续保持注重学术高度，追求纯粹的学风，极大地发挥创作潜能，具有典型开放宽容的一种态度。正因为如此，锵哥在经历了几十年的风风雨雨，到了耳顺之年，心境显得愈加平和澄明，很有一种"云淡风轻"之感，从展出的200余件作品中，确实是可以读到锵哥年到60后的澄明心境和晴空万里的创作空间。

陈志彦（锵哥小儿子）在"陈永锵现象"座谈会上以"风雨杯酒，诗画人生"来诠释锵哥耳顺之年的艺术心境，我想是贴切的。而附标题"阅读陈永锵"，对于我来说却未必能够读懂。因为锵哥的率性与细致、才情与稚趣往往是相悖的，而在这相悖的后面是一种温和、宽容和平等的平民精神。锵哥对他自己的每一幅作品都非常珍惜，然而他又认为作品完成之后便是身外之物。锵哥有着一张"强盗"的脸，却又有着一颗"菩萨"之心，无论老幼贵贱，一口一声"锵哥"，甚至于自己的儿子也不例外，锵哥人缘可见一斑。早年锵哥慷慨解囊，以一种博大的善心捐出大量作品资助教育事业，而后又捐作品支持人文艺术的发展，这种心境促使他退休之后更加趋于平和，全情投入艺术创作。而60岁的到来，锵哥却自信心满满地面对，保持年轻人的心境，他自认对于画家而言，60岁才正值青壮年。这种心境殊为可贵，是锵哥一种超俗心境的写照。也是一个返璞归真的艺术素养展示。

看锵哥作画的那种率性，看锵哥在各种正规的和非正规的场合冷不丁地挽起一只裤脚，唱着"我是公社小社员"，会令在场的人扎扎实实地体会到锵哥"为人生而艺术"的艺术态度。貌似笑喷全场，而实际上蕴含着锵哥对大自然和现实的人生思考，这种极富个性的"陈永锵现象"后学之辈又岂能读懂。

此次展览有锵哥的山水、花鸟、人物画作品，还有书法、自作诗和对联，而且从作品上看，笔墨间皆能透出一种霸气，然而又不是强樑之霸气，而是呈现出画家自身气质和学问修养平和安详之气，是为高雅之气。这种高雅之气与画家人品修养及心理素质有着千丝万缕的关系。

作画特别强调的是一种"淡泊"状态，以"无为"而得"无不为"。中国画的笔墨功夫是以10年、20年甚至更长的时间来磨练，绝不是短时间所能见效，这就迫使画家们不得不修身养性，持之以恒。这一点上，锵哥做到了，尤其是他不泯童心和乐观豁达的超然心境，皆非吾辈能以企及之高度。

锵哥平日读什么书，我不知道。但他一定在不断地读书，从锵哥的气质中也能看到读书对他气质升华所起的潜移默化的妙用，从他的作品中也能读到锵哥那种化愚顽、启聪慧、消暴戾、致祥和的书卷味，自然而然地平添几分文气。

"三日不读书，面目可憎"。如果画家不读书，没文化，或志趣低下，或利欲熏心，画虽欲求其放达，徒叹奈何。所以欲求修养之提高，素质之升华，读书及生活阅历固不可少，而其关键尚需去欲，正所谓"无欲则刚"。既无名利所牵，那么其艺术创造也当可驰骋于自在之境，所以锵哥说："现在66岁了，儿孙也长大了，人轻松了很多，作画时间也多了。这个展览取名'晴秋·澄秋',就是指今后的日子就像秋天一样晴朗而又澄明,我们无法阻止年老的到来,但可以保持心态年轻。"我想没到锵哥的阅历修养,就更难懂锵哥的心境了。

艺术家以心灵映射万象,代山川而立言。锵哥所表现的是主观的生命情调与客观的自然景象交融互渗,成就一个鸢飞鱼跃,活泼玲珑焉然而深的灵境。这灵境就是构成艺术之所以为艺术的意境。锵哥作品之清至,正说明其构筑艺术灵境之心境与艺术素质的浑然交融。

石涛说:"愚者与俗同识。愚不蒙则智,俗不溅则清。俗因愚受,愚因蒙昧。故至人不能不达,不能不明。达则变,明则化。受事则无形,治形则无迹。运墨如已成,操笔如无为。尺幅管天地山川万物而心淡若无者,愚去智生,俗除清至也。"或以石涛之语解读锵哥现象,未知当否。

(此文为作者在"陈永锵现象"座谈会上的发言整理)

看戏需要一种心境

国庆节前夕，广州迎来了"2014年广州艺术节"，来自全国各地方剧种的演出团体，给广州的秋天带来了一缕文化清香，给浮躁喧嚣的当下腾出了一片别有滋味的艺术净土。一场场高雅与通俗的雅集，艺术与大众的交融，使得高雅文化大众化，通俗文化高雅化。演出期间，数度走进剧场，有来自顶级的国家京剧院演出的国粹京剧，也有不同地方特色的多个剧种，如贵州花灯戏，浙江婺剧，还有我们本土的粤剧，以及广州芭蕾舞团带来的脚尖艺术……令人看到艺术终于回归到了原本就属于民众的属性。

这次文化节所有节目都是免费赠票，主办方也早早把预定方式公之于众，然而当笔者每次走进剧场时，却发现有限的座位并未能坐满，就算顶尖的国家京剧院演出的新编历史剧《慈禧与德龄》的上座率恐怕也在80%左右。据说演出前的票都派了出去的，原因也可能是拿到票的人有的没有来观看演出。

政府举办这样的活动，捧场的却不给力。这就存在一个问题了：到底是戏剧真的没市场呢，还是观众看不懂？

是否由于地方剧种的方言听不懂而导致观众看不懂呢？看来也未必。因为无论京剧还是其他小剧种，演出过程都附带播放字幕，断不会有听不懂或看不懂的道理。如此说来，到底原因在哪儿呢？

我依然觉得是一个意识问题。让一个在浮躁的当今社会中被利益

思
2017 年
纸本设色

绑架的人，花两三个小时，完全静下心来好好欣赏一出戏，确实要求是高了点儿。笔者有次在看一场演出，旁边坐着一位穿着颇为随意的女士，从开场不久就电话不停，不是打进来的，就是打出去的，据她与同伴交谈，大概是工作实在太忙了，而且自认为是非此时此刻处理不可的工作，否则天就要塌下来似的。从打扮和年龄看，这位女士似乎职务并不高，而她交谈的也就是一些极为琐碎内容，可是她却乐此不疲，心思根本不在看戏。看戏对于她来说，无非就是在作作秀而已，简直就是糟蹋艺术，浪费文化资源，这又怎能看得懂呢？不来也罢。

曾经有一个香客问一个得道的僧人："您得道之前做什么？"僧人答道："劈柴挑水。"又问："那得道之后呢？"答："劈柴挑水。"香客纳闷："有区别吗？"僧人说："当然有！得道之前劈柴时想着挑水的事，挑水时又想着劈柴的活。得道之后则不同，劈柴就是劈柴，挑水就是挑水。"香客默言，似有所悟。

当你在观赏戏剧时，你却一边打电话，你又怎么能有心境去欣赏剧中的剧情和艺术呢？又怎么能听懂看懂呢？更何况，戏剧表演的实质是一种变形的抽象艺术，她本身就是对生活的美化和提炼，把生活形态提炼为戏剧表演，通过迂回的表演词汇，来实现虚构性与真实性的统一。只有平静的用心观赏，你才可能在戏剧这片净土上吸收到艺术的养分！

戏剧艺术是中华文化最凝炼、渗透力最强的一种文化。你想想，要在两三个小时之内把一段故事通过唱、念、做、打演绎出来，这是何等精炼的功夫！你若要看懂她听懂她，当然需要有一种欣赏的愉悦心境，集中精神静心欣赏，顺着剧情的脉络，方能触动你的思绪，从而引起共鸣，这也正是戏剧的魅力所在。

当然，满座与否也不能说明什么问题，有时候虽然满座，但确有这么一些一边看戏一边打电话的"忙人"存在，反而影响了他人欣赏的兴致。可喜者，这次观看了几场戏，虽然也听到"听不懂看不懂"的声音，但能走进剧场的人，绝大部分都是属于真心热爱戏剧的观众，从现场的掌声和喝彩声就能看出这些观众的专业性和良好心境。

戏剧观众需要培养，但最主要还是观众自身有欣赏戏剧的良好心境。只要你能走进剧场，尝试一次用平心静气的心境（最好能关闭手机和其他联络工具）来欣赏一场戏剧。我相信你会很快爱上看戏的，若如此，则不枉艺术家的辛劳和艺术节组织者的一番苦心。

心态平和才有好作品

　　"中国梦喜相逢"广州市青年美术作品展落下了帷幕。这个由广州市美术家协会主办的展览，从筹备、征稿、评选到展出，历时近一年时间，一切似乎都很平静，结果也不像全国美展一样沸沸扬扬，也没有听到不和谐的声音。而五年一届的全国美展也是刚刚落幕，可是一波又一波众说纷纭的话题不停地热议。大家把这件事情看得太重了！应该说这种一枝独大的全国性美展令诸多人为之奋不顾身。广州青年美展则不同，作品展出后，市美协专门组织了部分获奖者谈创作体会。不听不知道，一听才知道，这些获奖者的作品之所以获奖并非偶然，其中的必然因素是作者心态平和。

　　获得金奖的国画《山气日夕佳》的作者姚涯屏首先发言："我获金奖感觉有些意外，因为我画画参展也没想着拿奖。我的作品有的人认为比较传统，缺少新意，但我就喜欢这样创作，因为我感到快乐。"绘画源于人类审美能力增长而产生的自然兴趣，本身并无功利心，也不受外力干预。绘画从无到有、从简单到复杂、从单一到多元、从低级到高级，在自然中发展。画家喜欢怎么画就怎么画，并不受他人意志所左右。姚涯屏因快乐而画画，从而以心相系，绘出其心中的快乐。评委认为他的作品可以获金奖，正是从画面上读出了作者没有丝毫造作的创作心境。虽然技法和造型都有些古意，但作者正是以这样一种"不变应万变"的平和心境，排除喧嚣环境的干扰，"我自用我法"，

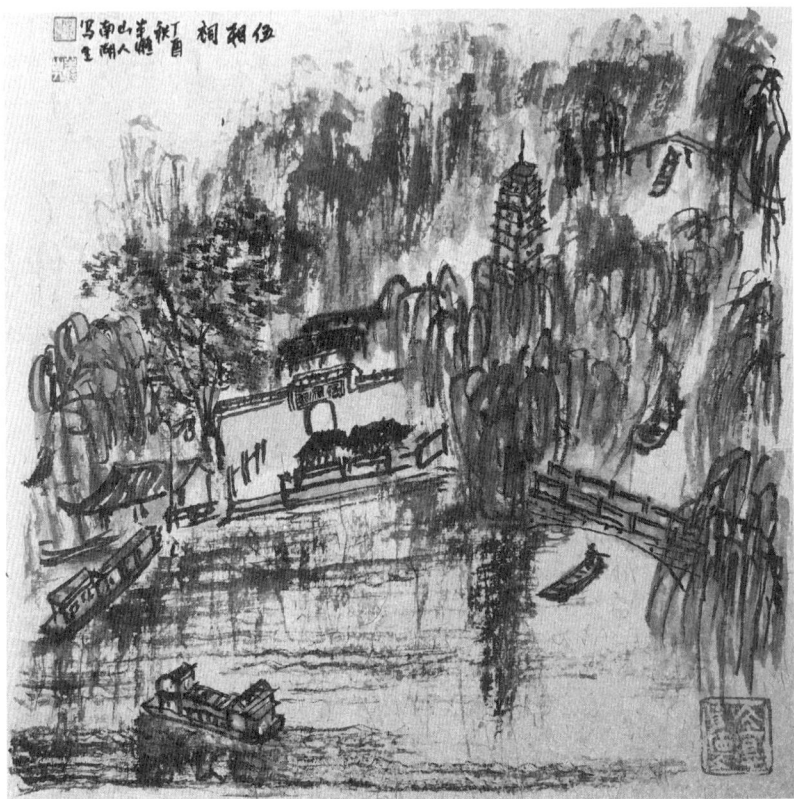

五相祠
201/ 年
纸本设色

把想表达的心思体现在画上，是真诚的意境和安静的画面吸引了评委的眼球。

而获得版画金奖的作品《银装》，描述了两个少数民族女孩穿着民族特色盛装的喜悦场景。作品刻画极其朴素却又不缺细腻，刀法自然肯定，人物的黑色服装与银色服饰对比，呈现出很强烈的节奏感，得到评委一致好评。作者阳军，看上去是个非常憨厚的小伙子，他发言的第一句话就令在场的所有人大跌眼镜。他说："我其实是画油画的，也画过水彩画，版画是我第一次尝试……"阳军直白的表达令在座发出了惊讶的声音：第一次尝试就拿金奖！有些不可思议。而事实上，阳军接着介绍说，这个作品是一年多前为准备一个展览而创作的，当时虽然落选了，然而他不放弃地不断修改，并寻找名师加以指导，反复创作，最终有了今天的成果。听到这里，笔者想说的话，也许读者已经明白了。

确实，作为绘画艺术，首先必须具备的就是个人对艺术的执着追求，然后是对艺术的强烈好奇心和勇于实践的精神，还要有一定的跨学科、跨门类的知识积累。阳军由于对绘画孜孜不倦的追求，跨画种的实践使他取得了不一样的成功。获得金奖，决不是靠运气！他把艺术的纵向和横向连结起来，重学轻利，在寻求自己的绘画结合点上下功夫，走出属于他自己的艺术道路。他的获奖看似偶然，其实还是必然的。

还有一位雕塑的作者介绍自己的获奖经历更有意思，他为给同伴送作品，顺便把自己的一个作品也送来参展，结果自己就拿了一个铜奖，无心插柳柳成荫。从这个创作座谈会上可以看出画家的好作品都需要有一个平和的心境进行创作，首先要把画画当乐事。画画的门槛很低，但要提高却不容易，更不用说从"技"的层面转为"道"的层面。当今热爱画画的人多得数不胜数，美术院校每年的"批量"生产，再加上进修的、自学的，浩浩荡荡。但要真正有所作为者，上面获奖者的创作体会或许值得参考一下。

说点"壶"话

不知不觉就又到了新的一年。随着年龄的增长，现在似乎更不爱运动了，除了写字、画画、看书，业余时间就摆弄下紫砂茶壶。

元旦得一宝贝，名曰"一品大员壶"。随之启用，颇为得意的摆上了微信，意外得到朋友圈围观热捧，当然伙伴们也提出了关于紫砂壶的诸多问题。不得不在微信上逐一回答，几乎耗去了 2015 年的第一天，憨憨的笑。

朋友们提出好多问题，我当然乐于回答，想想整理一下，借用《信息时报》这个《品弹》平台说点"壶"话普及一下"壶"事。毕竟，玩赏紫砂壶也是生活中一件有趣而高尚的事儿。

紫砂产于宜兴丁蜀山中，其性能主要是透气性好，适合于制壶泡茶，至今已有一千多年历史。

紫砂茶壶的透气性使冲泡茶叶后常温下茶叶不易变质，因此，千百年来为好茶者所喜爱，潮汕、闽南及台湾人更是对紫砂壶情有独钟。由于原矿紫砂越来越稀少，使价格不断攀升，可谓一时"土"贵。

玩赏紫砂，主要讲究：料好、型好、工好及作品的艺术性好。

至于作者名气则较为简单，因为名家其实不多。据记载，紫砂壶始于明朝，由于壶器是易碎品，流传下来品相好的作品已屈指可数，更多的是收藏茶壶的历史气息。如明朝时大彬、供春，清朝邵大亨、杨彭年等；现代较有名气者则有建于 1956 年的宜兴紫砂工艺一厂的吴

养天地正气
2014 年
纸本设色

云根、裴石民、任淦庭、王寅春、朱可心、顾景舟、蒋蓉七大艺人，
他们都已作古，但作品有一定的存量，价格已不是一般壶家能承受。

这些年，也涌现有十几位大师级人物，如徐汉棠、何道洪等。
这些艺人的作品价格也都已达到近七位数水平，一般藏家也难以触及。

小小茶壶乾坤大，紫砂学问还是很深的。

真正收藏紫砂壶，除了原料外还要注重其艺术性，讲究壶的品味。
目前市场上（包括一些名家作品）多数都是在重复一些传统的壶型，
真正能自我设计的可以说是凤毛麟角。严格地说，复制前人壶型则有
如画家画行画，根本没有艺术可言，好的画家从来就不会画两张一样
或者相似的作品，因为每幅画都要有一个故事。收藏紫砂壶也一样，

好作品都必须有自己的风格，都有一段设计者的思想。

试以省级大师张庆臣设计的两件作品解读：前面所提到的"一品大员壶"，壶盖引用清朝官员的顶戴，象征官帽；壶身在传统"明月壶"的基础上更加强调线条美，同时扩大腹部，体现"宰相肚里可撑船"的肚量，壶嘴延引其师傅何道洪大师特有的肥壮有力的风格，出水流畅，与壶把呼应成趣，堪称壶中"一品大员"。

再有，张庆臣设计并制作的，曾在上海艺术博览会上荣获金奖的"大力神壶"，体现的是壶的力度，张扬的是当年项羽"力拔山兮气盖世"的风采。椭圆的造型给人的视觉效果更富有灵动性，特别是壶的"口、盖、把"，追求形体组合的和谐统一，这些圆又适度产生变化，营造一种寓柔于刚的趣味，突出壶体的变异形态，寓灵巧于厚重之中。

有学者研究了古代雕塑的线条之后得出一条结论："一个物体的形式是由线条决定的，这些线条经常改变它们的中心，因此决不形成一个圆形，也不形成完整的弧形，而是椭圆的曲线。因为曲线是最具强力和流畅感。它既没有直线的生硬，也没有标准圆弧线的柔弱，正介于力度与弹性的中间点。"由此引伸到紫砂壶的造型上，曲线的运用就要讲求"度"了，用得好会使整体有种不失力度的流动感，否则要么生硬板滞，要么软弱无力。

"大力神壶"的创作设计，充分考虑到这一特点，即将壶体拍成流线型椭圆，其两侧曲线，自壶盖处流泻而下，肩部向内自然弯曲，到腹部又向外膨胀成更大的曲线，弧形嘴、把的曲线可分可合，自然流畅，使之更具动感且干净利落，用传统的手法表达当代，实现超越审美意识上的强化。

欣赏"大力神壶"，可以感觉到壶体中透出一种骨力，清奇脱俗。壶身内外氤氲着一种刚健挺拔的风骨，一种文人所特有的不同流俗，用这把茶壶泡茶，应该能感觉犹如是在与一位高士对饮交流。

玩壶也要讲品味，至此方能达到一种境界。

百姓渴望"过年看大戏"

"春班戏"是老广过年的重要"年例"之一，尤其是珠三角及粤西地区，都有"过年看大戏"的习俗。上了年纪的人说，"无戏不成年"。过年时若无大戏看，则这个年就好象过得不完整。一台大戏开锣，邻里乡亲汇聚在一起，互相拜个年、道个吉祥，共享过大年的节日气氛，其乐融融。

广东民间这个习俗，笔者也有经历。记得小时候，每到过年，除了县城的一间影剧院有来自潮汕地区各县级潮剧团演出外，更多的乡村都临时搭建小舞台，由乡村小剧团来"唱大戏"，而且毫不逊色于县城大剧团。因此，每有演出，笔者也会辗转观看，既欣赏演出，也从中学到了许多有关戏剧的艺术知识和历史知识。

中国戏剧早在魏晋时期已经存在，元代是中国戏剧发展的鼎盛时期。剧目多以历史事件、历史人物为主线，弘扬真善美、鞭笞假恶丑，给观众带来精神享受和社会正能量，这些也都是老百姓所喜闻乐见的东西。观众随着剧情跌宕起伏，不仅能从中学会辨别是非，更多的还能从中了解到不少历史知识，或者听听野史小故事。

在封建时期，多数老百姓是没有受到文化教育的，但是他们通过看戏，却能知道很多历史故事和做人道理。那些几乎足不出户的女性，所掌握的历史知识甚至比当代的年轻人知道得还要多。而她们的学习渠道，多数仅仅是从看戏中来。

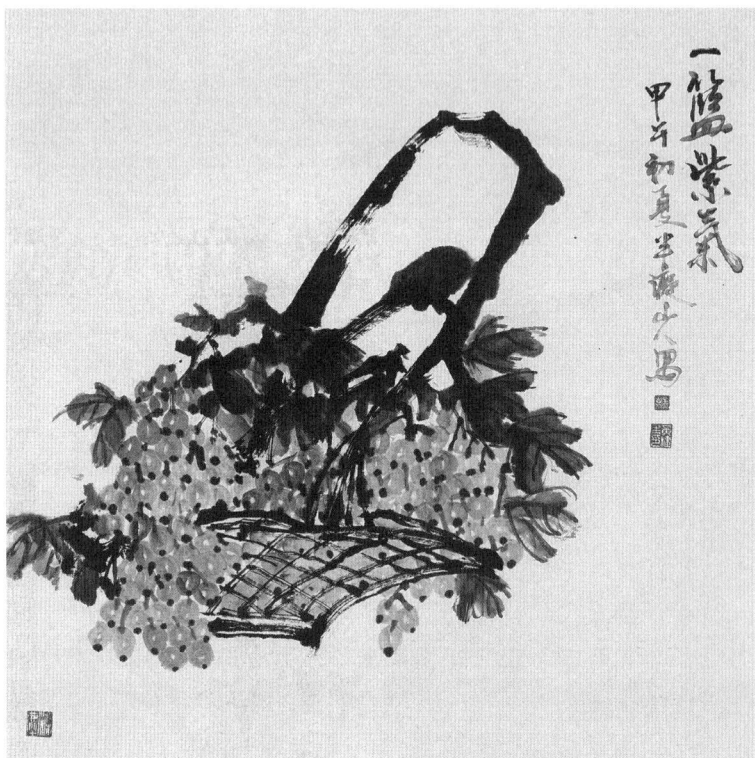

一蓝紫气
2014 年
纸本设色

　　笔者有个姑妈，从未上过一天学校。可那些年，她常常讲些故事给我们听。从《陈世美》到《杨三姐告状》，从《春草闯堂》到《春香传》，从《吕蒙正》到《薛仁贵》、从《杨门女将》到《四郎探母》，从《陈三五娘》到《白蛇传》……实在太多了，这大概也是影响笔者之后热爱戏剧的原因吧，而姑妈的故事大多都是从看戏中得来。

　　在现有流传的传统戏剧中，多是以历史事件或者历史小说改编而来，大多都有文字记载。这种厚重的书籍，过去对于从未上过学的劳动人民来说，简直就是天书，不但很难买到，就算有也大多是看不懂的。但是，通过戏剧演出，不仅能让他们读懂、看懂，还能把故事记下来、传下去，促使我们的民族传统戏剧传承至今。因此，观看戏剧绝不仅仅是娱乐的作用，更多的是还能让观众用较短的时间获取多姿多彩的知识。试想一下，编剧把一个跨越时间、空间的事件，浓缩成两、三个小时的一台戏演绎出来，通过唱、念、做、打等直观的表现把故事交代清楚，令那些哪怕没有接受过任何教育的观众都可以看懂，这是戏剧所独有的重要功能。

粤语地区看粤剧，潮语地区看潮剧，广东人过大年看大戏的这种习俗至今长盛不衰。每年好多乡村要想订上春班戏，都必须在年前三、四个月提前预定，好的戏班还要更早。可见，大戏已在人们心里扎根。

然而中国老百姓有一个不掏钱看戏的习惯，过去掏钱的要么是乡绅，要么就是官府。现在老百姓喜欢看戏，希望能有更多的文化惠民活动来满足老百姓免费看戏的习惯，满足老百姓的精神需求。当前，随着倡导"践行社会主义核心价值观"和"文艺扎根人民"的提出，文化惠民将进一步落到实处。文化惠民不光是让老百姓看看热闹、乐一乐而已，也要培养和普及老百姓的欣赏能力，在文化层面上提升他们的追求，让他们切身享受到文化的服务。文化是民族精神命脉和文艺创作源泉，传统戏曲被重新重视，经典地方戏曲以其地域性、草根性、独特性成为不可或缺的文化瑰宝，符合老百姓实际需求，又能扎扎实实提升老百姓文化品位，引进和采购高水平院团到基层演出是文化部门送文化到基层应该更多考虑的一个问题。

近几年的过年，笔者组织了几场大戏到乡村，受欢迎的程度很高。今年过年由著名粤剧表演艺术家倪惠英率省级高水平院团下乡演出，更是一票难求，可见老百姓会欣赏，能欣赏，对看大戏的渴望反应热烈。

送完大戏，笔者在想，这种简单、直接的文化惠民方式，今后若能成为政府的年例就好了。

戏剧之美在于精神享受

随着社会的快速发展，各种文化形态层出不穷。现代科技、现代传媒、经济全球化、教育普及化、城乡一体化等等一系列因素的不断出现，人们在经历一天辛勤工作之余，也乐于在电视机前或走进电影院，或进入网络游戏中寻求心理上的轻松消遣，而这些消遣往往是盲目的、没有实际意义或者实用价值的，只不过是当下人们生活中的一种方式与社会发展的一个平衡，给大众带来的精神满足是非常有限的。

大众物质生活水平提高了，各种娱乐虽然能直接或者间接地给人们带来感官上的舒适和愉悦，然而其精神文化的寄托却仍然停留在消遣的层面上。一味迎合媚俗、寻求感官刺激的娱乐节目远远未能满足精英知识群体的精神需求。这除了浮躁的社会不能令人静心之外，也与当下文化市场存在低级趣味的欣赏价值和畸形的审美情趣有关。

前些日子，第27届中国戏剧梅花奖在广州和浙江绍兴的舞台上热烈地竞演，给两地观众带来了丰盛的文化大餐。从观众的热捧程度可以看出传统戏剧丰富的内涵和独特的魅力，带给了人们美的精神享受，也看到了传统戏剧之美是可以满足观众的精神需求的。

生活在变，人的心灵也在变，这个多变的社会正在演绎着我们这个社会跨越历史藩篱的世界。一切都像戏剧一样在矛盾中一步步升华出来，在冲突中激发出来，戏剧最能体现出这个多变社会中人们心灵艰难的攀登过程，这时戏剧呈现出来的独特、真实而丰盈的艺术形象和艺术效果最能满足人们生活中的轻松消遣，又能带来一定的精神需求。

这次参与梅花奖竞逐的有二十几个戏种的三十多台大戏争奇斗艳，令广州、绍兴两地观众大饱眼福，热衷程度甚至出现一票难求的场面。观众除了一些"老戏迷"外，也有来自剧种所在地区的"家乡人"，他们既有"捧场"的热情，也有品尝家乡"口味"的情结。无论是"老戏迷"也好，家乡情结也罢，都是因为具有相同的精神需求，而绝不仅仅为了开心和消遣而已。

戏剧不同于其他艺术门类，它借助文学、诗词、音乐、舞蹈、美术等多门类的艺术手段塑造一种综合性的舞台艺术形象，揭示社会矛盾，反映社会生活，针砭时弊、宏扬正气。常常以冲突、矛盾、强烈对比的手法来表现更典型、更集中的戏剧性，以优美的经典文学语言来表现剧中人物性格冲突，以迭宕的情节来展示故事。

古代戏剧不仅深得民众喜爱，一些文人和具有较高身份的官僚也不例外。元代官至浙西道提刑按察史胡祇遹就深爱戏剧，与戏曲艺人交往甚密，且提出了戏曲表演"九美"之说，是为元代戏剧学第一人。"她临去秋波那一转，铁石人，情意牵。"戏剧唱腔台词简练，通俗易懂，故事明言直说，犹如美人秋波送，吸引住观众情意。戏剧不比文章，文章做与读书人看，戏文则做与读书人与不读书之人同看，又与不读书之妇人、小儿同看，故浅显易懂，雅俗共赏。只是在观赏过程中，当然必须是平心静气，顺着剧情的展开，领略舞台上的动作、唱腔、音乐以及独有个性的戏剧语言和丰富的台词，逐渐解开戏中故事的矛盾，看完一出戏，往往回味无穷。不论是伦理戏、道德戏，还是感情戏、哲理戏，或忠奸美丑戏等等，均是其他娱乐项目所不能及的。

如果更深层次的老戏迷则会领略到更多的精神享受。诸如角色的生、旦、净、丑、末各行当的表演；唱、念、做、打的舞台视听；具有内涵文学色彩的曲牌、词牌以及对白等等富于抒情性和音韵美的戏剧艺术特点，尤其是传统的戏剧总能给人以养心悦目，既有意义又有意思的新气象、新趋势、新亮点，带给观赏者以清风拂面，令人得到艺术的熏陶和美的滋润。

只要你走进剧场，强烈的节奏感，振奋人心的音乐响起，在幕布骤然拉开的瞬间，人的思绪即刻安静，灵魂迅速归位，个人境界得到升华，这大概就是人们精神上的需求。我们这个时代，戏剧不仅不会过时，而且仍然非常必要。

小七孔桥
2013 年
纸本设色

一次颠覆性的音乐会

　　钢琴向来被称为"高雅音乐"，甚至称之为"严肃音乐"，其曲目多为经久不衰的经典作品。所以，也有人称之为"经典钢琴"。耳熟能详的如贝多芬、巴赫、莫扎特、海顿、肖邦、李斯特的作品，无不经典、严肃。若是在音乐厅现场欣赏，要求观众必须着正装入场，观赏过程严禁喧哗，甚至鼓掌、喝彩都有严格规矩。

　　前几天，笔者在广州星海音乐厅欣赏了一场钢琴音乐会，却完全颠覆了常规钢琴音乐会的"严肃"和"规矩"。音乐会前没有广播播送"欣赏规矩"，如不得喧哗和随意走动，不要在演奏中途鼓掌等等。相反，演员出场后还戏谑地强调：观众可以随时鼓掌、喝彩、尖叫，甚至喝倒彩，喊退票。

　　这可是前所未闻的啊，令人好奇心骤起。因为这是一个"流行钢琴音乐会"。

　　所谓"流行"即是"通俗"，人皆能赏之。流行钢琴音乐会便是把"严肃"与"流行"、"高雅"与"通俗"联系在一起，是为"雅俗共赏"了。

　　音乐会一开始就直入主题，三位"流行制造"的合伙人余捷、朱昕嵘、项翊联手奉献一曲《致敬经典》三人双钢琴表演，瞬间就把观众情绪调动起来，他们以轻松、浪漫和诙谐的弹奏演绎出流行钢琴的定义，并借此向经典钢琴致敬。毕竟，不论钢琴如何现代，始终经典钢琴是现代钢琴流派的奠基,其演奏技法、理念都是现代钢琴得以延续的基础。看来三个年青钢琴家是有备而来,首先表达对传统钢琴的敬畏,然后才是开启他们的创新,这也说明他们具备传统钢琴的功力,应该点一个赞。

在之后两个小时的演出中,可以看到表演者在乐曲的创作和编排上花了不少功夫。在自报家门式的演奏中,三个演奏家各施所长,完美展示各自演奏技巧,又各自体现对流行钢琴的理解。项翊的《启航》表现得颇有流行味道,尤其在乐曲的最后,一屁股坐出来的轰鸣声直接坐出了"流行钢琴"的韵味来;而后在《哈巴涅那》的演奏中,余捷和他的徒弟肖天泉充分体现出高超的演奏技巧,师徒两人的默契配合以及插入诙谐的表演把音乐会推到了"流行钢琴"的主题。

从严肃钢琴到流行钢琴的跨度实在是太大了!流行钢琴的演奏受到钢琴本身条件的局限,既不能随意搬,也不方便动,演奏时还需要手脚并用。完全不象一般小乐器,演奏时可随身携带,边奏边动,任意发挥,这对于钢琴来说可是天方夜谭之举。

流行音乐的发展风格没有局限性,随社会发展而不断产生变化。19世纪欧美工业文明兴起,城市人口结构发生了变化,流行音乐产生于劳工阶层以及中下层市民,流行音乐人背上小乐器即可随处表演、自由发挥。在当时反映的是一种眷念乡村生活为主的音乐题材,表达劳工阶层来到陌生环境求生存、求精神寄托的心理状态和纯朴的思想感情。那时,更多的流行音乐来自于黑人音乐,从一开始的口传心授到逐渐形成了一种特有的音乐形式。当今在流行音乐方面做出独一无二巨大成就的名人仍是黑人音乐人迈克尔·杰克逊。而在流行音乐起主导作用的是小型便携式的吹拉弹拨乐器居多。

钢琴是大型乐器,弹奏需要手脚并用,要利用它来进行流行性质的表演确非易事,要想弹奏出钢琴本身质量,达到演奏效果则更是超高难度。因此,一般常规下的钢琴演奏多是表现为古典与浪漫派音乐的象征,而作为流行音乐出现,很多观众都表示为首次见识。

三个青年钢琴家迈出这一步,应该说可喜可贺,虽然不能说大获

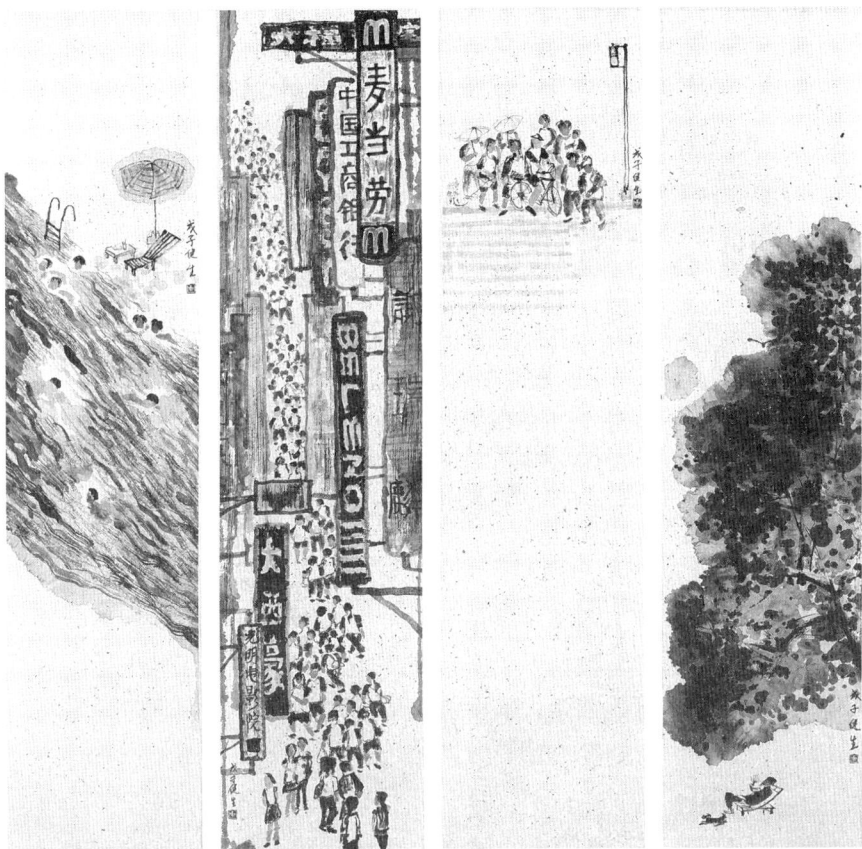

小康生活（四条屏）
2008 年
纸本设色

成功，但也是一种大胆创新和尝试。进入二十一世纪的同时，钢琴也进入了一个现代化阶段。三个年轻人在音乐创作中进行一种新的探索和二度创作，甚至三度创作，把钢琴的流行制造当作一种丰富色彩和独特的音响效果的调色板，加入更多的新兴元素，汇成一股激进的和声语言和诙谐表现，把严肃音乐通俗化，带给人们一种全新的视觉和听觉的感受。

流行钢琴这一新生事物是否能把具有三百年历史的钢琴进行一次颠覆性革命，观众将拭目以待！

让经典艺术走进嘉年华

去年，我在《墨耕人生》专栏上写过一篇文章，题目叫《看展览不是赶嘉年华》（见《信息本报》报 2015 年 10 月 20 日），说的是去年北京故宫展出中国画经典作品《清明上河图》，引发观众的观赏热情，导致把一个欣赏经典艺术的难得展览变成赶集式嘉年华，旨在提醒大众观看展览要因个人需要和客观实际，而不是去赶时髦。巧的是新年伊始，广州新图书馆报告厅举办了一个名为《印象莫奈：时光印迹艺术展中外名家论坛》，笔者作为主讲嘉宾似乎觉得此活动是专门为上文作的一个重要补充，笑笑。

经典艺术当然是具有历史意义的艺术作品，而"嘉年华"则是倾向于大众化的一种活动形式，两者并无必然的联系。但通过光影印迹了解《印象莫奈》之后，让经典艺术走进嘉年华也是可能的。

《清明上河图》时隔十年才露一面，欣赏机会确属不易，即使有心排队数小时看上一眼，估计心情已然大打折扣，更何况人挤人，结果也就是一、二分钟的扫描而已，何谈欣赏？

印象派始祖莫奈的经典作品，在艺术界影响深远，原作对于一般人更是难得一见。且不说展览成本之高，就是能花一大笔资金去租借，人家也未必能让经典的东西走出国门。

所以，对于一般观众而言，要认识经典、接近经典并不是一件容易的事。

经典艺术，本来就是一种文化的象征，具有时代性、独特性、地域性以及艺术品本身固有的艺术价值。由于受到安保、经费等等诸多方面的因素影响，使得这些经典艺术难以常常露面。所以，如何使它们走进大众的视野，更好地发挥经典艺术品的作用，是艺术界一个绕不开的课题。也就是说，除了专业研究人员，经典艺术如何才能以嘉年华的形式展示给大众。

如果以传统的展览模式来传播经典艺术，那几乎是不可能的事情，无论经费、安保措施以及作品获取渠道都受到限制。现如今，以光影的形式把经典艺术展示出来，可以令观众身临其境，除非专业研究的需要，一般性欣赏已然足够。这种光影展示完全可以代替一般展馆的观赏模式，作为一种实验也是体现其文化价值的输出。当下数字化时代让艺术展示有了更多的选择，使观众不需远足即可在家门口欣赏到众多国内外的经典艺术作品，无疑是未来的一种趋势。

其实，传统展览模式不仅对经典艺术的传播需求难以满足，对当代艺术的传播同样是一个瓶颈。艺术家举办个人展览面临最大的困难就是场地不足、租金昂贵、展期太短等问题。作为艺术家来说，创作出好作品只是成功的一半，而另一半就是得到观众认可。要得到认可就必须要经营、要宣传、要展示。好作品没有恰当和必要的展示，又怎么能进入观众视线呢？艺术本身也是一种眼球经济，只有通过展示，让观众接受，才能成为一个完整的艺术，所以宣传平台及可持续性是一个必备措施。我想，光影印迹做到了。

虽然，其清晰度、还原度都有可能存在缺陷，对于专业群体显然是不够的，毕竟市场需求也要有错位发展，专业研究人员可以到专业展馆参观研究，有需求人员还可以到艺品所在地，甚至是到国外求证；对于一般观众和普及型观赏已经可以满足，至少比排队数小时等候的效果要好得多。随着国家经济的发展，人民生活水平日渐提高，大家对文化方面的需求会更加凸显，民族自信心不断增强，越来越多的人爱好艺术，对艺术的诉求愈加强烈，让经典走近民众很有必要。

通过光影展示，经典艺术可以很轻松地走进嘉年华式展馆，惠及更多的民众，充当一种普及式平台；对于当代艺术家也能以低成本、高回报的形式把自己的作品展示。光影印迹前景应该是时代发展的必然产物。

当下是一个城市文化占主流的社会，更多的文化需求必须要以快餐式文化传播，包括当下文化创意园的诞生，都应该归类于时代发展的城市文化需求，是一种流行和时尚的艺术。至于专业艺术主体的需求则另当别论。

听涛客栈
2013 年
纸本设色

读书日说点读书事

今天是世界读书日，我想可能有很多人不知道。当然知道与否于谁而言都无关紧要，爱读书的人天天都是读书日，不爱读书者，知道有读书日也毫无意义。

书是人类知识的载体，是人类智慧的结晶，是文化交流、传播的媒介。读书是人们获取知识的重要手段，是人们吸取精神能量的重要途径。笔者以为，设立"读书日"一方面可以鼓励人们重视读书这一传播知识的途径，另一方面也说明当下人们读书热情低下，不得不设立这么一个日子，以便引起人们关注读书。无论知道与否，总是希望人们籍此去发现读书的乐趣，我想从这一点出发就是好事。

随着社会的快速发展，人们生活的节奏越发加快，往往停不下来与书为伴，愈是失去对读书的兴趣。世界各地通过不同方式设立读书节，包括广州每年举办的"羊城书香节"已成为一种社会的文化景观，其鼓励读书的积极意义不言而喻。

按理说，读书是个人行为，依据自己的兴趣、爱好、专业，选择自己喜爱的书籍阅读，既是必须的，也是必要的。"读书日"的设立与否与之无关，关键是要知道为什么读书？

著名学者胡适先生认为："第一，因为书是过去已经知道的知识学问和经验的一种记录，我们读书便是要接受这人类的遗产；第二，为要读书而读书，读了书便可以多读书；第三，读书可以帮助我们解决困难，应对环境，并可获得思想材料的来源"。

当然，除此之外，还要解决一个读什么书的问题。书是读不尽的，即使能够读尽也无用，因为许多书对于个人而言是没有一读的价值的。所以读书还须慎加选择，在那浩瀚的书海中挑选百十卷有用的书来读，并从中获得真确有用的知识，选择能真正撼动心灵、激发思考的书细读、精读，尽可能读点"老书"、读点"原典"，原汁原味地吸收书中知识。一本好书通常是记载生命最好的载体，它蕴藏着生命中思想的瑰宝，最值得去阅读、去怀念、去珍藏。

书可以成为伴侣，读书如读人。无论以书为友还是以人为伴，每个人都应有自己的知己，以时间和空间养成一种读书习惯，坚持天天都是读书日，让书成为我们永远的伴侣和心灵慰藉者。

书是永恒的！无论何时，那些伟大的思想都永远鲜活。历史精华的言谈思想，透过书本与我们交谈，而这一切就如同在我们面前，劣质无用的东西将会被淘汰。通过时间的沉淀，真正优秀的东西，也便能在书中永存。

人除了心灵美好，外表也需要美好。为了这份美好，有人涂脂抹粉乃至不惜针刀相见整容换貌，让人胆颤心惊。其实，最简单的美容方法却被世人所忽略，那就是读书。宋代黄山谷有句妙语："三日不读书，便觉语言乏味，面目可憎"，他的意思就是说读书可以使人优雅。读书令人专注，即使是读闲书，读到妙处也会忍不住拍案叫绝。长久地读书可以使人养成矜持而贵气，魅力自然形成。

对于画画之人来说，读书更是陪伴一生必不可少的一门终身功课，因为气质好坏关系到画画的气质好坏，而这个气质就来自于读书。著名画家陆俨少先生把时间分为十分功夫，其中四分读书、三分写字、三分画画。读书所占比例是大头，他说之所以这样分配是因为读书可以影响画家的气质，而气质好坏，正是关系到作品的第一要事。气质是创作的一面镜子，要有宽阔的胸襟、高尚的品德，加之对事物的敏感性，以及有见解、有韵味、有神采，这都归结于有书卷气。有了书卷气，就有文野之分，新的函义就是有文明的素质，直接反映在画面上，简单地说这样就是好画。

朱光潜说："谈读书的话题，非学贯中西、博古通今者没有资格。"只是今日读书风气日暮，想想早些年书店比现在还多，尤其一些我爱逛的"二手书店"，现在可是零星寥落。不知道缺少书店的城市是否还配称之为城市？笔者借今日这个"世界读书日"凑个热闹罢了。

大海欢歌
2010 年
纸本设色

过年读书乐

过年无疑是一件快乐的事情。一年忙到头，难得歇下来，与家人团聚，共享天伦之乐，忘却一切烦恼和忧愁。如若不想随大流外出游玩，倒不如静下心来陪孩子读一、二本经典之书来得自在。

时世喧嚣，很多人常以压力大、节奏快为借口而不读书；而有的人爱读书，却只凭兴趣。今天遇到一本有感觉的书就随时阅读，用全副精力去读；明天见到另一本有趣的书，仍用心去读。犹如蜜蜂采蜜，把读书当成乐事。这虽是一时兴致的阅读，久而久之，也会养成一种不平凡的思路和胸襟，但如果只是把读书当消遣，终会有使人泛滥而无归宿之感。因此，还是要把读书当作一种生活来追求，要有计划的安排。

读书的好处很多人都懂，只是难在付诸行动。宋真宗的《读书乐》就一针见血地指出："书中自有千种粟，书中自有黄金屋，书中自有颜如玉。"这意思就是说，读了书就可以做官，吃俸禄，可以有大宅住，甚至读了书就可以娶漂亮老婆。虽然世界观有其狭窄的一面，但却也是一篇劝学哲文。那么，为何当下世人阅读水平不高，而且远远低于发达国家呢？最主要的原因是世风浮躁，人们的心静不下来，生活的脚步太快，而灵魂没有跟上。

阅读对于人生十分重要，一个民族的精神境界很大程度上取决于这个民族的阅读水平。人的心灵复苏和成长需要知识的唤醒和滋养，书籍正是这一滋养的补品。

据报道，世界上犹太人最爱读书，全民族没有一个文盲，乞丐也不例外。以色列平均每人一年读书达到64本之多，14岁以上的人每月读一本书。图书馆遍布整个国家，每四个人就有一人办借书证，阅读蔚然成风。因此，犹太人被公认为世界上最有智慧的民族。当孩子稍懂事时，几乎每一个母亲都会严肃地告诉孩子：书中藏着智慧，这要比金钱和钻石贵重得多，而且智慧是别人抢不走的。

德国，其产品技术含量高，而超前的技术和一流的质量，亦是源于阅读带来。在德国的大街上，随处可见悠悠行走的人们腋下夹着一本书，他们目光祥和，举止优雅，既有白发老者，也有高挑美女，当然还包括身着工装的普通工人，一切高贵的气质都归结于他们爱读书。

清朝曾国藩很爱读书，他说："人之气质由天生，很难改变，唯读书可以变其气质。古之精于相法者，并言读书可以变换骨相。"曾国藩要求他的儿子，要通过读书来改变一个人的情操和价值观，指出读书要读经典之书，要读懂读透。他认为，经典之书是经过时间考验的，其中的智慧、思想也都经过诸多实践检验，值得后人学习和吸收。

读书的目的，本身就是为了学习别人的智慧和思想。知识性的东西会随时间而不断更新，但思想性、智慧性的东西，则经过时间沉淀之后，反而越有学习的价值。所以读书一定要读经典，而且要读得深，悟得透，收获自然是乐在其中。国学大师王国维说：学习的境界要先入其内，再能出乎其外。说的就是读书要吃深悟透，渗入进去，从中获得有价值的东西。

当然，今日看几篇，明日看几篇，这种积累也是有益的，正所谓："凡读书，不必苦苦强记，只需从容涵游。"做到快乐在其中。读书之功，可除躁气，能养静气。"板凳要坐十年冷"，我想利用过年的一周假期，先练坐七天冷板凳又何妨。

"没有时间"的借口人人都可以找到，关键在于不要忽略自己内心世界的精神追求，放任生活变得浅薄。当下受到电子时代的冲击，"快读""浅读"以及"碎片化阅读"已然流行，使得读书"去经典"

趋势越来越明显，传统经典文化有面临碎裂的危险。读书究竟是个人行为，动力来自人的内心，阅读态度是关键。读书要从"要我读"转变为"我要读"，越是喧嚣，越要有走心静心之功。

过年新气象，但愿每一个人都能拥有读书的情怀。通过快乐的读书，点亮心灵的智慧之光，获取打开智慧宝库的钥匙，使个人的灵魂得到安顿。

瑶家寨
2013 年
纸本设色

最能体现年味的是春联

有个约定俗成，过完元宵节就算是春节结束了。新一年的工作、生活又步入新的轨道。

昨晚十点，编辑来电话催稿，才想起停了两周的专栏又要交作业了，这是我写专栏几年来首次这样被动。

确实如此，七天的假期，一直宅在家中，读书、写字、画画。余则一事无成。就连亲友间的拜年全都省了，因为有微信啊。上班后，也便匆匆参加了几个迎春活动，接着便是参加省文联工作会议和文艺交流学习班。竟而忘记了写专栏这回事了，好吧，开个夜车。

静下来，首先得想一下本期专栏的主题，可主题未想好，稿件没完成的事总是困扰在脑子里。心想这个春节是怎么过来的，怎么觉得好像淡淡的就这么过完年了。

脑海里开始浮现出儿时过年的味道。穿新衣、放鞭炮、贴春联、围炉守岁、合家团圆……，夹着祝福声，孩子们拿着压岁钱的兴奋。唉哟！这些中国传统的年味，今年去哪了？

从除夕开始，"摇啊摇，咻一咻"，电视里，媒介上都在抢红包，抢得开心，抢得忘情。双手犹如《摩登时代》的卓别林，像在流水线上作业的手，连上卫生间都不忘"嗤嗤地"摇晃手机。

这一下我好像有点明白了，移动改变了生活，智能冲击了年味。传统的过节方式被颠覆，新的时空让人们的生活起了巨大的变化，变得既多元又独立。"全民抢红包"给这个春节打上了鲜明的印记。行文至此，颇有一种失落的滋味，感叹网络时代年味的渐行渐淡，过年已然失却了本来应有的意义。

一个时代有一个时代的特征，社会基础变了，文化生态变了，生活方式也随着时代的变化而变化，过年也要与时俱进的变化！但不可变的是要保持中国传统的文化内涵，才能让春节的文化在传承中发扬光大。

春节是我国民间最隆重最热闹的一个传统节日，历史悠久，起源可追溯到殷商时代的祭神祭祖活动。春节到来意味着春天将要来临，万象复苏，草木更新。人们经历了寒冬之后，就盼望着春暖花开的日子，当新春来临之际，自然充满喜悦，祈盼来年一切都能风调雨顺。

历经千百年，春节的年俗活动变得丰富多彩，民间从腊月初八到元宵节，时长近40天。腊八之后满街写春联，写"福"字，到处一片火红吉祥之色。年廿三是小年，到除夕的迎春日，家家户户大扫除、备年货，是过年的传统习俗。

至于其间的祭祀活动则更是名目繁多，年前采购年货，除夕守岁、正月初一小孩穿新衣、放鞭炮，大人走亲友、互道贺，过年气氛充满喜庆、祥和和热闹的景象。

回头看看我的年是怎样过的，从腊月初八开始下乡为村民写春联，一直写到大年廿六，然后看望一些德高望重的老艺术家，祝愿他们身体健康、艺术长青。除夕陪家人，坐在电视机前看春晚（贴切地说是参与全国人民"抢红包"，笑）。年初一开始闭门读书、写字、画画。期间偶尔接发一些祝福的信息。一晃，假期就过去了，于是上班、开会，就是忘了写稿子。

晕，这一回头，真的不知年味去哪了？只有在挥春送"福"时，看着村民们兴高采烈的样子，看着满地的红纸和手写的春联，让人感觉很亲近、很真实，印刷品的春联就没有了这种味儿。春联写好后，你搬梯子，我拿浆糊贴春联，其乐融融、和和美美，既增进了家人之间的感情，更是一种传统文化的传承。

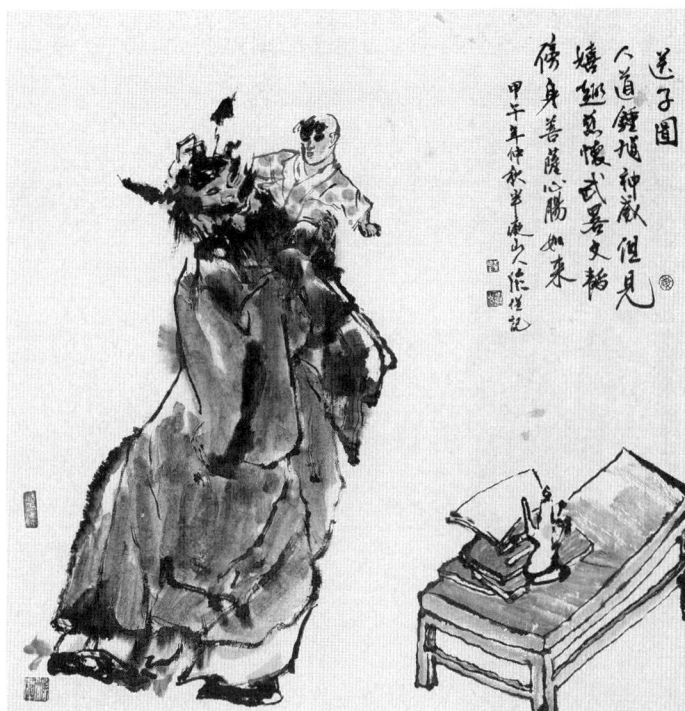

送子图
2014 年
纸本设色

　　是的，在每年最冷的季节，用墨水、金粉书写在红纸上的对联铺满地，不用问，自然是春节要来了！这种"新桃换旧符"，带来的是人们心中熟稔的过年信息，唤起中华民族特有的过年情结，一年一度的彰显和传承过年的深意。看来只有春联最能体现这年味！

　　思绪至此，手机又响起了编辑催稿的信息，一看表，已过丑时，也罢，就将此杂乱文字权当稿子发了吧！再给编辑回条信息："稿件已发出，请查收，此时已崩溃。"刚想按发送键，甚觉不妥，崩溃怕吓着年轻的编辑。遂改为时尚的网络语言"稿件已发出，请查收。此时也是醉了！顺颂编安"。

馨
2017 年
纸本设色

艺术家的表达边界

—— 读黄健生兄艺术随笔集有感

　　健生兄的艺术随笔集《不要把跑调当创新》即将付梓，为他高兴。

　　这是一本看似信手拈来却集聚了他多年以来对于艺术种种的思考，开始在我们信息时报艺术周刊开设的专栏里发表，几年下来，结集出版也是极其自然的事情。

　　然而出版前也还有一些故事。

　　一次跟岭南美术出版社总编辑戴和的闲聊中，健生兄偶然提起自己的专栏想结集出版，戴总是资深出版家，谙熟艺术，他看了健生兄的文稿内容，即与社长李健军商量，两人都认为这本随笔集内容质量高，且有市场空间，于是拍板决定由岭南美术出版社接下出版事宜。随后由编辑室主任陈积旺具体负责该书编辑，陈主任从出版角度对该书提出了不少有益的建议。

　　在确定出版事宜之后，广东文化大家刘斯奋先生欣然为这本随笔集写了序，他在序中写到："健生的这批文章，虽然不能说每篇都精致完美，无可挑剔，但大多数都做到主题突出，观点鲜明，思路清晰，要言不烦，加上谋篇布局变化颇多，行文叙事时见风趣，特别是其中颇多独得之见。因此使人细读之余，每每生出许多兴味。"刘斯奋先生欣赏健生兄的为文之道，可见一斑。

　　广州市前副市长陈传誉先生既是著名的物理学家，也是颇为低调的书法家，他和健生兄常常因艺术而唱和，这次他也欣然为这本随笔集题写了书名。

两位大家对于该书的欣赏与支持，固然是书稿的文气十足，但也是健生兄的为人之诚、之真的性情总是令人舒服自然，令名家们与其交往甚深。

对于一个艺术家，我们最直接的期待，当然是他们总是能持续创作出打动人心的艺术作品，而其他形式的公众表达，或者给予我们额外的惊喜，或者会无意中消减其艺术感染力和个人魅力，这与艺术家的艺术思考深度有关，也与其表达力有关。

接触的艺术家不少，思想睿智阔达的也不少，但绘画著文兼工的不多，健生兄便是令我佩服的一位，他不仅长于山水花鸟的写意泼墨之绘事，也精研于锦绣文章。健生兄在繁冗的工作和长期的艺术创作之余，最喜的是阅读，他的阅读选择庞杂且深入。数年前，在与他的多次交流中，我发现，对于艺术和艺术界的许多现象，他既有着敏锐的观察和感知，其阐释的观点也有着极强的思辨性。

其时，正逢信息时报《艺术周刊》创办，我考虑开设一个艺术专栏版，延请一些笔力强健的艺术圈精英人士，每周跟读者聊聊关于艺术的种种思考话题。于是，我力邀健生兄成为我们艺术专栏的特约作者。

给报纸定期写专栏，有点像学生交作业，定时定量，其实也蛮辛苦的。所以一开始，我也不好意思要求健生兄一定要给我们写多久，我想顺其自然吧。没想到，这一开笔，健生兄的艺术随笔就坚持写了数年。

艺术版每期的专栏文章大抵在千字有多，文本虽不长，但也很能看出作者的凝练思考和精当可读的文字表达。健生兄从来都认真对待每一期的专栏，他非常注意选择话题的切入角度，选题都有强烈的现实贴近性，对于当下的艺术创作、艺术现象、艺术审美欣赏、艺术和社会、公众的关联等诸多方面都有涉及。他的视野开阔，谈及话题深入浅出，文本犀利又不失幽默，无意中契合了当下碎片化阅读的节奏，可读性很强，这使得他的文章大受读者关注和喜爱，其文章网络转载率很高。

艺术家的思维可以海阔天空，艺术家的表达边界也应该突破自我局限，当然前提是你对你的表达充满了自信。

（白　岚：信息时报副刊部主任、广州市文艺评论家协会副主席）